BASTEI
LÜBBE

Bisher sind im BASTEI-LÜBBE-Taschenprogramm von ROBERT ASPRIN nachstehende Bände erschienen:

Geschichten aus der Diebeswelt
20089 Die Diebe aus Freistatt
20091 Der blaue Stern
20093 Zum wilden Einhorn
20095 Die Rache der Wache
20098 Die Götter von Freistatt
20101 Verrat in Freistatt
20107 Der Krieg der Diebe
20113 Hexennacht
20122 Sturm über Freistatt
20140 Armeen der Nacht

20049 Drachenfutter
20084 Ein Dämon auf Abwegen
20085 Ein Dämon kommt selten allein
20086 Ein Dämon macht noch keinen Sommer
20137 Ein Dämon für alle Fälle
20144 Ein Dämon dreht durch

Robert Asprin & Lynn Abbey (Hg.)

Geschichten aus der Diebeswelt

DIE FARBE DES ZAUBERS

Mit Illustrationen von
Helmut W. Pesch

Ins Deutsche übertragen von
Lore Straßl

BASTEI LÜBBE

BASTEI-LÜBBE-TASCHENBUCH
Fantasy

Band 20 149

Erste Auflage: November 1990

Deutsche Lizenzausgabe 1990
Bastei-Verlag Gustav H. Lübbe GmbH & Co., Bergisch Gladbach
Originaltitel: The Dead of Winter/Soul of the City
Lektorat: Reinhard Rohn
Titelillustration: Alan Burton
Umschlaggestaltung: Quadro Grafik, Bensberg
Satz: Fotosatz Schell, Bad Iburg
Druck und Verarbeitung:
Brodard & Taupin, La Flèche, Frankreich
Printed in France
ISBN 3-404-20149-3

Der Preis dieses Bandes versteht sich einschließlich
der gesetzlichen Mehrwertsteuer.

Inhalt

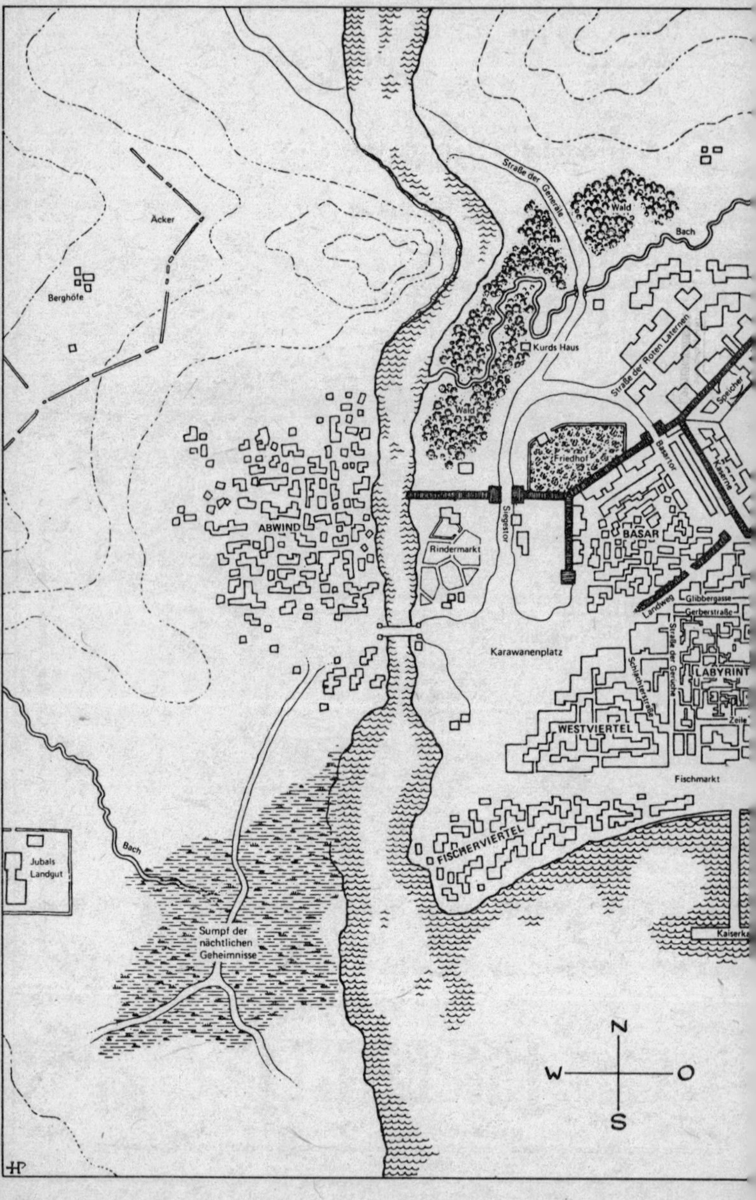
Äcker
Berghöfe
Straße der Generale
Wald
Bach
Kurds Haus
Straße der Roten Laternen
Speicher
Wald
Friedhof
Basartor
Kaserne
Siegestor
ABWIND
Rindermarkt
BASAR
Landweg
Glibbergasse
Gerberstraße
Straße der Gerüche
Karawanenplatz
Schlachterstraße
LABYRINT
Zeile
WESTVIERTEL
Fischmarkt
FISCHERVIERTEL
Jubals Landgut
Bach
Sumpf der nächtlichen Geheimnisse
Kaiserka
N
W
O
S

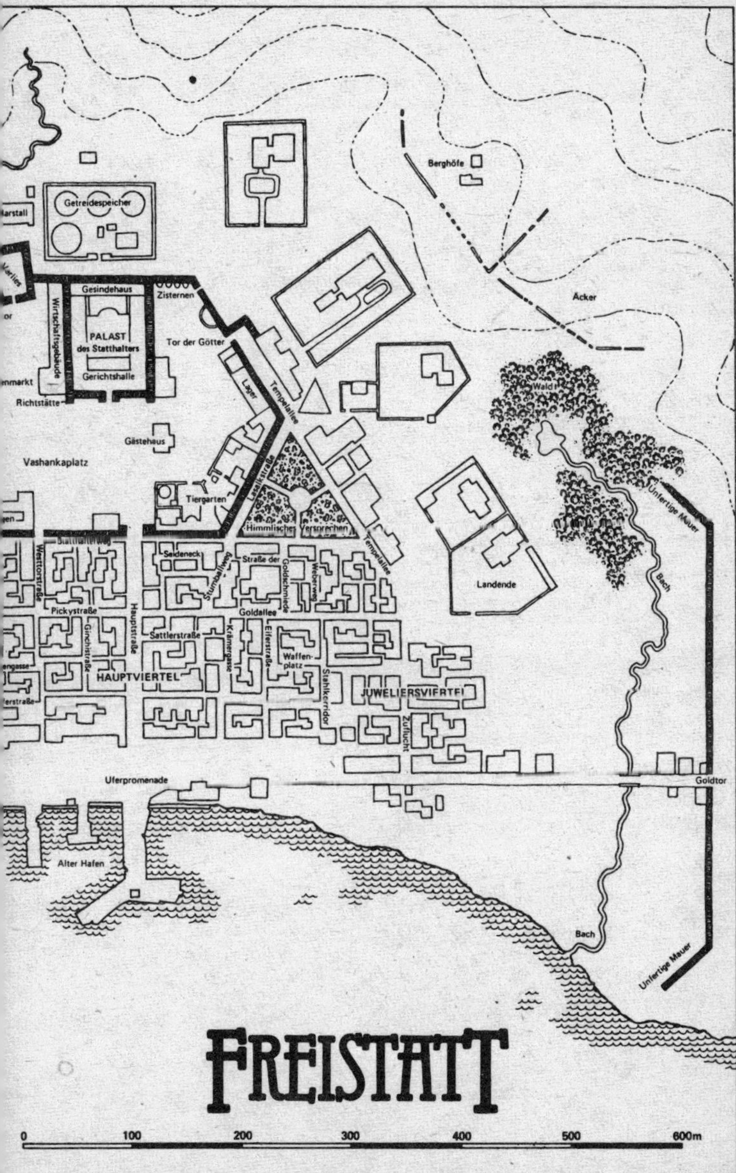

Getreidespeicher
Gesindehaus
Zisternen
Wirtschaftsgebäude
PALAST des Statthalters
Gerichtshalle
Tor der Götter
Richtstätte
Lager
Tempelallee
Gästehaus
Vashankaplatz
Lasalkstraße
Tiergarten
Himmlisches Versprechen
Statthalterweg
Westtorstraße
Seideneck
Stumbellweg
Straße der Goldschmiede
Weberweg
Pickystraße
Hauptstraße
Goldallee
Ginchistraße
Sattlerstraße
Krämergasse
Eiferstraße
Waffenplatz
Stahlkorridor
HAUPTVIERTEL
JUWELIERSVIERTEL
Zuflucht
Uferpromenade
Alter Hafen
Berghöfe
Äcker
Wald
Unfertige Mauer
Bach
Landende
Goldtor
Bach
Unfertige Mauer
FREISTATT
0 100 200 300 400 500 600m

Anmerkung des Herausgebers

Dem aufmerksamen Leser fallen möglicherweise kleine Unstimmigkeiten bei den Figuren dieser Stories auf. Ihre Sprechweise, ihre Darstellung bestimmter Ereignisse, und ihre Ansichten, wer in der Stadt mehr oder weniger zu sagen hat, variieren von Zeit zu Zeit.

DAS SIND JEDOCH KEINE UNSTIMMIGKEITEN!

Der Leser sollte diese scheinbaren Widersprüchlichkeiten noch einmal genauer betrachten und dabei dreierlei bedenken:

Erstens: Jede Geschichte wird aus einer anderen Sicht erzählt, und jeder sieht und hört die Dinge eben ein bißchen anders. Selbst augenscheinliche Tatsachen werden durch Wahrnehmung und Standpunkt des einzelnen beeinflußt. So wird beispielsweise ein Spielmann ein Gespräch mit einem Magier anders wiedergeben als ein Dieb, der dasselbe Gespräch mit anhörte.

Zweitens: Die Bürger von Freistatt sind zwangsläufig mehr als nur ein bißchen paranoid. Sie neigen dazu, im Gespräch manche Dinge entweder ganz zu übersehen oder abzuwandeln. Sie tun das eher automatisch als vorsätzlich, weil es für das Überleben in dieser Gesellschaft notwendig ist.

Drittens: In Freistatt ist der Konkurrenzkampf groß. Man wird z. B. nicht angeheuert, wenn man von vornherein zugibt, ›der zweitbeste Schwertkämpfer der Stadt‹ zu sein. Man schneidet also nicht nur auf, was die eigene Person betrifft, sondern setzt auch seinen gefährlichsten Rivalen herab oder ignoriert ihn. Folglich variiert die Rangordnung in Freistatt je nachdem, wer erzählt – oder, mehr noch, wem man glaubt.

Enas Yorl

Gehaltene Versprechen

Robin W. Bailey

Ein Pferd galoppierte wie von der Tarantel gestochen den Statthalterweg entlang, unbekümmert um den kalten, nieselnden Nebel, der die Pflastersteine trügerisch glatt machte. Sein Atem dampfte in weißen Wölkchen. Die Biegung zur Tempelallee nahm es mit einer solchen Schnelligkeit, daß es beinah seine beiden vermummten Reiter abgeworfen hätte.

Von den im Schatten liegenden Stufen des Ilstempels sprang eine kleine, drahtige Gestalt auf die Straße. Stahl blitzte in ihrer Faust. Mit einem wilden Schrei schwang sie die Arme hoch. Das Pferd wieherte in Panik, bäumte sich auf und hielt mit schleifenden Hufen an.

Der Reiter im Sattel fluchte, hieb mit dem Schwert hinab und machte dem Angreifer ein rasches Ende.

»Da kommen noch mehr! Sie sind flink!« warnte der hintere Reiter und schlang die Arme noch fester um den vorderen im Sattel. »Weiter! Verdammt!«

Wieder raste das Pferd dahin, vorbei am Park mit dem ungewöhnlichen Namen ›Himmlisches Versprechen‹, wo sich halbverhungerte Frauen für den Preis eines kargen Mahles verkauften. Das Tier bog rechts ein und galoppierte eine Straße zwischen zwei dunklen, gewaltigen Bauwerken hinunter auf ein schweres eisernes Tor zu.

Der vordere Reiter riß an den Zügeln, schwang ein Bein über den Kopf des Pferdes und sprang auf den

Boden. Der zweite Reiter rutschte über die schweißigen Hinterbacken und landete unsanft auf dem Pflaster.

Eine Kapuze wurde zurückgestreift, ein Schwertknauf hämmerte gegen die unnachgiebige Barriere. Eine Stimme rief verzweifelt und verärgert: »Vater! Mach auf! Dayrne – irgend jemand – wacht auf!«

»Chenaya!« Der zweite Reiter erhob sich, nahm geduckt Kampfhaltung an und zog einen kleinen Dolch.

Vier Männer rannten mit gezückten Waffen die Straße herbei. Während sie näher kamen, lösten sich drei weitere aus den Schatten und schlossen sich ihnen an. Chenaya wirbelte fluchend herum, um sich ihnen zu stellen. Nur die Götter wußten, was sie wollten! Für einen gewöhnlichen Straßenraub war ihr Einsatz zu groß. Vielleicht trieb sie die Rache für die zwei sie, die sie bereits getötet hatte.

»Rasch, hinter mich!« Sie zog ihre Begleiterin am Arm. Dann legte sie zwei Finger an die Lippen, pfiff schrill und rief: »Reyk!«

Der erste Verfolger stieß einen Schreckensschrei aus, dann einen gurgelnden Schmerzensschrei. Er ließ das Schwert fallen, ging in die Knie und schlug nach seinem Gesicht. Doch er war viel zu langsam. Reyk, der Falke, stieg bereits wieder in die Lüfte und ließ den Mann mit blutigen Augen zurück. Dann kreiste er kurz und ließ sich auf dem Arm seiner Herrin nieder. Aufs neue schickte sie ihn hoch.

»Kann dich nicht tragen und gleichzeitig kämpfen«, wisperte sie angespannt. Ohne sich umzudrehen, hämmerte sie wieder mit dem Knauf degen das Tor. »Vater!«

Ein Kamerad blieb bei dem Gefallenen stehen, um

ihm zu helfen. Die anderen liefen weiter. Sie konnte weder ihre Züge noch die Kleidung erkennen, aber sie spürte ihren Haß.

Ihre Begleiterin schlug mit dem Dolch ans Tor. »Aufmachen! Laßt Eure Tochter ein!«

Chenaya riß ihren Umhang herunter und zog ein zweites Schwert. Mit den beiden Klingen trat sie vor, um den Angreifern die Stirn zu bieten. »Na gut, ihr elendes Pack!« Sie wirbelte die Waffen in blitzenden Doppelkreisen. »Ich weiß nicht, was ihr wollt, aber ich mache euer Spiel mit. Versucht nur, mich zu unterhalten, ihr Hurensöhne!«

Ehe es zum Kampf kam, wurden beide Flügel des Tores aufgerissen. Sechs Riesen, die zum Teil noch dabei waren, sich zu rüsten, stürmten mit blitzenden Klingen auf die Straße. Chenayas Verfolger verhielten mitten im Schritt, dann machten sie hastig kehrt und zerrten ihren geblendeten Freund mit sich. Rasch hatte die Dunkelheit sie verschlungen.

Chenaya wirbelte zum größten der Riesen herum. »Dayrne, was zur Hölle geht hier vor? Wir sind noch kaum richtig in Freistatt zurück und werden schon zweimal angegriffen! Irgendeine Gruppe versuchte uns auf dem Karawanenplatz zu überfallen, unmittelbar an der Einmündung der Straße der Generäle. Dann griffen diese Kerle hier an, als wir durch den Gouverneursweg kamen. Offenbar sind nur noch Wahnsinnige auf den Straßen!«

Dayrnes Blick ruhte ein wenig länger auf ihrem Gesicht, als es sich geziemte, dann stieß er einen tiefen Seufzer der Erleichterung aus. »Politik später, Herrin«, sagte er schließlich und drängte Chenaya mit ihrer Begleiterin durch das Tor. Er vergewisserte sich, daß es verschlossen wurde, ehe er fortfuhr:

»Während Ihr weg wart, ist in der Stadt die Hölle ausgebrochen. Doch darüber können wir uns nachher unterhalten. Sucht lieber erst Euren Vater auf. Lowan Vigeles war fast krank vor Sorge um Euch.« Er zog die Brauen zusammen und sagte beinahe vorwurfsvoll: »Ihr hattet versprochen, vor Wintereinbruch zurück zu sein!«

»Etwas Wichtiges kam dazwischen«, verteidigte sie sich und mied seinen Blick. Sie streckte den Arm aus. Im Schein der Fackeln, die den Innenhof schwach erhellten, schimmerten die Ringe ihrer Rüstung. Wieder pfiff sie. Es war unmöglich, den Vogel im Dunkeln zu sehen, aber sie hörte das weiche Schlagen seiner Flügel, spürte den Luftzug an ihrer Wange, als er sich auf seinem vertrauten Platz auf ihrem Handgelenk niederließ. Chenaya zog einen Riemen aus ihrem Gürtel und legte ihn um Reyks Bein. Aus einer Tasche fischte sie die Haube, die sie ihm überstülpte. Erst dann übergab sie ihn Dayrne. »Laß ihm sofort die Krallen waschen.« Sie streichelte ihren gefiederten Freund. »Er hat mir einen vom Leib gehalten. Sieh zu, daß das Blut nicht verkrustet. Und jemand soll sich um das arme Pferd kümmern. Es mußte den ganzen langen Weg uns beide tragen.«

Chenaya faßte ihre Reisebegleiterin am Ellenbogen und führte sie über den Hof. Dayrne erteilte den anderen Männern rasch die nötigen Befehle und folgte den beiden. Während sie den Hof überquerten, bemerkte sie, wie weit der Wiederaufbau des alten Landsitzes vorangeschritten war. Landende nannten die Einheimischen ihn, sie konnte sich nicht vorstellen, warum.

Licht fiel durch eine offene Tür. Sie trat in eine große Eingangshalle und blickte auf die breite Wendeltreppe, die an der Ostwand hochführte. Lowan Vigeles stand am Kopfende. Er wirkte bei ihrem Anblick sehr erleichtert, trotzdem konnte er seinen Ärger nicht unterdrücken.

Zwei ihrer Gladiatoren, die ehemaligen Diebe Dismas und Gestus, standen wie gewohnt links und rechts von ihm. Während einer möglichen Gefahr durfte Lowan nicht unbeschützt sein. Doch da war noch jemand oben an der Treppe, den sie kaum wahrnehmen konnte.

Lowan stieg die Treppe hinunter und blieb auf halber Höhe stehen. »Du warst viel länger fort als die ausgemachten drei Monate, Tochter!« Seine Stimme klang scharf, und doch schwang ein Ton der Freude in ihr. »Du hast dein Versprechen gebrochen. Längst hättest du zurück sein müssen!« Dann übermannte ihn die Wiedersehensfreude. Er streckte die Arme aus. »Willkommen daheim!«

Chenaya öffnete ihren Waffengürtel und ließ ihn am Fuß der Treppe fallen. Sie stürmte zu ihrem Vater hinauf, warf die Arme um seinen Hals und drückte den Kopf an seine Schulter. Lowan Vigeles war ein hochgewachsener Mann, doch in den vergangenen Monaten hager geworden. Er hatte abgenommen, und die Farbe hatte seine Wangen verlassen. »Du hast dir zuviel Sorgen gemacht!« tadelte sie ihn so leise, daß nur er es hören konnte.

»Wieviel ist zuviel?« entgegnete er und ließ wieder eine Spur seines Ärgers durchblicken. »Alles ändert sich, Chenaya. Das Gesetz gilt in dieser Stadt nichts mehr! Im ganzen Reich ist die Hölle ausgebrochen! Du hättest tot und schon verscharrt sein können, ohne daß ich es je erfahren hätte!«

»Tut mir leid, Vater.« Das meinte sie ehrlich. »Es

war nicht zu ändern. Du weißt, daß ich heimgekommen wäre, wenn ich gekonnt hätte!« Sie bedauerte, daß er ihretwegen gelitten hatte, und sie *wußte*, daß er sich Sorgen gemacht hatte, aber sie war kein Kind mehr und ließ sich auch nicht wie eines behandeln, nicht einmal von ihrem Vater. Daran wollte sie ihn erinnern, doch da sah sie die Dame am Ende der Treppe.

Sie hätte nicht überraschter sein können. Abrupt grinste sie. Chenaya war seit langem gegen jedes Entsetzen gefeit, aber der Gedanke amüsierte sie sehr, daß ihr Vater etwa gar seinem eigenen Bruder Hörner aufsetzte.

»Guten Abend, Tante Rosanda«, sagte sie unbefangen. »Wie geht es Onkel Molin?«

Rosandas scheues, schwaches Lächeln machte einer Verlegenheit Platz. Dann errötete die Ältere heftig und floh aus Chenayas Blickfeld.

Die Tochter zwinkerte ihrem Vater zu. »Eine kleine Ablenkung, um dich die Sorgen vergessen zu lassen, hm?«

Lowan tippte ihr leicht an die Stirn. »Keine Unverschämtheiten, Kind! Sie und Molin haben sich getrennt, und deine Tante ist völlig aus dem Gleichgewicht! Sie bleibt ein paar Tage hier, bis sie wieder zu sich gefunden hat.«

»Beim Strahlenden Licht!« rief Chenaya und drückte melodramatisch eine Hand auf die Brust. »Sie muß Dayrne verrückt machen mit der Haushaltsführung!«

»Durchaus nicht, Herrin«, versicherte ihr Dayrne, der am Fuß der Treppe stehengeblieben war.

»Sie hat sich als beachtliche Hilfe erwiesen«, betonte Lowan Vigeles. »Sie kümmert sich um die

Instandsetzung.« Er legte eine Hand auf die Schulter seiner Tochter und zwang sie, ihm in die Augen zu blicken. »Du mußt nett zu ihr sein. Was immer du auch von Molin hältst, Rosanda ist eine Lady und Gast in unserem Haus. Sie mag zwar den Kopf in die Wolken stecken, aber ihr Herz ist voller Liebe.« Plötzlich lächelte er und strich durch Chenayas blonde Locken. »Und sie hält sehr viel von dir. Sie findet, daß du die einzige wahre Rankanerin bist, die der Stadt noch geblieben ist – außer ihr, natürlich.« Er nahm ihre Hand. »Und jetzt setzen wir uns ans Feuer in meinem Gemach, und du erzählst mir von deiner Reise.

Chenaya zögerte. »Ich fürchte, wir werden noch mehr Gesellschaft haben als Rosanda.« Sie deutete auf ihre Begleiterin, die geduldig wartend am Eingang stehengeblieben war. »Auch ich habe jemanden mitgebracht.«

Immer noch mit dem blanken Dolch in der Hand schlug ihre Begleiterin die vermummende Kapuze zurück und blickte finster zu ihren Gastgebern hoch. Ungebändigte schwarze Locken fielen ins Gesicht und verbargen klassische Züge, die erst in letzter Zeit hart und schmal geworden waren.

Lowan Virgeles erbleichte. Dann verbeugte er sich achtungsvoll vor der kleinen, schweigsamen Frau. »Bitte kommt doch herauf!« forderte er sie auf und streckte ihr die Hand entgegen.

Doch Chenaya sagte: »Noch nicht, Vater. Sie ist müde und braucht ein Bad. Dayrne wird das Gemach neben meinem für sie richten.« Sie blickte auf die kleinere Frau hinunter und verständigte sich stumm mit ihr. »Morgen wird sie ein neues Leben beginnen.«

Dayrne nahm den Ellbogen der Frau, um sie die Treppe zu ihrem Gemach hochzuführen. Flink wie eine Viper schlug sie seine Hand zur Seite, wirbelte herum und spuckte ihn an.

Der Dolch blitzte.

»Daphne!« Chenayas scharfer Ruf genügte. Die winzige Waffe verharrte mitten im Stoß. Chenaya und Dayrne wechselten rasche Blicke. Natürlich wäre er nie wirklich in Gefahr gewesen. Der Riese war einer der besten Gladiatoren der rankanischen Schule und hätte solch einen schwächlichen Angriff mühelos abwehren können. Aber es wäre auch niemandem gedient gewesen, wenn er Daphnes schmales Handgelenk gebrochen hätte.

»Er rührt mich nicht an!« schrie Daphne. »Kein Mann wird mich je wieder anrühren!« Dann richtete sie sich stolz auf. Boshaft verzog sie die Lippen. »Außer ich will es!« Betont zog sie die Dolchschneide über ihren Daumen, dann stieg sie, ohne einen weiteren Blick auf Dayrne, die Treppe hoch, vorbei an Lowan Vigeles, und ging in die Richtung, in der Rosanda verschwunden war. Dayrne folgte ihr in angemessenem Abstand.

»Sie ist halb wahnsinnig«, sagte Chenaya leise und schüttelte den Kopf.

Lowan Vigeles zog eine Braue hoch. »Halb?«

Eine Stunde später begrüßte Lowan seine Tochter erneut mit einer herzlichen Umarmung und einem Becher herdwarmem Wein. Sie war für beides dankbar, nahm einen Schluck und setzte sich in einen der schweren Holzsessel neben dem Kamin. Sie hatte rasch gebadet und war in ein Gewand aus weichem blauem Linnen geschlüpft. Einer ihrer Leute war bereits dabei, ihre lederne Reisekleidung zu beseitigen, die sie monatelang kaum vom Leib bekommen hatte.

»Ich bemühte mich ehrlich, mein Versprechen zu halten, Vater.« Sie stellte den Becher auf die Armlehne und räkelte sich müde. »Ich versuchte zurückzukommen.« Sie blickte ins Feuer, und die tanzenden Flammen entspannten sie ein wenig. Sie trank einen weiteren Schluck und spürte, wie wohlige Wärme durch ihre Glieder zog.

»Ist schon gut, Kind«, sagte Lowan beruhigend. »Solange es dir nur gutgeht. Ich mache mir immer zuviel Sorgen.« Er nippte an seinem Kelch und blickte sie an. »Wo hast du Daphne gefunden? Bist du auf sonst noch jemanden gestoßen?«

Chenaya schüttelte den Kopf. Erinnerungen an ihre Reise überwältigten sie. »Nein, auf niemanden sonst«, antwortete sie schließlich. »Entweder ist der Rest der Kaiserlichen Familie nicht mehr am Leben, oder sie haben sich aus Angst vor Theron zu gut versteckt.« Sie blickte ihren Vater an. »Ich war bereits auf dem Heimweg, als ich durch Azehur kam. Das liegt auf der anderen Seite der Grauen Wüste.«

Sie erzählte ihm von der Schenke, in der sie Rast gemacht hatte. Es fand dort gerade ein Würfelspiel mit sehr hohem Einsatz statt. Ausnahmsweise spielte sie nicht mit, sondern sah nur interessiert zu, als ein Spieler einen Ring aus seinem Gürtelbeutel kramte.

»Es war ein Kaiserlicher Siegelring«, sagte sie und deutete auf den Ring, den sie trug, »genau wie die, die du, ich und Molin und Kadakithis und alle der Kaiserlichen Familie besitzen. Er war echt.«

Sie hatte gewartet, bis der Spieler auch ihn verloren

hatte, dann war sie ihm aus der Schenke gefolgt. Unnötig, ihren Vater mit den Einzelheiten zu langweilen, wie sie den Mann in eine Gasse gelockt oder wie sie ihn zum Reden gebracht hatte. Lowan hätte es nicht gebilligt.

Chenaya leerte den Becher und streckte ihn zum Nachfüllen aus. Lowan stand auf, holte die Flasche vom Kaminsims und schenkte ihr nach. »Der Hundesohn war ein Söldner und hatte vor einem Jahr mitgeholfen, eine Karawane von Freistatt nach Ranke in der Grauen Wüste zu überfallen und völlig zu vernichten.«

»Daphne und die Konkubinen des Prinzen«, stellte Lowan fest, als er auch seinen Becher wieder füllte.

Chenaya nickte. »Sie hatten den Auftrag, die Frauen zu töten. Doch sie fanden, daß sie mehr davon hatten, wenn sie sie außerhalb des Reiches verkauften.«

Lowan drehte sich so hastig um, daß der Rotwein auf seinen Ärmel schwappte. »Verkauften ...?«

Sie verstand den Grimm, den sie in seiner Miene las. Sie teilte ihn voll und ganz. Daphne war zwar immer eine Quenglerin und Nörglerin gewesen, doch ein solches Geschick hatte sie trotzdem nicht verdient. »Diese Männer waren gedungen gewesen«, fuhr Chenaya fort, »von jemandem aus Freistatt.«

Lowan lehnte sich an den Kaminsims und kaute an einer Lippe. Abwesend drehte er den Becher in den Händen. »Konntest du erfahren, von wem?«

»Ich glaube nicht, daß der Mann es wußte«, antwortete sie finster. »Wenn doch, zog er es vor, sein Geheimnis mit in den Tod zu nehmen.« Wieder trank sie und fuhr sich mit der Zunge über die Mundwinkel. »Aber er verriet mir, wohin die Frauen verkauft wurden. Deshalb habe ich mich so verspätet, Vater. Ich machte einen Umweg über die Geierinsel.«

Lowan schloß die Augen und murmelte eine Verwünschung.

»Ich kann sehr gut auf mich aufpassen!« fauchte sie, ehe er etwas sagen konnte. Sie brauchte seine Lektion nicht, sie wußte selbst, wie verrufen die Geierinsel war; mehr noch, sie konnte aus Erfahrung mitreden, hatte selbst mit diesem Abschaum zu tun gehabt, der dort hauste. »Ich mietete ein Boot, das Reyk und mich übersetzen sollte. Jedem, der mich fragte, antwortete ich, daß ich vor Therons Säuberungsaktionen geflohen war. Das glaubte jeder. Und nach ein paar Auseinandersetzungen ließen uns die Halunken in Ruhe.« Sie zwinkerte. »Du weißt ja, wie gefährlich dieser Falke aussieht.«

Nach einem weiteren Schluck fuhr sie fort. »Ich brauchte Tage, bis ich sie fand. Sie war eine Attraktion in einem besonders üblen Bordell, in dem Kunden mit ... nun, sagen wir, ausgefallenen Wünschen verkehrten.« Sie machte eine Pause und lächelte bei dieser Erinnerung sehr boshaft. »Es würde Tempus Thales gefallen.« Dann schüttelte sie den Kopf, und ihr Lächeln schwand. Sie fragte sich, was aus diesem Schlächter geworden war. Sie blickte zu ihrem Vater auf und gab ihm den leeren Becher, damit er ihn auf den Kaminsims stellte. »Ich bin sicher, du kennst Männer, die ihre Lust nur durch abscheulichste Vergewaltigung befriedigen können. Nun, der Wirt schickte solche Kunden zu Daphne.« Chenaya schlang die Arme fest um sich. Trotz der Wärme im Gemach ließen die Erinnerungen an die Geierinsel sie frösteln. »Sie hielten sie in einer Kammer eingesperrt. Vater, sie hatte Blutergüsse und Kratzwunden am ganzen Körper – sie sind jetzt noch nicht alle verheilt. Jedesmal wehrte sie sich mit Zähnen und Nägeln. Doch das einzige, was ihr das einbrachte, war ein Ruf als Wildkatze und noch mehr Kunden, die sie zähmen wollten.« Sie schauderte.

Lowan Vigeles füllte ihren Becher ein drittes Mal. Dann erkundigte er sich betont ruhig. »Hast du diesen Wirt getötet?«

»Ich kam nicht dazu.« Sie nahm noch einen Schluck, dann stellte sie den Becher endgültig zur Seite. Sie war nicht gekommen, um sich mit ihrem Vater zu betrinken, und sie mußte so allerlei erledigen, sobald es wieder hell war. Dazu konnte sie keinen Brummschädel brauchen. »Es floß allerdings eine Menge Blut, als ich sie herausholte. Einige Kunden versuchten sich uns in den Weg zu stellen. Doch kaum hatte Daphne den Wirt erspäht, riß sie einen meiner Dolche heraus und sprang den Kerl mit einem Kreischen an, das mir Schauder über den Rükken jagte. Der Mann kam nicht einmal dazu, seine Arme hochzuwerfen. Ich sage dir, sie hat Hackfleisch aus ihm gemacht. Ich mußte sie wegzerren und zum Kai ziehen, ehe die gesamte Insel uns verfolgen konnte. Nur gut, daß ich ein Boot warten hatte.«

»Wo ist sie jetzt?« fragte Lowan.

»Rosanda hat sich erboten, sie zu baden. Es ist wahrscheinlich das erste Bad, seit sie gefangengenommen wurde. Ah, wenn wir schon von Tante Rosanda reden, kannst du sie ein paar Tage hier beschäftigt halten? Sehr beschäftigt? Ich möchte nicht, daß sie zu irgend jemandem über Daphnes Rückkehr spricht. Dieses Vergnügen möchte ich mir selbst gönnen!«

Lowan runzelte die Stirn. »Jetzt verstehe ich.

Daphne ist für dich nur ein Werkzeug, richtig? Noch ein Dorn, den du Shupansea in die Seite stechen kannst?«

Manchmal konnte Lowan Vigeles sie richtig in Wut bringen, vor allem, wenn er sie so durchschaute. Chenaya mußte zugeben, daß sie den Augenblick tatsächlich genießen würde, wenn Shupansea von Daphne erfuhr; doch ihr eigener Vater könnte sich solch abfällige Bemerkungen wirklich ersparen!

»Zu einem gewissen Teil hast du ja recht«, gestand sie verlegen. »Dieses beysibische Luder soll sich wie ein Fisch am Angelhaken winden.« Chenaya hakte ihren kleinen Finger in den Mundwinkel und zog ihn hoch, um es zu veranschaulichen. »Aber meine Motive gehen etwas tiefer, wie du selbst noch erkennen wirst.« Sie nahm einen weiteren Schluck Wein. »Ich bin froh, daß ich Daphne gerettet habe. Keine Frau dürfte so leiden wie sie. Ich habe versprochen herauszufinden, wer in Freistatt für den Überfall auf die Karawane verantwortlich war.«

Lowan setzte sich wieder auf seinen Stuhl und blickte sie über den Rand seines Bechers hinweg an. Der Feuerschein glomm auf dem brünierten Metall und spiegelte sich auf seltsame Weise in seinen Augen. »Versprochen?« fragte er behutsam. »Wem?«

»Daphne«, antwortete sie gleichmütig, »und mir selbst.«

Er schloß die Augen. Nach einer Weile fragte sie sich, ob er etwa eingeschlafen war. Da sah sie, daß er die Lippen öffnete. »Wie willst du das machen? Inzwischen ist ein ganzes Jahr vergangen!«

Sie hatte lange Wochen Zeit gehabt, darüber nachzudenken. Es wäre sinnlos, die Höllenhunde mit den Ermittlungen zu beauftragen. Schon ehe sie fortgeritten war, hatten diese Burschen sich offenbar in der Kaserne verkrochen und sich dort versteckt. Abgesehen davon konnte sie nicht ausschließen, daß einer von ihnen der Auftraggeber gewesen war. Zweifellos hatten sie vom Aufbruch der Karawane gewußt. Doch wenn es danach ging, konnte es jeder im Palast gewesen sein. Oder jeder, der ein Auge auf das Stadttor hatte. Nein, sie brauchte Hilfe, um Antwort auf ihre Fragen zu bekommen, und sie dachte dabei an eine ganz bestimmte Person.

Natürlich würde Lowan Vigeles das nicht billigen, also sagte sie nur: »Ich habe einen Plan, Vater.«

Sie erwachte bei Sonnenaufgang, nach nur zwei Stunden Schlaf. Gern hätte sie sich länger ausgeruht, aber es gab viel zu tun. Sie hatte Daphne ein neues Leben versprochen. Das sollte heute beginnen.

Doch ehe sie sich strecken und aufstehen konnte, klopfte Rosanda leise an und kam mit einem Frühstückstablett herein. Chenaya setzte sich auf und riß staunend den Mund auf, als die Edelfrau eine weiße Linnendecke über ihren Schoß breitete und darauf das Tablett stellte. Appetitlich waren darauf mehrere Scheiben kalter Braten und frisches Brot angerichtet und eine besondere und seltene Köstlichkeit, eine Orange aus Enlibar. Außerdem stand ein Becher Wasser darauf.

»Tante Rosanda!« rief Chenaya. »Das war doch nicht nötig! Die Männer kümmern sich um alles, oder wir bedienen uns selbst!«

»Ich tue es aber gern. Es ist wirklich schon viel zu lange her, daß ich eine Hand in der Küche rührte. Ich habe das Brot selbst gebacken, ganz früh heute morgen.« Sie errötete und wandte den Blick ab. »Ich dachte, ich hätte es vergessen. Es war früher üblich, daß jede Rankanerin ihr Brot selbst buk, weißt du? Aber wir wurden alle so verzärtelt. Kein Wunder, daß das Reich zerfällt, wie man erzählt.«

Sie machte sich daran zu gehen, doch Chenaya griff nach ihrer Hand. »Rosanda«, fragte sie vertraulichen Tones, »was ist zwischen dir und Onkel Molin vorgefallen?«

Bedauern sprach aus den Zügen der Älteren. »Chenaya, egal wie lange ich in dieser Stadt der Diebe und Vipern lebe«, sie kniff die Augen zu Schlitzen zusammen, »ich bleibe trotzdem Rankanerin. Ich kann meiner Herkunft nicht einfach den Rücken wenden. Molin hat alles aufgegeben. Ranke bedeutet ihm nichts. Er steckt mit diesen beysibischen Fischmenschen unter einer Decke. Er wendet sich von unseren Göttern und unseren Gebräuchen ab.« Verzweifelt warf sie plötzlich die Hände hoch, und Tränen schimmerten in ihren Augen. »Ich konnte nicht mehr mit ihm zusammensein. Mir bleiben nach wie vor meine Ländereien und meine Titel. Aber ich mußte heraus aus dem Palast und all den Intrigen. Du und Lowan Vigeles seid meine einzigen Verwandten in dieser Stadt, deshalb kam ich hierher.« Sie beugte sich hinunter, legte sanft eine Hand auf Chenayas Haar und strich es auf dem Kissen zurecht. »Du und dein Vater seid die besten der rankanischen Gesellschaft, ihr haltet unsere Ideale aufrecht. Ich brauchte euch, um mir zu sagen, wer ich bin.«

Nun errötete Chenaya. Vielleicht hätte sie sich schon vor langem Zeit nehmen sollen, ihre Tante besser kennenzulernen. Die Ältere mochte zwar nicht viel im Kopf haben, aber ihre Güte ging zu Herzen.

»Danke, Tante Rosanda«, sagte Chenaya. Dann beschloß sie Rosanda zu vertrauen. »Ich bat Vater, sich etwas einfallen zu lassen, damit du eine Weile hierbleibst …«

Rosanda lächelte verständnisvoll. »Damit ich niemanden von Daphne erzählen kann?«

Chenaya staunte. Sie hatte nicht erwartet, daß ihre Tante so scharfsinnig war. Immer mehr an Rosanda überraschte sie.

»Du brauchst dir deshalb keine Sorgen zu machen«, versicherte ihr ihre Tante. »Aber die Palastmauern werden erbeben, wenn es bekannt wird. Beabsichtigst du, sie zum Fest der Winterbey mitzunehmen?«

Chenaya griff nach der Orange, schälte sie und nahm einen saftigen Bissen. »Fest?« fragte sie mit kaum verhohlenem Interesse. Ihr kam ein belustigender Gedanke. Bisher hatte sie noch nicht darüber nachgedacht, wie sie Daphne dem ahnungslosen Freistatt zurückgeben wollte.

»Die Beysa gibt ein rauschendes Fest, um im jahreszeitlichen Wandel ihre Fischgöttin zu feiern.« Wieder lächelte Rosanda und blinzelte verschmitzt. »Sie verbinden den Mittwinter mit dem Mond, nicht mit der Sonne. Unsere Feiern sind bis dahin längst vorbei. Buchstäblich alle von Rang und Namen werden anwesend sein.«

Chenaya verbarg ein Grinsen hinter ihrem Wasserbecher, an dem sie nun nippte. »Noch einmal vielen Dank, Tante Rosanda. Ich stehe in deiner Schuld.«

Rosanda nickte mit vorgetäuschtem Ernst, kämpfte jedoch gegen ein Kichern an. Als ihre Tante ging, fiel Chenaya auf, daß ihr Gang viel leichter war. Chenaya liebte Feste, und dieses kam genau zum richtigen

Zeitpunkt. Bei allen Göttern, wie sie es genießen würde! Sie trat ans Fenster, atmete tief die frische Luft ein und blickte zur Sonne, die sich im Osten erhob. *Vielen Dank, Vater Savankala!* betete sie.

Sie schlüpfte in einen kurzen roten Kampfkilt und gurtete einen breiten Ledergürtel mit Goldnieten um. Darüber zog sie einen weißen Kittel. Dann suchte sie ein Paar Sandalen hervor und band ihr langes Haar zurück. Zuletzt setzte sie ein goldes Stirnband mit dem ziselierten Strahlenkranz auf, dem Symbol ihres Gottes.

Etwa in der Mitte zwischen dem Haus und dem Fuchsfohlenfluß hatten Chenaya und ihre Gladiatoren einen Übungsplatz errichtet. Er war einfach, verglichen mit ihrem alten in der Hauptstadt. Es gab keine Sitze für Zuschauer, dafür waren jedoch alle nötigen Trainingsgeräte vorhanden, Hanteln zum Gewichtheben, hölzerne und metallene Waffen aller Art, ja selbst eine große Sandmulde für Ringkämpfe oder andere Übungskämpfe. Von den anstrengenden täglichen Übungen war vom gesamten Haushalt nur Lowan Vigeles befreit.

Ihre acht Krieger und Daphne trainierten bereits. Gestas und Dismas fochten in der Sandmulde mit richtigen Waffen, stellten einander auf die Probe, doch jeder vertraute auf die Fähigkeiten des anderen. Für den Nichteingeweihten mochte es allerdings durchaus wie das Ende einer langen und bitteren Blutfehde aussehen. Chenaya nickte zufrieden.

Diese acht Kämpfer waren die besten, die rankanische Arenen hervorgebracht hatten. Es gab keine Zuschauermassen mehr, für die sie Schaukämpfe veranstalteten, und keinen prallen Beutel dafür, aber Chenaya wollte verdammt sein, wenn sie ihre Fähigkeiten nicht weiter ausbildete.

Daphne stand aufmerksam neben Dayrne vor einem Gewichtegestell. Sie war ähnlich wie Chenaya gekleidet, doch ohne den Ledergürtel. Der stand nur dem Sieger eines Todeskampfes in einer Arena zu. Daphne hatte nie gekämpft. Doch wenn Chenaya an die Kratzwunden und Blutergüsse an den Beinen der jungen Frau dachte, würde sie wohl nicht sehr lange brauchen, bis auch sie das Band eines Kriegers trug. Daphne achtete genau auf Dayrnes Anweisungen, als er eine bestimmte Bewegung erklärte, und als er sie dazu aufforderte, nahm sie die schwere Hantel ohne zu klagen. Ihr Gesicht verzog sich zur Grimasse, als sie sich damit plagte, doch sie führte die Bewegung tadellos aus.

»Seid Ihr sicher, daß es wirklich das ist, was Ihr wollt?« fragte Chenaya sie und blieben neben ihnen stehen. »Jeden Tag bei Morgengrauen aufstehen und trainieren, bis jeder Zoll Eures Körpers schmerzt, Ihr Euch Verletzungen und Blutergüsse an Stellen zuzieht, an denen Ihr nicht damit gerechnet hattet. Das ist kein Leben für eine rankanische Dame.«

Daphne führte noch eine Bewegung perfekt aus, dann legte sie die Hantel in das Gestell zurück. Ohne mit der Wimper zu zucken, erwiderte sie Chenayas Blick. Die Sonne spiegelte sich in ihren dunklen Augen, schimmerte auf dem dichten schwarzen Haar. Sie deutete auf die Flecken auf ihren Beinen. »Es gibt keine Stelle, an der ich nicht bereits verletzt wurde oder einen Bluterguß hatte.« Sie trat an ein anderes Gestell und langte nach einem alten Schwert. Der Griff war zu groß für ihre Hand und die Klinge zu lang, doch das störte Daphne nicht.

»Auch Ihr seid eine Lady, Chenaya«, das klang fast anklagend, »trotzdem habt Ihr gut ein halbes Dutzend Männer niedergemacht, um mich aus dieser Hölle auf der Geierinsel zu holen, und weitere sechs am Kai, ehe wir ablegen konnten. Obendrein habt Ihr uns auch noch vor diesen Banditen gestern nacht gerettet. Da fragt Ihr, ob ich das will?« Sie hob das Schwert zwischen ihnen und drehte es so, daß der Sonnenschein auf der scharfen Schneide blitzte. »Kusine, was ich hier in der Hand halte ist *Freiheit!* Damit kann ich überallhin gehen und tun, was ich will! Kein Mann wagt es, Euch zu berühren, wenn Ihr es nicht möchtet. Niemand kommandiert Euch herum. Ihr habt vor nichts Angst. Nun, ich will diese gleiche Freiheit, Chenaya. Ich will sie, und ich werde sie bekommen!«

Chenaya musterte Daphne abschätzend. Sie fragte sich, welche Tür sie damit für die Jüngere öffnete. Daphne war zwar nur ein paar Jahre jünger als sie, aber weitaus weniger erfahren. Trotzdem, in Daphnes Augen funkelte ein Feuer, das sie dort noch nicht gesehen hatte.

»Nun gut, dann bilde ich Euch aus, wie ich es mit jedem Sklaven oder Dieb täte, den sie in die Arena schickten. Wenn Ihr Euch auf diesem Übungsplatz in dieser Kleidung befindet, seid Ihr nicht mehr als der geringste meiner Leute. Ihr habt genau das zu tun, was Dayrne oder ich anordnen. Macht Ihr es nicht, wird man Euch schlagen, bis Ihr es tut. Es wird Euch brechen oder stärker machen. Ich wünsche Euch letzteres. Wenn Ihr damit einverstanden seid, sollt Ihr jeden Trick lernen, den ein Gladiator sich nur wünschen kann, und Ihr werdet die besten Ausbilder haben.« Chenaya schritt um ihre neue Schülerin herum. »Ob Euch das frei macht oder nicht ...« Sie blieb vor Daphne stehen und zuckte die Schultern. Es gab so viele Arten von Freiheit und so viele Arten von Angst. Doch Daphne würde das selbst erkennen müssen. »Nun müßt Ihr mit Euren Worten sagen, daß Ihr mit diesen Bedingungen einverstanden seid. Schwört es bei Vater Savankala im Strahlenkranz.«

Daphne drückte das Schwert an die Brust. Die Sonne, die sich auf der Klinge spiegelte, warf einen bernsteinfarbenen Schimmer über ihre Züge, als sie schwor. »Bei Savankala«, sagte sie inbrünstig. »Aber ich werde mich von Euch nicht unterkriegen lassen, Chenaya. Von niemandem! Ich werde doppelt so hart üben wie Euer bester Mann.«

Chenaya verbarg ein wissendes Lächeln. Es war leicht, so etwas jetzt zu sagen. Doch wenn ihre Muskeln nur noch aus Schmerz bestanden, wenn die Übungsgeräte sie zu Boden schmetterten, nach dem ersten gebrochenen Knochen oder dem ersten Stück Stahl im Fleisch – würde sie da auch noch so eifrig sein?

»Dann achtet auf Dayrnes Anweisungen. Er wird für Euren täglichen Übungsplan verantwortlich sein. Er ist der einzige von allen, gegen die ich in den Spielen kämpfte, der mir je eine gefährliche Verletzung zufügte.«

Sie deutete auf die bleiche Narbe, die sich über den ganzen linken Unterarm zog. »Ich konnte den Arm fast einen Monat lang nicht bewegen. Einige Heiler meinten sogar, daß ich ihn verlieren würde. Glücklicherweise waren die Götter mir hold.«

Daphne lächelte. »Aber ich hörte, daß Ihr nie verliert!«

Chenaya runzelte die Stirn. Sie selbst hatte dieses Gerücht in die Welt gesetzt, um Gegner abzuschrekken. Auch war es keine Lüge, allerdings kannten nur sie und Molin Fackelhalter die Einzelheiten ihrer Beziehung zu Savankala.

Doch hier war die Gelegenheit, Daphne eine wichtige erste Lektion zu erteilen. »Es mag stimmen, daß ich nicht verlieren kann, Daphne«, sagte sie streng. »Doch nicht zu verlieren ist nicht dasselbe, wie immer zu gewinnen. Und denkt daran, auch der Sieg kann einen hohen Preis fordern. Ihr müßt Euch Eurer Bereitwilligkeit, ihn zu zahlen, sicher sein.«

Sie drehte sich um, doch Daphne hielt sie zurück. »Ich habe den Schwur geleistet, und ich werde Euch auf diesem Übungsplatz Herrin nennen, wie die anderen auch.« Etwas flammte in den Augen der jungen Frau, und ihre Finger schlossen sich um Chenayas Handgelenk. »Aber auch Ihr müßt mir schwören, das Versprechen nicht zu vergessen, das Ihr mir gegeben habt.«

Ruhig, aber entschieden löste sich Chenaya aus Daphnes Griff. »Ich werde mein Versprechen halten. Heute nachmittag beginne ich mit der Suche.«

»Ich will einen Namen, Herrin!« zischte Daphne und betonte den Titel.

Chenaya streckte die Hand aus, faßte Daphne am Gewand, hob die Kleinere mühelos auf die Zehenspitzen und zog ihr Gesicht dicht an ihres. Sie konnte Daphnes Atem riechen. »Macht mir keine Vorschriften, droht mir nicht«, warnte Chenaya. »Und versucht nie, Spielchen mit mir zu treiben!« Sie stellte Daphne wieder auf die Füße und bedeutete Dayrne mit dem Training fortzufahren. »So, und jetzt strengt Euch an. Und entschließt Euch besser, Euch von Dayrne berühren zu lassen. Er wird Euch jeden Tag die Schmerzen aus den Muskeln massieren.« Dann zwinkerte sie ihr zu. »Und in vier Tagen gehen wir gemeinsam auf ein Fest.«

»Wo?« fragte Daphne mißtrauisch.

»Im Statthalterpalast«, antwortete Chenaya. »Wo sonst in dieser Stadt?« Damit verließ sie Daphne, holte sich einen Harnisch, einen Schild und ein Schwert aus dem Waffenlager und ging, um gleichzeitig gegen Gestas und Dismas anzutreten.

Sie war wieder in ihre Lederkleidung geschlüpft, ehe sie sich am Nachmittag auf den Weg durch die Straßen machte. Ein Schwert hing von ihrem Waffengürtel, und zwei Dolche waren in Schlaufen an ihren Oberschenkeln geschoben. Sie trug einen schweren Umhang, dessen Kapuze sie tief über die Stirn gezogen hatte, sowohl um ihr Gesicht zu verbergen, sich gegen die eisige Kälte zu schützen, die bis in ihre Knochen dringen wollte.

Am hellichten Tag wagten sich mehr Leute auf die Straße. Offenbar beschränkten die verschiedenen Faktionen ihre Unternehmungen auf die Nacht. Das war ihr recht. Sie hatte genug zu tun, ohne sich auch noch mit wilden Fanatikern befassen zu müssen.

Das Portal des Tempels der rankanischen Götter stand offen. Sie stieg langsam die Marmorstufen hinauf. Am Eingang blieb sie kurz stehen, schob die Kapuze zurück und schaute sich um. Das Bauwerk war prächtig, doch irgendwie wirkte es unfertig. Hunderte von Lampen und Kohlenbecken leuchteten den Tempelraum aus, und ein großes Oberlicht tauchte den Hauptaltar in Savankalas eigenes Licht. Über dem Altar glitzerte und schimmerte das Sonnensymbol mit Strahlenkranz aus poliertem Gold und warf seinen Schein in die Halle.

Links und rechts von Savankalas Altar befanden

sich je ein kleinerer für Sabellia und Vashanka. Sie waren von gleicher Form und Pracht, doch sie wurden nur vom Licht aus Menschenhand erhellt. Wahrhaft kunstvoll geschnitzte Holzfiguren der Göttin und ihres Sohnes ragten hinter diesen beiden kleinen Altären empor. Solche Darstellungen Savankalas waren jedoch nicht erlaubt. Ein Mensch konnte den Mond und die Sterne betrachten; ein Mensch konnte den Blitz sehen. Doch wer vermochte den Donner zu erschauen oder war imstande, in das blendende Antlitz der Sonne, des Sonnenvaters, zu blicken?

Als sie sich dem sonnenbeschienenen Altar näherte, kam ihr ein junger, weißgewandeter Novize entgegen, um sie zu begrüßen. Chenaya erwies ihrem Gott die schickliche Ehrenbezeigung und zündete das Räucherstäbchen an, das der junge Priester ihr anbot. Sie sprach leise ein Gebet und sah zu, wie der Rauch zu dem offenen Oberlicht emporstieg.

Als das Stäbchen niedergebrannt war, wandte sie sich an den Novizen. »Würdet Ihr Rashan ausrichten, daß ich hier bin?«

Er verbeugte sich höflich. »Er erwartet Euch bereits, Lady Chenaya.« Sogleich zog er sich zurück und verschwand in dem Labyrinth von Korridoren, die den Tempelbau durchzogen.

Rashan, das Auge Savankalas genannt, erschien Augenblicke später. Er war ein grauhaariger alter Mann. Seinen harten Zügen mochte man entnehmen, daß er nicht immer Priester gewesen war. Vielleicht war es auch nur so schwer gewesen, dachte sie, in der Hierarchie der Priester aufzusteigen. Er hatte viele Jahre gebraucht, ehe er sein Amt und seinen Titel erlangt hatte. Tasächlich war Rashan vor der Ankunft Molin Fackelhalters der Hohepriester des rankanischen Glaubens in diesem Teil des Reiches gewesen.

Er strich den grauen Bart glatt, und seine Augen glänzten, was selten vorkam. »Lady«, sagte er und nahm ihre Hand. Er ließ sich auf ein Knie fallen und küßte ihre Fingerspitzen. »Mir wurde gesagt, daß Ihr kommen würdet.«

Sie zog ihn auf die Füße. »Oh, und wer hat Euch das gesagt?«

Er deutete zum Oberlicht. »Er schickt die Zeichen. Ihr macht keinen Schritt, ohne daß *ER* es weiß.«

Sie lachte. »Rashan, Ihr seid zu fromm. Der Sonnenvater hat Besseres zu tun, als ständig über mich zu wachen.«

Doch Rashan schüttelte den Kopf. »Ihr müßt seine Pläne für Euch akzeptieren, Kind«, mahnte er sie. »Ihr seid die Tochter der Sonne, die Retterin und Hüterin des rankanischen Glaubens.«

Wieder lachte sie. »Glaubt Ihr das immer noch? Seht mich an, Priester. Ich bin aus Fleisch und Blut. Ich bin keine Priesterin und schon gar keine Göttin. Egal, wie viele Träume Ihr habt, daran wird sich nichts ändern. Ich bin Lowan Vigeles' Tochter, nichts weiter!«

Rashan verbeugte sich höflich. »Zur richtigen Zeit werdet Ihr anders darüber denken. Es steht mir nicht zu, mit Savankalas Tochter zu streiten. Ihr werdet Euer Erbe annehmen oder ablehnen, wie das Schicksal es bestimmt.« Er trat vor den Altar Vashankas und ließ die Schultern hängen. »Doch im Pantheon ist eine Leere entstanden. Vashanka ist verstummt und antwortet auf keine Gebete.« Er drehte sich um und deutete mit ausgestrecktem Finger auf sie. »Ich sage Euch, Chenaya, wenn dem Sohn Savankalas etwas zugestoßen ist, wird unausweichlich die Zeit kommen, da die Tochter ihre Pflichten aufnehmen muß!«

»Genug dieses Geredes!« sagte Chenaya scharf. »Ich sage *Euch*, Rashan, daß es der Blasphemie nahekommt! Genug jetzt!« Sie machte eine Pause, um sich zu fassen. Als Rashan das erstemal ihre Rolle angedeutet hatte, war sie über alle Maßen erschrocken gewesen. Ihr selbst hatte der Sonnenvater Träume geschickt und sie kannte deren Macht. In einem hatte Savankala ihr Schönheit versprochen, auch daß sie nie bei irgend etwas unterliegen würde, und er hatte ihr die Art ihres Todes verkündet – alles in einem Traum. *Nun war es Rashan, der träumte!* Und wenn sein Traum stimmte – wenn es ein wahrhaftig vom Sonnenvater Gesandter war ... Sie preßte die Lippen zusammen und weigerte sich, weiter darüber nachzudenken. Der Traum mußte falsch sein! Nicht mehr als der Wunschtraum eines greisen Priesters, der sah, wie sein Reich zerfiel.

»Habt Ihr über das nachgedacht, worum ich Euch bei unserer letzten Begegnung bat?« wechselte sie das Thema. »Nun, da die Straßen so unsicher sind, ist es wichtiger denn je. Ihr wißt, daß ich einmal hier war und diese Tür verschlossen vorgefunden habe!«

Rashan hob die Hand. »Ich werde Euch einen kleinen Tempel erbauen«, versprach er. »Es gibt keinen Wunsch, den Rashan Euch nicht erfüllen würde.«

»Was ist mit Onkel Molin?« fragte sie verschwörerischen Tones.

Rashan sah aus, als wolle er spucken, da erinnerte er sich, wo er war und machte hastig das Zeichen seines Gottes. »Molin Fackelhalter hat keine Macht mehr in diesem Haus. Euer Onkel hat den rankanischen Göttern den Rücken gewandt. Seine Handlungsweise riecht nach finsteren Machenschaften mit fremden Gottheiten. Die anderen Priester und ich haben uns auf diese stille Auflehnung geeinigt.« Er sprach mit eindrucksvollem Ärger, als breche er den Stab über einen Verbrecher. »Ich werde Euren Tempel errichten, und ich werde ihn weihen. Molin wird nicht einmal gefragt werden!«

Am liebsten hätte sie die Arme um den Hals des alten Priesters geschlungen. Es freute sie, daß auch andere ihrem Onkel trotzten. Zu lange hatte er seine Intrigen ohne Widerstand schmieden können. Nun, vielleicht gab es tatsächlich eine göttliche Gerechtigkeit.

»Baut ihn am Ufer des Fuchsfohlenflusses, unmittelbar an der Grenze unseres Grundes«, wies sie ihn an. »Und nicht zu groß, ein kleiner Familienaltar genügt.«

Wieder nickte Rashan. »Aber Ihr müßt ihn entwerfen.«

»Wa-as?« Sie blickte ihn erstaunt an. »Ich bin kein Baumeister!«

»Ich kümmere mich um die genaue Ausarbeitung«, beruhigte er sie. »Aber Ihr seid die Sonnentochter. Der Entwurf muß aus Eurem Herzen und Eurer Seele kommen.«

Sie seufzte, da besann sie sich ihres anderen Vorhabens. Es wurde schon spät, und bei den Göttern, sie wollte nicht, daß ihr Vater sich wieder Sorgen machte. Dankbar griff sie nach der Hand des Priesters. »Ich werde ihn entwerfen«, versprach sie und freute sich auf die neue Herausforderung. »Wir werden sofort anfangen. Die Kälte darf uns nicht abhalten. Habt Dank, Rashan.« Sie zog die Kapuze wieder tief ins Gesicht und machte Anstalten zu gehen. An der Tür blieb sie stehen und rief über die Schulter. »Und keine Träume mehr!«

Im Freien bildete ihr Atem winzige weiße Wölkchen. Sie hatte nicht beabsichtigt gehabt, so lange bei Rashan zu bleiben. Das Tageslicht verlor bereits an Kraft, eine graue Decke hatte sich über die Stadt gebreitet. Sie eilte die Tempelallee hinunter und bog in den Statthalterweg ein. Als sie an der Ecke vorbeikam, wo sie und Daphne in der vergangenen Nacht überfallen worden waren, sah sie sich wachsam um. Es war jetzt ruhig hier, aus den Schatten und dunklen Winkeln schien keine Gefahr zu drohen. Dann betrat sie den Weberweg, überquerte die Goldallee und erreichte schließlich die Prytanisstraße und ihr Ziel.

Die Luft schien plötzlich kälter zu werden, unnatürlich kalt, als sie ein nicht versperrtes Tor aufstieß und sich einer schweren Holztür näherte. Sie klopfte. Keine Antwort erfolgte, kein Laut war aus dem Innern zu hören. Sie betrachtete die seltsamen Steinstatuen, die zu beiden Seiten der Tür emporragten. Eine seltsame Drohung ging von ihnen aus. Sie warfen gewaltige Schatten über die Stelle, wo Chenaya wartete und verwehrten der Sonne den Zutritt. Aber sie hatte keine Angst. In ihrem Herzen umarmte sie Savankala und fühlte sich sicher.

Als sie das zweite Mal klopfte, ging die Tür langsam auf.

Da niemand sie begrüßte, trat sie ein. Gespenstisch schloß sich die Tür, und sie stand allein in einer Diele, die von weichem Lampenlicht erhellt wurde. »Enas Yorl?« rief sie. Die Worte hallten wider. Sie kaute an ihrer Lippe und ging tiefer in das Haus. Alles wirkte unendlich alt, war mit dem Staub von scheinbar Jahrhunderten bedeckt. Spinnweben verbargen wundervolle Kunstwerke hinter dichten Schleiern. Die Luft roch modrig. Sie rümpfte die Nase und ging durch die innere Tür. In der Mitte dieses Raumes blieb sie stehen. Ein Schauder rann ihr über den Rücken. *Es war derselbe, den sie soeben verlassen hatte!*

»Enas Yorl!« rief sie verärgert. »Treibt nicht Eure Zauberspiele mit mir. Ich will mit Euch reden!« Sie hielt inne und wartete auf irgendeine Erwiderung. »Ich dachte, Ihr hättet einen Diener«, fuhr sie ungeduldig fort. »Schickt ihn her, damit er mich zu Euch führen kann, oder kommt selbst. Ich warte hier.« Sie verschränkte die Arme, doch da öffnete sich am anderen Ende der Diele eine Tür. Sie überlegte, dann seufzte sie. »Na gut. Wenn Euch das Spaß macht.«

Wieder trat sie durch die Tür, und wieder befand sie sich im gleichen Raum. »Ich habe viel über Euch gehört, Enas Yorl«, murmelte sie, »aber nicht, daß Ihr andere langweilt.«

Erneut öffnete sich die Tür am anderen Ende. Zu ihrer Erleichterung gelangte sie durch sie in einen anderen Raum. Der Modergestank war verschwunden, dafür stieg ihr starker Weihrauchgeruch in die Nase. Hier brannten keine Lampen, dafür glühten Kohlenbecken rötlich und sorgten für Licht. Dieses Gemach war viel größer als die Diele, voll Büchergestellen und alten Möbeln. Dicke Teppiche bedeckten den Boden. In einer Ecke stieg aromatischer Dampf von einem großen Samowar auf.

Am hinteren Ende des Gemachs stand ein gewaltiger Sessel auf einem niedrigen Podest. Jemand, der völlig von einem ungeheuerlich weiten Umhang verhüllt war, lungerte darin.

»Verzeiht, wenn ich mich irre«, sagte die Gestalt zu ihr, »aber die meisten Leute zittern, wenn sie mich sehen. Ihr zittert nicht.«

Sie zwinkerte unschuldig. »Tut mir leid, wenn ich Euch enttäusche.«

Er hob Schweigen gebietend die Hand und setzte sich auf. »Ihr habt das Mal einer Gottheit an Euch.« Zwei rote Augen glühten unter einer Kapuze, die noch vermummender war als ihre. »Ihr seid Chenaya, von manchen Sonnentochter genannt.«

Sie begann diesen Titel zu hassen. »Ich kam hierher, um ein Geschäft mit Euch zu machen, Zauberer. Ich habe von Eurer Macht gehört. Wenn in diesem Höllenloch etwas wissenswert ist, dann wißt Ihr es. Ich brauche Auskunft.«

Sein Gelächter ließ die Wände schier erbeben. »Habe ich mich so gewaltig verändert? Haltet Ihr mich für Hakiem, den Geschichtenerzähler? Oder für den blinden Jakob? Geht zu ihnen um Auskunft, Frau. Ich bin kein Klatschweib! Wichtigeres beschäftigt mich!«

»O wirklich? Nun, dann beschäftigt Euch damit!« Sie warf ihren Umhang zurück und legte herausfordernd die Hände um ihre Brüste. »Vor fast einem Jahr wurde eine Karawane, in der sich die Gemahlin und die Konkubinen des Prinzen befanden, in der Grauen Wüste überfallen. Die Verschwörer gaben den Auftrag dazu hier in Freistatt. Ihr habt Macht, Enas Yorl, und Ihr könnt Dinge feststellen. Gebt mir ihre Namen, und ich gebe Euch die schönste Nacht Eures Lebens!«

Die roten Augen glühten wie Kohlen. Der Zauberer beugte sich vor und musterte sie interessiert. »Warum, in aller Welt, wollt Ihr Euch auf so etwas einlassen? Wißt Ihr denn nicht, was ich bin? Was mein Körper ist? Ja, ich kann Euch geben, was Ihr sucht, aber kennt Ihr den Preis wahrhaftig?«

Chenaya lachte knapp. »Ihr habt das Mal meines Gottes an mir gesehen, aber wißt Ihr auch, was es bedeutet? Es bedeutet, daß ich nicht verlieren kann – egal, worum es geht. Und das würde langweilig, wenn ich nicht hin und wieder neue, aufregende Möglichkeiten fände, mich zu amüsieren.« Sie öffnete die Spange ihres Umhangs und ließ ihn auf den Boden fallen. »Ihr seid der gefürchtetste Zauberer im Reich, und ich dachte mir schon, als ich zum erstenmal in diese Stadt kam, daß es Spaß machen könnte, in Eurem Bett herumzutollen. Doch der Preis für meinen Körper ist die Auskunft, die ich suche.«

»Aber mein Körper, Rankanerin«, gab der Zauberer zu bedenken. »Wißt Ihr, wie er sich verändert?«

»Natürlich«, versicherte sie ihm lachend. »Und ich wäre sehr enttäuscht, wenn er sich nicht verwandelt, während wir uns lieben.« Sie zwinkerte ihm zu. »Ich sagte ja bereits, daß ich immer auf neue, aufregende Erlebnisse erpicht bin.«

Seine Stimme nahm einen tieferen, sinnlicheren Ton an, als er sich erhob. »Ich habe keine Kontrolle über die Veränderungen. Ich kann nichts Derartiges versprechen.«

Aber er verwandelte sich, während er ihr ins Ohr flüsterte.

Chenaya runzelte gereizt die Stirn, als sie den Umhang enger um sich zog und von Schatten zu Schatten huschte. Das war nicht ihre übliche Art der Fortbewegung. Sie zog es vor, mitten auf der Straße zu schreiten, und verdammt, wer dumm genug war, sich ihr in den Weg zu stellen. Doch heute nacht war das etwas anderes. Sie hatte etwas zu erledigen und keine Zeit für sinnlose Auseinandersetzungen mit irgendeiner der Faktionen, die hier in der Nacht die Klinge schwangen.

Die Pferche Corlas, des Kamelhändlers, befanden sich am Ufer des Schimmelfohlenflusses, unweit des Basars. Nach den gegenwärtigen Gerüchten gehörten sie zu jenen Orten, die man besser mied. Der Krieg zwischen den beiden Hexen Ischade und Roxane hatte die Gegend zum Tummelplatz unberechenbarer Kräfte gemacht, und die Hälfte der Anwohner hatte Partei ergriffen.

Spiele, Spiele, seufzte sie. *Alle spielen.* Und wer weiß – vielleicht schaute sie sich sich diese Spieler näher an, falls es ihr langweilig wurde. Andererseits war ihr momentan nichts ferner als Langeweile. Enas Yorl hatte sie auf mehr denn eine Weise überrascht. Unerwartet hörte sie Stimmen hinter sich. Sie huschte in den nächstbesten Winkel und duckte sich hinter einem Faß. Abfälle – dem Geruch nach zu schließen. Sie rümpfte die Nase und wartete. Ein zerlumpter Trupp stapfte an ihr vorbei, ohne sie zu bemerken. Die meisten trugen offenbar Schwerter, einige allerdings nur Prügel. Von Zucht und Ordnung war an ihnen nichts zu bemerken. Sie unterhielten sich zu laut und benahmen sich, als gehöre die Nacht ihnen.

Als sie vorbei waren, setzte sie ihren Weg fort. Das Ufer des Flusses hatte sie bald erreicht. Unwillkürlich fiel ihr Blick auf das Wasser. Sternenlicht glitzerte auf den Wellen. Ihr sanftes Plätschern schlug sie in ihren Bann. Ein eigenartiges Gefühl bemächtigte sich ihrer, eine Mischung aus Furcht und Faszination; das gleiche Gefühl, als sie mit dem Boot zur Geierinsel gefahren war. Wieder besann sie sich der Stimme Savankalas und des Versprechens, das ihr Schicksal besiegelte. *Nicht durch das Schwert oder die Hand eines Menschen,* hatte der Donnerer ihr vor vielen Jahren prophezeit. *Sondern durch Wasser …*

Sie fröstelte und riß sich von diesem Bann los. So war es auch auf der Fahrt zur Insel gewesen. Auf dem Rückweg hatte sie zuviel zu tun, zuviel zu überlegen gehabt. Sie fühlte, wie das Wasser sie rief. Aber sie folgte dem Ruf nicht.

Ein anderer Gestank verpestete hier die Luft. Er war fast so übel wie der des Fasses. Sie hatte genug Zeit mit den in Rankan üblichen Tieren verbracht und deshalb keine Schwierigkeiten, den Kamelgeruch zu erkennen. Sie huschte weiter und gelangte schließlich zu den Pferchen.

Daxus – das war der erste Name, den Enas Yorl ihr ins Ohr geflüstert hatte. Mehrere Jahre hatte dieser Mann seinen Lebensunterhalt als Nachtwächter Corlas verdient und so manche Goldstücke zusätzlich, wie der Zauberer wußte, indem er verschiedenen Räuberbanden verriet, welche Fracht die einzelnen Karawanen beförderten. Er war es laut Enas Yorl gewesen, der den Überfall auf Daphnes Karawane arrangiert hatte.

Chenaya tastete nach einer goldenen Kette, die von ihrem Gürtel hing, und benetzte die Lippen. Nun würde Daxus dafür bezahlen, wie sie es Daphne versprochen hatte.

Die Pferche waren von einer Palisadenwand umgeben, um möglichen Dieben schon von vornherein den Mut zu nehmen. Um sie zu erklimmen, wären Enterhaken nötig. Es gab nur ein Tor, das zweifellos von innen gut verriegelt war. Die Unruhen auf den Straßen hatten Daxus dazu veranlaßt, sich bei den Kamelen zu verschanzen.

Lautlos schlich sie um die Palisade und spähte da und dort durch die dünnen Spalten. Das Innere war in kleinere Pferche aufgeteilt. Sie lauschte, doch selbst die Kamele schienen zu schlafen. Aber – sah sie das Glühen eines kleinen Feuers?

Chenaya huschte zum Tor und legte eine Hand auf das unbehauene Holz. Nur eine List würde es öffnen, ohne die Straßenbanden herbeizulocken – nicht gerade ihre stärkste Seite. Doch Daxus war ein Mann, sie konnte daher mit seinen niedrigsten Instinkten rechnen.

Sie nahm ihren Umhang ab, dann zog sie ihren Kittel aus, ganz vorsichtig, damit die dünne Sonde nicht herausfiel, die sie im rechten Ärmel versteckt hatte. Sie drückte die verschränkten Arme an die Brust und überlegte, wie sie es mit der Hose und den Stiefeln halten sollte. Es war verdammt kalt. Sie bekam bereits eine Gänsehaut. Doch, falls Daxus mißtrauisch war, würde er sie sich vielleicht genauer ansehen wollen. Stumm fluchend blickte sie auf die Straße hinaus, dann legte sie die restlichen Kleidungsstücke ab. Zuletzt lehnte sie ihr Schwert an die Palisade.

Dann hämmerte sie heftig ans Tor. »Hilfe!« rief sie angespannt. »Bitte, laßt mich ein! Mein Mann will mich umbringen! Hilfe!« Sie schlug mit den Handflächen aufs Holz und schaute sich um. Sie konnte nur hoffen, daß niemand anderes auf sie aufmerksam wurde.

Ein kleines Fenster im Tor öffnete sich einen Spalt. Kein Gesicht war zu sehen, doch eine Stimme fragte leise: »Wer ist da? Ich will keine Schwierigkeiten. Verschwindet!«

Die Tür begann sich wieder zu schließen, doch Chenaya schob einen Finger durch den Fensterspalt.

»Wartet!« flehte sie. »Ihr seid Daxus. Ich habe Euch schon ein paarmal gesehen. Bitte, laßt mich hinein, ehe mein Mann mich findet. Er schlägt mich, doch diesmal bin ich davongelaufen. Er hat mich über den Karawanenplatz gejagt, aber dann hat er mich verloren. Er wird mich jedoch bald finden. Bitte, es ist so kalt!«

Das Fensterchen öffnete sich ein Stück, ein Auge spähte hindurch. »Ist das ein Trick?« brummte Daxus. »Tretet ein wenig zurück, damit ich Euch ganz sehen kann. He! Ihr seid ja splitternackt!«

Sie dankte den Göttern für ihre weise Voraussicht. Aber es war eisig kalt! Vielleicht beschleunigte es die Dinge, wenn sie auf die Knie fiel? »Ich trug ein Kleid, aber er hat es mir vom Leib gerissen. Versuchte mir Gewalt anzutun, der besoffene Hundesohn!« Sie hoffte, sie spielte ihre Rolle gut genug. War Daphne diese Demütigung wert?

Das Fenster öffnete sich ganz, und der Nachtwächter streckte das Gesicht hindurch. Dann leckte er sich die Lippen und grinste sie an. »Nun, ich hab' ein Feuer, das wird dich wärmen, Süße. Durch und durch wärmen wird es dich!«

Er schloß das Fenster. Chenaya hörte, wie sich der schwere Riegel innen am Tor hob, gleich darauf schwang es auf.

Sie erhob sich rasch und packte ihr Schwert. Nur zu gut erinnerte sie sich an den lüsternen Ausdruck seines Gesichts. Er stieß sie ab. Sie empfand Ekel vor der Rolle, die sie hatte spielen müssen, um ihn zu überlisten. Außerdem fror sie erbärmlich. Aus diesen Gründen schlug sie viel härter zu, als nötig gewesen wäre, zu Daxus' Glück jedoch nur mit dem Knauf.

Rasch zerrte sie ihn hinein, dann holte sie sich ihre

Kleidungsstücke. Sie schloß das Tor, nahm sich kurz die Zeit, den Umhang umzuwerfen, dann beugte sie sich über den Bewußtlosen. Sie löste die Kette von ihrem Gürtel und tastete nach der nadelfeinen Sonde im Ärmel ihres Kittels.

Sie arbeitete im Feuerschein. An einem Ende der Kette waren zwei winzige stumpfe Klammern mit einem Stück feiner Schnur zusammengehalten, die so lang war wie die Kette. Die steckte sie in den rechten Nasenflügel des Nachtwächters. Mit der Sonde schob sie sie dem Mann in die Nase hinein. Chenaya wußte, wann die Klammern richtig angebracht waren. Vorsichtig trennte sie Kette und Schnur und begann behutsam zu ziehen. Die Sonde sorgte dafür, daß die Kette an Ort und Stelle blieb, doch sie verdrehte sich, als sie an der Schnur zog. Augenblicke später kam die Umwickelung frei, und die Klammern sprangen auf. Sie zog leicht an der Kette. Sie war fest verankert.

Das war eine Methode, mit der man in Ranke aufsässige Sklaven und Verbrecher gefügig machte. Ohne Betäubung war diese Prozedur sehr schmerzhaft. Daxus hatte Glück, daß er ohnmächtig war. Es würde ihm jedoch keineswegs gefallen, sobald er wieder zur Besinnung kam.

Sie mochte den Kamelgeruch nicht. Es war Zeit zu gehen. Sie brauchte ihn nun nur noch unbemerkt nach Landende zu bringen. Sie wickelte das freie Kettenende um die Hand und machte sich daran, ihn auf die Schulter zu heben.

Das Tor schwang ein Stück auf. Es war Dayrne.

»Was machst du hier?« flüsterte sie zornig und mit hämmerndem Herzen. Da sie beide Hände für Daxus gebraucht hatte, wäre sie nicht in der Lage gewesen, nach ihrem Schwert zu greifen.

»Ich decke Euch den Rücken«, antwortete er ruhig. »Zieht den Rest Eurer Sachen an. Ich trage ihn.«

Sie errötete tief. Zweifellos hatte er mehr als nur ihren Rücken gesehen. Und sie war so in Eile gewesen, mit Daxus weiterzukommen, daß sie nicht daran gedacht hatte, mehr als den Umhang anzuziehen. Sie ließ die Kette los und beeilte sich, in ihre Sachen zu schlüpfen. Aber es ärgerte sie, daß sie Dayrne nicht bemerkt hatte.

»Herrin«, sagte er grinsend. »Ich stahl mich bereits durch Straßen, als Ihr noch mit Puppen spieltet.«

»Aber du wurdest erwischt«, erinnerte sie ihn von oben herab.

Er nickte. »Irgendwann wird jeder mal erwischt.«

Sie plagte sich in die Stiefel und deutete auf Daxus, der Anstalten machte, sich zu rühren. »Wir wollen uns lieber heute nacht nicht erwischen lassen. Dieses Bündel da ist für Daphne.«

Dayrnes Faust schickte Daxus ins Reich der Träume zurück.

»Lady Chenaya, Tochter von Lowan Vigeles, Kusine Seiner Hoheit Prinz Kadakithis.«

Lu-Broca, der Palastverwalter und heute Zeremonienmeister, lächelte höflich, als er den Festgästen ihre Ankunft kundtat. Er verbeugte sich als Geste der Begrüßung, wofür sie ihm mit einem Nicken dankte.

Fünf Stufen führten vom Eingang hinunter in den Ballsaal. Sie nahm sie langsam, ließ den Blick unmerklich über die Festtafeln schweifen, über die Musiker und Tänzer und über die Gesichter, die sich ihr zugewandt hatten.

Die bessere Gesellschaft der Stadt hatte sich versammelt; Rankaner Seite an Seite mit Ilsigern und Beysibern, etwas, das auf der Straße selten vorkam. An der gegenüberliegenden Seite des Saales unterhielt sich Hakiem, der ehemalige Geschichtenerzähler, der zum Ratgeber der Beysa aufgestiegen war, mit mehreren Gästen. In der Nähe, mit einem Ohr offenbar dem Gespräch lauschend, stand der Mann, den man Lastel nannte. Chenaya wußte wenig von ihm, außer daß er allem Anschein nach sehr reich war. Viele andere bekannte Gesichter erspähte sie, unter ihnen Gonfred, der Goldschmied, der Heiler Nadeesha, Meister Melilot, der Schreiber. Natürlich unzählige Beysiber, die sie nicht kannte, und die in ihren Augen alle gleich aussahen.

Dann entdeckte sie Kadakithis. Shupansea, die beysibische Herrscherin, hing an seinem Arm. Insgeheim schmunzelte Chenaya, als sie sah, daß sogar die Beysa sich der hiesigen Mode angepaßt und ihren Busen bedeckt hatte, statt die Brüste bemalt zur Schau zu stellen. Natürlich war Molin Fackelhalter bei ihnen.

Der Prinz eilte mit strahlendem Gesicht auf sie zu. Es war offensichtlich, daß er sich freute, sie zu sehen. Shupansea und Molin teilten seine Begeisterung anscheinend nicht.

»Kusinchen!« rief der Prinz über den lauten Trubel der Feiernden hinweg. »Ich hörte bereits, daß du zurück bist. Warum hast du mich nicht gleich besucht?« Er umarmte seine Lieblingsverwandte herzlich.

»Geschäfte, mein kleiner Prinz«, antwortete sie und zauste sein Haar, was Shupansea ihrem finsteren Gesicht nach gar nicht gefiel. »Es gab einiges, was ich tun mußte.« Sie warf einen Blick auf den Eingang, und nun umarmte sie ihn. »Können wir ungestört sprechen?« flüsterte sie ihm ins Ohr.

Schon als Kinder hatten sie Geheimnisse geteilt. Der Prinz zögerte nicht. Er wandte sich an Shupansea. »Entschuldige mich einen Moment, meine Liebste, während ich Chenaya zu den Erfrischungen führe. Ich bin sicher, Molin wird dich inzwischen unterhalten.« Er gab der Beysa keine Gelegenheit, ihre Mißbilligung in Worte zu kleiden. Er faßte seine Kusine am Arm und führte sie in die Menge.

»Also, sag schon, was so wichtig ist, daß du ein solches Gesicht machst?« fragte er, als sie auf der entgegengesetzten Seite des Saales angelangt waren.

Chenaya schluckte. Bis zum vergangenen Abend hatte sie nicht an ihren Vetter gedacht, nur daran, Shupansea eins auszuwischen. »Du weißt, daß ich dich sehr mag, Kadakithis«, begann sie, während sie die richtigen Worte suchte. »Aber du weißt auch, daß ich Ranke noch mehr liebe.«

Lu-Brocas Stimme erdröhnte am Eingang. Sie hielt den Atem an.

»Lowan Vigeles und Lady Rosanda«, kündete der Zeremonienmeister zu ihrer Erleichterung an. Sie hatte noch ein wenig Zeit, bis hier die Hölle ausbrach.

Sie drückte den Arm ihres Vetters. Sie wollte ihm nicht weh tun, aber sie wußte, daß es zu spät war, das zu vermeiden. »Vetter, beabsichtigst du, diese beysibische Hexe zu heiraten?«

Kadakithis wich verärgert einen Schritt von ihr zurück. »Chenaya«, sagte er. »Ich bedauere, daß ihr zwei euch nicht leiden könnt …«

Sie unterbrach ihn. »Keine Spielchen, Vetter. Ich habe gesehen, wie ihr beide euch anseht, und ich weiß, was sie empfindet. Aber ich kann nicht …«

Nun unterbrach er sie. »Bist du enttäuscht, weil ich nicht irgendwie eine Armee zusammengestellt habe und nordwärts geritten bin, um den Thron von Theron zurückzuholen?« Sie hatte ihn noch nie zuvor ironisch erlebt, und es erschreckte sie. »Hältst du mich für einen Feigling, weil ich mich hier in Freistatt verkrochen habe ...«

Sie drückte eine Hand auf seinen Mund, um den häßlichen Anschuldigungen ein Ende zu machen. »Natürlich nicht!« entgegnete sie heftig. »Ich kenne das Maß von Therons Macht besser als du und weiß, wie weit sein Arm reicht. Er würde dich zu Hackfleisch machen, wenn du gegen ihn ziehen würdest.« Sie schluckte schwer und warf einen neuerlichen Blick auf den Eingang. »Aber egal, wer auf dem Thron sitzt, Ranke muß erhalten werden! Und Freistatt ist Teil von Ranke, egal wie viele beysibische Schiffe im Hafen liegen, oder wie viele von Shupanseas fischäugigen Verwandten sich im Palast herumtreiben!«

Sie nahm sein Gesicht zwischen die Hände und hoffte aus tiefstem Herzen, daß er ihr eines Tages vergeben würde. »Aber du kannst sie nicht heiraten, Kadakithis! Ich kann nicht zulassen, daß du sie heiratest. Shupansea darf auf keinen Fall einen rechtlichen Anspruch auf diese Stadt bekommen! Sie mag Gast sein, doch nie deine Gemahlin, nie eine Prinzessin von Ranke!«

»Und wie willst du das verhindern, Kusine?« entgegnete Kadakithis gereizt. »*Wenn wir überhaupt je von Heirat gesprochen hätten*, wie würdest du sie verhindern?«

Sein Zorn machte ihn ihr zum Fremden. Er schob ihre Hände zur Seite, und das schmerzte sie mehr, als sie hätte sagen können. Sie waren als Kinder Spielgefährten gewesen, Freunde und Vertraute.

Doch es ging um Ranke. Shupansea war ein Eindringling, nicht weniger schlimm als alle anderen Kräfte, die das Reich zu zerstückeln suchten. Zwar war die fischäugige Verführerin subtiler, geduldiger, aber es blieb trotzdem rankanisches Land, auf das sie aus war, auch wenn es sich nur um dieses Höllenloch, handelte, die sich Freistatt nannte.

Chenaya holte tief Atem und achtete nicht auf die Tränen, die ungeweint in ihren Augen brannten. »Ich habe es bereits verhindert, mein kleiner Prinz.«

Kadakithis wich noch mal einen Schritt zurück. Sein Blick schien sie mit einer Drohung zu durchbohren, wie sie es von ihm nie erwartet hätte. Als wäre das das Stichwort, dröhnte Lu-Brocas Stimme nun durch den großen Saal – er kündigte die neu eintreffenden Gäste an. Chenaya wirbelte herum. Der Zeremonienmeister war bleich, sein Gesicht verstört. Sie hielt Ausschau nach Shupansea und Molin Fackelhalter. Sie hatte in der Nähe sein wollen, um ihre Gesichter zu sehen. Nun erschien es ihr nicht mehr so wichtig.

»Ihre Kaiserliche Hoheit, Daphne, Prinzessin von Ranke, Gemahlin des Prinzen Kadakithis.« Lu-Broca schluckte. »Und Begleitung.«

Alle Farbe schwand aus Kadakithis' Gesicht, als er sich einen Weg durch die plötzlich völlig stille Menge bahnte. Chenaya folgte ihm, und die Beysa und Molin schlossen sich ihnen sofort an. Die Beysiberin bedachte sie mit einem Blick voller Haß. Chenaya hatte darüber nachgedacht, was sie in diesem Fall machen würde: lächeln, die Zunge herausstrecken, unschuldig mit den Wimpern klimpern, irgend etwas, um die Frau zu verhöhnen, ihr zu zeigen, daß wieder einmal sie als Siegerin hervorgegangen war. Doch statt dessen senkte sie jetzt den Blick.

Mit großer Anmut schwebte Daphne die Stufen herunter. Ihre Rechte ruhte hoheitsvoll auf Dayrnes muskulösem, nacktem Arm. Ihre Linke hielt das Ende von Daxus' Kette, den sie wie ein exotisches Schoßtier führte.

Rosanda hatte die Prinzessin zurechtgemacht und sich dabei selbst übertroffen. Daphne war eine strahlende Schönheit. Sie war in Wolken himmelblauer Seide gehüllt, die ihre Blutergüsse verbargen. Ihr Haar lag in Löckchen um den Kopf. Die Lider waren schwarz, doch dezent nachgezogen, ihre Wangen mit einem Hauch von Rouge betont. Chenaya konnte ihr leichtes Parfüm riechen. Besonders gut stand ihr der Reif mit dem Strahlenkranz, der auf ihrer Stirn glomm.

»Für diese Kränkung werdet Ihr büßen!« knirschte Shupansea.

»Paßt jetzt lieber auf, Fischgesicht«, entgegnete Chenaya gleichmütig. »Ihr kennt das volle Ausmaß meiner Kränkung noch nicht.« Sie blickte auf die Kleinere hinab und zwang sich zu einem Lächeln. »Ich *möchte*, daß Ihr sie gebührend würdigt.«

Daphne erreichte die unterste Stufe. Sie und Kadakithis blickten einander einen langen Moment an. Der Prinz streckte die Hand aus, um ihre zu ergreifen. Aber Daphne ließ Dayrnes Arm nicht los. »Hallo, Gemahl.« Sie sprach sanft, doch laut genug, daß alle es hören konnten. »Überrascht?«

»Ja, ja!« stotterte Kadakithis. »Sehr!«

»Solltest du auch sein.« Ihre Stimme war kühl, doch höflich. »Hast du dir die Mühe gemacht, eine

Suche anzuordnen? Hast du mich gesucht oder dir Gedanken über mein Los gemacht?«

Auch Chenaya hatte sich Gedanken gemacht, weshalb ihren Vetter das Verschwinden seiner Gemahlin offenbar nicht berührte. Wie, fragte sie sich, hatte Shupansea ihn so verhexen können? Trotzdem verkrampfte sich ihr Herz, als ihr kleiner Prinz verlegen den Kopf senkte.

Daphne nahm die Hand von Dayrnes Arm und entließ ihn mit einem Kopfnicken. Er machte ein paar Schritte rückwärts und blieb neben Daxus stehen. Daphne schwebte an ihrem Gemahl vorbei zu Shupansea.

»Ihr seht tatsächlich wie ein Karpfen aus, wie man mir versicherte«, sagte Daphne amüsiert. Shupansea warf erneut einen haßerfüllten Blick auf Chenaya. »Vielleicht stammt ihr von Fischen ab.« Daphne hielt inne, um den Blick über die Gesichter ringsum schweifen zu lassen. Niemand gab auch nur einen Laut von sich, doch alle drängten näher heran, um ihre Worte zu hören. Sie wandte sich wieder an die Beysa. »Doch was immer Ihr auch sein mögt, eines seid Ihr nicht *und werdet es auch nie sein!*. Ihr seid nicht Kadakithis' Gemahlin. Dieser Titel kann Euch nie gehören. Scheidung ist bei den oberen Familien Rankes verboten.«

Shupansea betrachtete die Jüngere kalt, unbewegt, stumm.

Erbarmungslos fuhr Daphne fort: »Oh, ich beabsichtige nicht hierzubleiben, ich werde Euch also nicht im Weg sein. Ich bin gut in Landende untergebracht bei Lowan Vigeles und Lady Chenaya, der die Götter erlaubten, mich zu finden und zu befreien.« Sie verzog die Lippen zu einem falschen Lächeln und blickte Shupansea an, wie sie vielleicht einen Wurm angesehen hätte. »Ihr könnt Kadakithis haben, wenn Ihr ihn wollt. Doch mehr als seine Konkubine werdet Ihr nie sein. Nummer acht, wenn ich mich recht entsinne, obgleich die anderen tot sind oder sich zumindest wünschten, sie wären es.« Daphnes Lächeln schwand. »Wenn Ihr ihn jedoch liebt, genügt vielleicht die Rolle einer Hure.«

Kadakithis machte den törichten Versuch, das Thema zu wechseln. »Wer ist dieser arme Bursche?« Er deutete auf Daxus.

»Vielleicht kennt Onkel Molin ihn?« warf Chenaya ein.

Der Priester funkelte sie aus den Augenwinkeln an und schüttelte den Kopf. Er war erstaunlich ruhig, beobachtete nur und überlegte – davon war Daphne überzeugt –, wie er die Lage zu seinem Vorteil nutzen könnte.

»Mein Hübscher?« Daphne schüttelte die Kette, und Daxus verzog vor Schmerzen das Gesicht. Er konnte nicht nach der Kette greifen, da seine Hände auf den Rücken gebunden waren. Als er protestieren wollte, kam lediglich ein rauher, rasselnder Laut hervor, und er würgte. Boshaft schüttelte Daphne fester an der Kette. Tränen quollen aus den Augen des Gefangenen, und er sank auf die Knie. So erging es ihm nun bereits seit drei Tagen.

Daphne wickelte die Kette auf, so daß Daxus zu ihr kriechen mußte. »Habe ich ihn nicht herausgeputzt?« Sie befingerte die feine Seidentunika, die sie ihm hatte anziehen lassen. »Vornehme Kleidung für den schlimmsten Abschaum! Er arrangierte den Überfall auf meine Karawane und heuerte die Männer an, die mich in die Hölle verkauften, wo ich ein ganzes Jahr gefangen war. Er ist nur der erste, der aufgedeckt wurde. Ich versichere euch, weitere folgen.« Sie blickte bedeutungsvoll durch den Saal. »Das verspreche ich!« Sie zog an der Kette, und Blut sickerte aus Daxus' Nase. »Und ihnen allen wird es so ergehen!«

Mit einer raschen Bewegung schlang sie die Kette um Daxus' Hals. Sie zog sie zusammen. Ihr Gesicht wurde zu einer Fratze der Wut, sie fletschte die Lippen. Daxus stieß ein heiseres Heulen aus, als die Kettenglieder in sein Fleisch schnitten. Seine Wangen wurden purpurn, eine Ader pochte an seiner Schläfe, und seine Augen quollen in Todesangst hervor.

Es war erstaunlich schnell vorüber. Daxus kippte nach vorn, und sein Kopf schlug krachend auf den Boden auf. »So werden alle enden«, versprach sie erneut, als sie ihre Fassung wiedergefunden hatte. »Doch für den Augenblick bin ich damit fertig.« Sie hakte sich fest bei Kadakithis unter. »Viele von euch waren meine Freunde, ehe ich wegging, und ich freue mich darauf, mich mit euch zu unterhalten und mit euch allen fröhlich zu sein. Heute ist ein großes Fest, also laßt uns feiern!« Ohne einen weiteren Blick auf Shupansea führte Daphne ihren Gemahl in die Menge.

Chenaya bedeutete Dayrne, Daxus wegzuschaffen. Ihr entging seine entsetzte Miene nicht. Weder er noch sie hatte damit gerechnet, daß Daphne Daxus hier töten würde. Es hatte ihr zuviel Spaß gemacht, ihr Spielzeug zu quälen.

Lowan Vigeles trat neben sie. Seine Miene war steinern. »Das war nicht gut getan, Tochter«, sagte er nur und kehrte zu Rosanda zurück.

Shupansea wirbelte zu ihr herum. Einen Augenblick lang dachte Chenaya, die Beysa würde sie anspucken – die Frau konnte sich kaum noch beherrschen, vermochte keine Worte zu finden –, doch statt dessen stürmte sie die Stufen hinauf und aus dem Saal.

Molin kam als nächster. »Törichtes Kind!« begann er. »Du hast sie in den Augen der ganzen Stadt zur Hure gemacht. Weißt du überhaupt, was du getan hast?«

Chenaya funkelte ihn an. Sie entsann sich voll Abscheu, wie sie diesem Mann einst vertraut hatte. Er allein wußte von den Gaben, mit denen Savankala sie bedacht hatte. Mit diesem Wissen hatte er ein kleines Vermögen gemacht, indem er in der Arena auf sie setzte. Sie blickte ihren Onkel an und empfand nur Zorn.

»Wenn du reden möchtest, altes Wiesel«, sagte sie leise, »dann am besten auf der Terrasse, wo es niemand hören kann.«

Molin sah aus, als hätte er sauren Wein geschluckt, dann drehte er sich um und ging durch die Gäste zur Terrasse. Chenaya lehnte sich weit über die Brüstung und forderte ihn so heraus, sie hinunterzustoßen. Im Hafen brannten die Feuer der ärmeren beysibischen Seeleute. Auch sie feierten den Winterbey auf ihre weniger prunkvolle Weise.

»... Das war dumm und gedankenlos!« tobte Molin Fackelhalter und schüttelte die Faust. »Wenn Shupansea zornig genug ist, Schritte zu unternehmen, wie sehen wir dann aus? Sie hat tausend Krieger!«

Chenaya hatte mehrere Ketten um ihre Taille geschlungen. Sie löste eine und hängte sie um Molins Hals. Ein Ende hatte einen Haken.

»Du hast den Angriff auf Daphnes Karawane befohlen, Onkel Molin.« Sie hob eine Hand, ehe er es abstreiten konnte. »Leugne es nicht. Ich *weiß* es. Ich sah alles, auch dein Gesicht, in einer Kristallkugel!«

Molin bemühte sich gar nicht, sein Gelächter zu unterdrücken. »Du beschuldigst mich, weil du etwas in der Kristallkugel einer Wahrsagerin gesehen hast? Du bist so verrückt wie Daphne!«

»Nein, Onkel«, entgegnete sie. »Ich sah die Wahrheit. Ich war nicht bei einer gewöhnlichen Weissagerin! Ich versprach Daphne die Namen jener, die für ihre schrecklichen Qualen verantwortlich sind. Bei den Göttern, jeder von ihnen hat den Tod *verdient*. Die Geierinsel ist noch schmutziger und verruchter als Freistatt.« Sie hakte die Kette um seinen Hals zusammen und schob die Hände zu seiner Kehle hoch. »Ich verließ Freistatt vor drei Monaten mit dem Vorhaben, nach Überlebenden der Kaiserlichen Familie zu suchen und sie zu retten. Und ob zum Guten oder Bösen, du gehörst zur Familie. Ich werde dich Daphne nicht aushändigen. Wenn wir je die Chance kriegen, gegen Theron vorgehen zu können, brauchen wir vielleicht jemanden mit deinen Fähigkeiten, um Intrigen zu spinnen.« Sie hakte die Kette um seinen Hals wieder aus, glättete eine Falte an seiner Tunika. »Und falls wir diese Chance nie kriegen«, sie lächelte, »werde ich selbst mit dir abrechnen.«

Molin richtete sich stolz auf. »Drohe mir nicht, Nichte! Die Götter gaben dir Macht, aber vergiß nicht, daß ich deine Geheimnisse kenne. Ich weiß, wie du sterben kannst!«

Chenaya packte Molin und zerriß den Saum ihres eigenen Gewandes, als sie ihn hochhob, über die Balkonbrüstung legte und ihn drehte, so daß er nach unten sehen konnte.

»Du weißt wie«, knurrte sie, »aber nicht wann.

Möchtest du mich ertränken, Onkel? Mich in den Fluß werfen? Du törichter alter Mann! Nachdem ich dahinterkam, welch eine Schlange du bist, lernte ich *sofort* schwimmen. Du kennst meine Geheimnisse, aber überleg mal, was sie dir nützen.« Sie stellte ihn wieder auf die Füße und freute sich, als sie kleine Schweißperlen auf seiner Stirn glänzen sah.

Molin rieb sich den Rücken. »Sei verdammt! Wirst du denn nie der Spielchen müde? Langweilt es dich nicht, immer zu gewinnen?«

Überrascht warf sie den Kopf zurück und lachte. »Onkel, du machst mir Spaß! Das Schöne ist nicht das Gewinnen, sondern die Wirkung meines Sieges auf den Verlierer zu sehen!«

Sie ließ ihn stehen. Im Saal war das Stimmengewirr noch angeschwollen. Shupansea war nicht zurückgekehrt, auch Kadakithis war nirgendwo zu sehen. Daphne bewegte sich mit Dayrne als Begleiter durch die Menge, und immer wieder war ihr glockenklares Lachen zu hören. Lowan und Rosanda standen allein in einer Ecke in ein Gespräch vertieft.

»Stimmt es, daß Ihr in den Rankanischen Spielen ungeschlagen seid?«

Chenaya blickte abfällig auf den kleinen Mann, der es gewagt hatte, sie am Arm zu stupsen. Er bot ihr einen Kelch Wein an, den sie ablehnte, und wiederholte seine Frage.

»Ihr seid Terry, nicht wahr?« sagte sie. »Der Steuereintreiber?«

Sein Gesicht leuchtete auf, und er verbeugte sich. »Derselbe.«

Chenaya rümpfte die Nase und ahmte seinen Tonfall nach. »Stimmt es, daß Ihr der verhaßteste Mann von Freistatt seid?« Seine Brauen schossen hoch. Sie ging weiter, ehe er noch etwas sagen konnte. Der Mann, der Lastel hieß, kam ihr entgegen.

Seltsam, dachte sie. *Nichts ist so, wie ich es mir vorstellte.* Sie hatte den Sieg davongetragen, doch einen bitteren Geschmack im Mund. Sie entsann sich, was sie zu Daphne gesagt hatte: *Auch der Sieg kann einen hohen Preis fordern.*

Ohne ein Wort zu irgend jemandem stieg sie die Stufen hinauf, nickte Lu-Broca zu und verließ den Palast. Ein paar Gäste unterhielten sich miteinander auf dem Vashankaplatz innerhalb der Palastmauern. Sie machte einen Bogen um sie. Vor dem Tor zur Hauptstraße warteten vier ihrer Gladiatoren mit der Sänfte auf sie. Zu spät dachte sie daran, daß sie ihren Umhang im Palast gelassen hatte. Nicht so schlimm, sie würde ihn morgen holen lassen. Jetzt wollte sie nichts als nach Hause, in ihre Lederkleidung schlüpfen und einen Spaziergang mit Reyk machen. Der Falke war die einzige Gesellschaft, die sie jetzt ertragen würde.

Die Sänfte setzte sich in Bewegung. Chenaya seufzte und schlug die Arme um sich, denn sie fror.

Harran

Am Fluß

Diane Duane

... Aber wer vermöchte je über den Wagemut in den Herzen standhafter Frauen zu berichten? Über ihren starken Willen, und darüber, wie weibliche Kraft sich gegen allen Widerstand einen Weg durch die Nacht bahnt, durch den Tod, und kein Nein als Antwort gelten läßt? Doch noch steht der Amboß des Rechtes fest auf dem Boden, und Schmied Schicksal hämmert dort das Schwert. Sollte diese Kraft, diese grimmige Gabe, mißbraucht und unerfüllt im Dunkeln brüten, wird sie Vergeltung suchen. Seltsam sind die Wege des Lebens, denn wird die Macht zum Guten verwendet, wird sie sie dennoch suchen, doch auf ganz andere, seltsame Weise ...

An diesem Tag stieg der Rauch in Freistatt zum Himmel empor und hob sich als rußiges, verwehtes Banner vom Blau des Frühwinters ab. Ein Teil dieses Rauches erhob sich von Altären und sollte die Aufmerksamkeit des einen oder anderen Gottes erregen, tat es jedoch nicht. Die meisten Unsterblichen waren viel zu sehr damit beschäftigt zuzusehen – manche bestürzt, andere erfreut, einige in göttlicher Geistesabwesenheit –, wie ihre Gläubigen gegeneinander in den Krieg zogen, die Stadt in Stücke rissen und die Stücke anzündeten. Ein oder zwei Götter verließen die Stadt sogar. Das versuchten auch viele Nichtgötter: einigen glückte es. Von jenen, die blieben, fanden viele Nichtunsterbliche den Tod in den Unruhen oder den Feuerstürmen, die durch die Stadt tobten. Niemand machte sich die Mühe, sie alle zu zählen, nicht einmal die Götter. Einer starb an diesem Tag in Freistatt, der nicht ganz ein Sterblicher, aber auch nicht ganz ein Gott war. Sein Tod war deshalb ungewöhnlich, weil er *bemerkt* wurde – nicht nur einmal, sondern dreimal.

Er selbst bemerkte es natürlich. Harran hatte fast sein ganzes Leben im Umfeld des Todes gearbeitet, sowohl als Heilerpriester der Göttin Siveni Grauaugen, als auch als Barbier und Heiler der Ersatzstiefsöhne. Er kannte die unvermeidliche Folge dieser Art von Schwertwunde, die ihm der große dunkle Reiter zugefügt hatte. *Keine Hoffnung*, dachte er mit kühler Überlegung, während er mit dem Jungen, den er sich über die Schulter geworfen hatte, davontaumelte.* *Der verstand mit seiner Klinge umzugehen.* Von diesem Gedanken abgesehen und einem Stich schmerzlicher Sorge um den von einem Pfeil getroffenen Jungen, den er hatte retten wollen, blieb ihm keine Zeit für irgend etwas außer Verwirrung.

Diese Verwirrung war in letzter Zeit schon fast zum Dauerzustand bei ihm geworden. Erstens, weil die echten Stiefsöhne zurückgekehrt waren und Harran ihre Rückkehr nicht so komisch finden konnte, wie er früher gedacht hatte. Aber damals hatte er nicht damit gerechnet, daß sie ihn für einen Verräter

* *Armeen der Nacht, von C. J. Cherryh in Geschichten aus der Diebeswelt:* Armeen der Nacht, *Bastei-Lübbe 20140*

halten würden, weil er in ihrer Abwesenheit die falschen Stiefsöhne unterstützte. Doch genausowenig hatte er damit gerechnet, daß er solche Probleme mit seiner verlorenen Göttin Siveni haben würde, nachdem er sie herbeibeschworen hatte. Ihre Erscheinung, und ihr Versuch, Freistatt dem Erdboden gleichzumachen – was die klumpfüßige Bettlerin vereitelt hatte, die er als schwachsinnige Arbeitskraft benutzt hatte –, verwirrte ihn solcherart, daß er zu nichts mehr fähig war. Mriga die Schwachsinnige war jetzt Mriga die Göttin. Das hatte derselbe Zauber verursacht, der Siveni auf die Straßen von Freistatt holte. Und durch diesen Zauber war Harran flüchtig selbst ebenfalls zu einem Gott geworden.*

Doch seine flüchtige Göttlichkeit hatte ihm die Welt auch nicht klarer gezeigt. Nachdem er so plötzlich Mriga – die sich Sivenis angenommen und sie dorthin gebracht hatte, wohin Götter eben gehen – und während des Zaubers seine Hand verloren hatte, die rasch und unerwartet ersetzt wurde (durch eine von Mriga), war Harran in die Kaserne der falschen Stiefsöhne zurückgekehrt. Von da an hatte er ständig Handschuhe getragen, viel getrunken und versucht, sich klar zu werden, was er als nächstes mit seinem Leben machen sollte. Aber irgendwie war er nie viel zum Denken gekommen.

Und dann hatten die echten Stiefsöhne ihre alte Kaserne gestürmt und in Vashankas Namen die ›Verräter‹ niedergemetzelt, von denen sie mit nur geringem Erfolg nachgeahmt worden waren. Offenbar hatte es sie besonders ergrimmt, daß Hunde in der

* *Eine Hand für einen Gott*, von Diana Duane in Geschichten aus der Diebeswelt: *Sturm über Freistatt*, Bastei-Lübbe 20122

Kaserne gehalten wurden. Das verstand Harran nicht. Welche Probleme hatte Vashanka mit Hunden? War er etwa einmal von einem gebissen worden? Jedenfalls hatte Harran die kleine braune Tyr mitgenommen, als er in eine Dachstube im Labyrinth geflohen war, um dem Gemetzel in der Kaserne zu entgehen.

Sie bellte und jaulte hinter ihm, als das Schwert herabsauste, und er konnte nicht das mindeste tun. Es traf ihn an der Schläfe, doch der Schmerz war erstaunlich gering. Allerdings entsetzte es ihn vage, als er spürte, wie der obere Teil seines Kopfes einbrach und sah, wie eine klebrige Masse von der Klinge fiel. Harran brach zusammen – er wußte, daß er stürzte, weil er spürte, wie Gesicht und Brust auf dem blutigen Straßenschmutz aufschlugen –, doch bis es dunkel um ihn wurde, blieb ihm nur noch dieser Seitenblick. Verschwommen dachte er, daß Hirne gewöhnlich dunkler waren. Aber offenbar war die typische Farbe jener, die er untersucht hatte, dem gerinnenden Blut im Gewebe zuzuschreiben. Seines hatte nur noch keine Zeit zum Gerinnen gehabt, das war es. Wenn er das nächstemal – das nächstemal –, aber hier stimmte etwas nicht! Wo war Siveni? Wo war Mriga? Es hieß doch, daß – wenn man starb – sein Gott oder seine Göttin – einen holte …

Da sank Schwärze auf Harran herab, und sein Geist floh weit fort.

Tyr wußte nicht, daß sie eine Hündin war. Sie wußte gar nichts auf die Weise, wie Menschen etwas wußten. Ihr Bewußtsein bestand aus Eigenschaftswörtern – Empfinden ohne Denken. Dinge *geschahen*, doch sie hatte von ihnen keine Vorstellung; sie hatte kaum irgendwelche Vorstellungen. Sie *war* einfach nur.

Da gab es noch etwas anderes. Keine Person – Tyr hatte keine Ahnung, was Personen waren –, sondern eine Anwesenheit, mit der die Welt war, wie sie sein sollte, und ohne die ihre Umgebung aufhörte, eine Welt zu sein. Wäre ein Mensch in der Lage gewesen, durch Tyrs Geist zu sehen, er hätte etwas bemerkt, das mit der Hölle der Menschen vergleichbar war – alle Sicherheit verschwunden, keine Liebe mehr, nichts als eine Gefühlsleere, durch die man auf erschreckende Weise für immer fiel. So war es schon einmal vor langer Zeit gewesen. Auf Tyrs vage Weise fürchtete sie diese Rückkehr der Hölle. Doch nachdem damals die Anwesenheit in ihre Welt gekommen war und alles zusammengefügt hatte, war die Hölle ferngeblieben.

Da gab es auch vertraute Gestalten in ihrem Leben. Eine war dünn und schlaksig mit viel krausem, zerzaustem Fell ganz oben, die den einen oder anderen von Tyrs Schlafplätzen mit ihr teilte. Die andere war eine große, blondbärtige Form, ein Mann, was immer das bedeutete, der schon länger bei ihr war und auch wichtiger war. Tyr verstand vage, daß die Gegenwart dieser zweiten Gestalt etwas mit ihrem Wohlbefinden bzw. dem Mangel daran zu tun hatte, aber sie war nicht fähig, sich wirklich einen Begriff davon zu machen, und auch nicht, sich zu sorgen, weil sie es nicht konnte. Wenn der Mann sie hielt, wenn in seiner Anwesenheit Futter erschien oder Stöckchen flogen, denen sie nachlief und die sie zurückbrachte, dann war Tyr unbeschreiblich glücklich. Selbst als die dünne Gestalt aus ihrem Universum verschwunden war, trauerte sie nicht sehr lange. Sowohl die Anwesenheit, als auch die große Gestalt schienen damit einverstanden zu sein, obwohl sie überrascht gewesen waren, deshalb mußte es wohl in Ordnung sein. Und die Form, die *zählte*, war nicht weggegangen. Nur wenn *dieser Mann* fehlte oder sie Unannehmlichkeiten um ihn witterte, zerbrach Tyrs Welt.

Jetzt war sie zerbrochen, war es bereits, seit sie zufrieden in den Küchenabfällen in der Kaserne gewühlt hatte und plötzlich eine Menge Pferde ankamen und einige der Häuser sehr hell wurden. Tyr wußte nicht, daß es sich bei dem Licht, das von ihnen aufgestiegen war, um Feuer gehandelt hatte, denn Feuer, wie sie es kannte, war etwas, das an einem kleinen steinernen Platz in der Mitte der Welt blieb und einem nichts tat, außer wenn man ihm zu nahe kam. So hatte sie unbesorgt weiter in den Abfällen herumgestöbert, bis die große Gestalt herbeigestürmt kam und sie unter den Arm klemmte. Das ärgerte Tyr, und sie ärgerte sich schließlich noch mehr, als ihre Nase ihr verriet, daß auf einmal überall *Fleisch* herumlag. Tyr bekam nie genügend Fleisch. Doch der Mann ließ sie nicht ran. Er brachte Tyr an einen dunklen Ort, der nicht der Mittelpunkt der Welt war, und nachdem sie dort waren, war der Mann unruhig, hob sie nicht mehr auf den Arm und ließ sie auch nicht ins Freie. Tyr wurde sehr besorgt. Ihre Welt brach zusammen.

Dann fing der Mann an, nach Angst zu riechen – mehr als sonst. Er rannte hinaus und verließ sie, und ihre Welt löste sich ganz auf. Tyr schrie, ohne es zu wissen, und kratzte an dem harten Ding, das manchmal ein Loch in der Wand war. Doch so sehr sie auch kratzte und scharrte, es wollte nicht zum Loch werden. Da erinnerte sie sich, daß es noch ein Loch gab, hoch oben. Der Mann war dort gewesen. In ihrer Verwirrung, nahe zu sein, wo er gewesen war, sprang Tyr auf Dinge, von denen sie nicht wußte, daß es Stuhl und Tisch waren, kletterte auf das Fensterbrett, saß zitternd darauf und stupste den Laden auf.

Sie sah den Mann. Er hatte etwas über die Schulter geschlungen und torkelte über die Straße. Feuer- und Blutgeruch stieg ihr von unten in die Nase. Sie zählte auf ihre Weise alles zusammen – der Mann, der Geruch und das Fleisch da unten –, und ihr wurde bewußt, daß er ihr doch Futter bringen würde. Aufgeregt, begann sie zu kläffen.

Da kamen Pferde auf die große Gestalt zugerannt. Tyrs Gefühle gegenüber Pferden waren gemischt. Pferde traten nach einem. Aber einmal hatte ein Pferd zu treten aufgehört, und der Mann hatte ihr etwas davon gegeben und es war sehr gut gewesen. *Noch mehr Futter?* dachte Tyr, soweit sie je überhaupt etwas dachte. Doch die Pferde hielten nicht an, als sie die große Gestalt und das Fleisch erreichten. Einen Moment konnte sie nicht sehen, wo der Mann war. Dann waren die Pferde weiter, und Tyr schnüffelte. Sie fand den Geruch der großen Form, doch zu ihrem Entsetzen geschah etwas damit, was sie noch nie zuvor gewittert hatte. Der Geruch *kühlte ab*. Er wurde dünner und verschwand und verwandelte sich in den von Fleisch. Und die Anwesenheit, das Etwas, das die Welt lebendig machte, verschwand …

Wenn das Universum vor einem vernichtet wird, hat man wahrhaftig Grund zu trauern. Tyr hatte keine Ahnung, was Trauer war, aber sie trauerte. Am ganzen Leib zitternd stand sie auf dem Fensterbrett und heulte leidvoll. Und als die Pferde zu nahe kamen und die Wesen darauf auf sie deuteten, übermannte die Panik sie und sie fiel aus dem Fenster, rollte holpernd über das Giebeldach und fiel hinunter. Der Schmerz war ihr gleichgültig. Wer zählte nach dem Zusammenbruch der Welt denn noch Verletzungen? In einem Haufen Müll plagte sich Tyr auf die Beine. Sie hinkte, aber sie bemerkte es nicht. Sie floh durch die dreckige Straße, machte so gut es ging einen Bogen um die brennende Barrikade, ja raste sogar vorbei an dem zerschmettertem Fleisch, das die große Form gewesen war. Sie rannte und heulte eine lange Zeit ihr Entsetzen und ihre Trauer hinaus. Endlich fand sie zumindest einen vertrauten Geruch – einen Abfallhaufen. In verzweifeltem Verlangen nach Vertrautem buddelte sie sich halb in die Abfälle, doch das brachte ihr keinen Trost. Mit schmerzenden Pfoten, ja sogar zu elend, durch die vielversprechenden Knochen und Speckschwarten zu wühlen, auf denen sie lag, winselte Tyr stundenlang in tiefster Qual. Schließlich zwang die Erschöpfung sie, immer noch winselnd, in einen unruhigen Schlaf. Bald würde die Sonne aufgehen, doch düster, soweit es Tyr betraf. Freude war für immer aus ihrem Leben geschieden. Die große Gestalt war Fleisch, und die Anwesenheit war verschwunden.

Als der Schlaf sie übermannte, hatte Tyr etwas, das einem echten Gedanken näher als alles zuvor kam: sie wünschte sich, auch sie wäre Fleisch.

Wie die meisten anderen, zogen es auch Freistatts Götter vor, in der Zeitlosigkeit zu leben, die alle vergängliche Zeit und allen Raum einschließt und darin liegt. Diese Zeitlosigkeit läßt sich unmöglich vorstellen – selbst die Götter der Wissenschaft schütteln den Kopf über ihre Beschaffenheit – und ist schwierig zu beschreiben, vor allem, sie Sterblichen zu beschreiben, für die Beschreibung selbst bereits mit Zeit verbunden ist.

Vor allem an überwältigendes Licht erinnern sich die meisten Sterblichen, die im Traum oder in Visionen diese Reiche besuchen. Die beneidenswerten Toten, die dort aufgenommen werden, sehen die Dinge aus einer anderen Sicht. Ebenso wie die Götter. An jenem Ort, wo es keine Zeit gibt und der Raum deshalb unendlich formbar ist, errichten sie ihre strahlenden Paläste und Besitztümer mit keinem anderen Werkzeug als den Gedanken und verändern sie nach Belieben – sie wechseln auch ihre eigene Gestalt, so, wie Menschen Kleidung wechseln und aus ähnlichen Gründen: aus Reinlichkeit, Anstand, Langeweile, besonderen Anlässen. Wie Sterbliche vertreten auch sie manche Sachen lieber als andere. Sie tun sich zusammen oder befehden sich, haben Liebschaften mit Sterblichen oder anderen Gottheiten, streiten mit anderen Pantheons. Einige Götter finden diese Ähnlichkeit mit dem Benehmen Sterblicher bestürzend. Den meisten ist es jedoch egal, genau wie die meisten einfach nicht auf das tiefere Licht achten, das häufig jenseits und selbst innerhalb der strahlenden Paläste zu finden ist und grüblerisch beobachten, was Götter und Sterbliche tun.

Vor kurzem bemerkten die Nachbarn die Entstehung eines Bauwerks, das nicht immer strahlte. Es neigte dazu, entweder ein makellos weißer Tempel mit hohen Säulen zu sein von der Art, wie ästhetisch vielversprechende Sterbliche ihn bauen, oder eine niedrige Steinhütte mit Strohdach, die herausfordernd in einem Hof mit festgestampftem Lehmboden kauerte. Aber in beiden Formen war die Bauweise unverkennbar die von Sterblichen, und die daran vorüberkommenden Götter fanden sie auf ihre unterschiedliche Weise entweder geschmacklos, herrlich primitiv oder bahnbrechend. Das Aussehen des Bauwerks wechselte manchmal mehrmals in der Minute, dann mehrmals pro Sekunde; und nach solchen Zukkungen schossen Blitze aus Fenstern und Türen, und aus dem Innern war Krach und Brüllen zu hören. Die Nachbarn erkannten bald, daß dieser Formwechsel des Hauses bezeichnend war. Die Göttinnen, die in ihm lebten, befanden sich in einer Persönlichkeitskrise.

»Denkst du jemals an etwas anderes als Gewänder?!«

»Zumindest denke ich überhaupt daran, im Gegensatz zu dir! Du bist eine Göttin, du kannst doch nicht in diesen – diesen Lumpen aus dem Haus gehen!«

»Entschuldige mal! Dieses Hemd ist lediglich gerade gut eingetragen. Es ist bequem. Es bedeckt mich – und läßt nicht die Hälfte von mir hinaushängen wie diese alte Tunika von Ils', die du nie ausziehst. Oder dieses zottige Ziegenfellcape mit dem gräßlichen Gesicht darauf.«

»Nur damit du es weißt, wenn mein Vater dieses ›zottige Ziegenfell‹ über die Armeen Sterblicher schüttelt, laufen sie vor Entsetzen in alle Winde …«

»Kein Wunder, bei seinem Gestank! Außerdem ist er *unser* Vater. Oh, stell doch die Vase ab, Siveni! Wenn du sie zerschmetterst, mache ich ja doch wieder eine neue. Außerdem, wann hat Ils denn in letzter Zeit eine Armee in die Flucht gejagt? Gib ihm das Ding lieber zurück, er könnte es jetzt vielleicht gut brauchen!«

»Oh, du …!«

Blitze peitschten den Marmor des Tempels und zogen ihre schwarzen Sengspuren über sein Weiß. Kreischend flatterte ein Silberrabe zwischen zwei Säulen hervor und setzte sich in sicherer Entfernung schimpfend auf den obersten Ast eines Baumes mit goldenen Äpfeln. Die Blitze machten eine Menge Krach, während sie so herumpeitschten, aber selbst ein interesseloser Beobachter hätte bemerken müssen, daß sie wenig Schaden anrichteten. Schließlich verschwanden sie, und der übertriebene Donner, der sie begleitet hatte, erlosch allmählich in Echos und Wispern. Krämpfe befielen den Tempel, er duckte sich, wurde braun und grau und zu Feldstein und Dachstroh, dann verschwand er völlig.

Zwei Frauen standen auf der Ebene, die immer noch unsicher zwischen weißem Marmor und braunem Lehm schwankte. Eine war göttlich aufgerichtet in schimmernden Gewändern und Kammhelm, hielt in der Hand einen Speer, um den sich die unterdrückten Blitze zischelnd wanden – eine Gestalt von kühler, strahlender Schönheit, ganz Gottheit, ganz Jungfrau, scheinbar unbezwingbar. In Armlänge von ihr stand die andere Frau, nicht so groß, nicht so strahlend schön wie sie, schmutzig in abgetragener Kleidung mit Flicken, mit nichts weiter gekrönt als einer Fülle dunklem Lockenhaar, das etwas zerzaust war, und lediglich mit einem Küchenmesser bewaffnet. Sie starrten einander einen Moment lang an, Siveni, die Kriegerkönigin und Göttin der Wissenschaften, und Mriga, die schwachsinnige Maid. Die Schwachsinnige aber war es, die nachdenklich und bedauernd dreinschaute, während die Göttin der Schlachten finster blickte.

»Es muß aufhören!« sagte Mriga fest. Sie ließ das

Messer in den leuchtenden Staub fallen und wandte sich von ihrem anderen Selbst ab. »Wir streiten wegen Nichtigkeiten, dabei zerfällt unsere Stadt in Trümmer und unser Priester steht allein da, während wir es nicht wagen, ihm zu helfen, solange wir nicht unsere eigene Angelegenheit geklärt haben ...«

»Du wagst es nicht«, entgegnete Siveni abfällig. Aber sie rührte sich nicht.

Mriga seufzte. Sie war zwar irrsinnig gewesen, ehe sie zur Göttin wurde, doch ihr Irrsinn hatte nichts mit gespaltener Persönlichkeit zu tun gehabt – deshalb kam es zu Schwierigkeiten, als sie plötzlich feststellte, daß sie eins war mit Siveni Grauaugen. Siveni war Ils' Tochter, Göttin sowohl des Krieges als auch der schönen Künste und Wissenschaften: die zweischneidige Klinge der Ilsiger Götter in Person, sowohl Königin kühler Weisheit als auch hitzköpfige Gottochter, die im Wettkampf in zwei von drei Durchgängen jeden Gott des Ilsiger Pantheon schlagen konnte, außer ihren Vater.

Siveni hatte es keineswegs gern gesehen, daß Teile ihres Ichs in der Zeit verlorengingen, daß der Rankanische Pantheon zum obersten in Freistatt erhoben wurde und daß sie in einem Straßenkampf mit einem Sterblichen nicht als Siegerin hervorgegangen war. Doch all das war geschehen; und das erste, obwohl es in der Zeitlosigkeit allmählich heilte, erzürnte sie am meisten.

Wenn Götter in die Falle der Zeit mit ihren Folgen gehen – wie es vielen Freistätter Göttern passiert war –, neigen ihre Eigenschaften dazu, durch die Barriere in die Zeit zu sickern und sich in dem Sterblichen einzunisten, zu dem sie am besten passen. In Sivenis Fall war das Mriga gewesen. Selbst als hungerleidende schwachsinnige Bettlerin hatte sie guten, schneidenden Stahl geliebt. Schwerter und Speerspitzen zu schleifen war die Arbeit gewesen, die ihr Harran am häufigsten aufgetragen hatte, nachdem er im Basar auf sie gestoßen war, wo sie stumpfsinnig ein gebrochenes Stück Stahl an einem Stein gewetzt hatte. Obwohl sie klumpfüßig und schwachsinnig war, hatte sie es irgendwie ›geschafft‹, vom letzten Sivenipriester in Freistatt entdeckt und von ihm mitgenommen zu werden, so, wie die Armen und Irrsinnigen früher immer in ihrem Tempel untergebracht worden waren. Und als sich Harran eines Nachts daran machte, den Zauber zu wirken, der Siveni aus der Zeit befreien und in die Welt zurückbringen würde, um die rankanischen Götter zu vernichten, zog es Mriga wie einen Magneten zu Stahl hinter ihm her.

Der Zauber, dessen er sich bediente, gab unweigerlich Verlorenes wieder. So brachte es nicht nur Siveni in ihren Tempel zurück, sondern auch Harran die verlorene Göttlichkeit und Mriga den verlorenen Verstand. Harran, der blind in seine Göttin, in ihrer vollständigen und ausgeglichenen Form verliebt gewesen war, hatte das Entsetzen gepackt, als er erkannte, daß er es nicht mit der huldvollen, jungfräulichen Herrin der Künste des Friedens zu tun hatte, sondern mit einer kalten, wilden Macht, die durch den Verlust wesentlicher Eigenschaften reizbar und unvernünftig geworden war. Siveni war nahe daran gewesen, den Göttern ganz Freistatt an den Kopf zu werfen, falls die Gottheiten von Ranke sich ihr nicht im Kampf stellen wollten. Harran hatte sie aufzuhalten versucht – denn selbst wenn die Stadt nicht besser als eine übelriechende Senkgrube war, war Freistatt doch sein Zuhause – und Siveni hatte ihn aus Zorn fast getötet.

Doch Mriga hatte sie aufgehalten. Sie hatte die bewußte Göttlichkeit wiedergewonnen, die jeder Sterbliche bei seiner Geburt aufgibt, und war deshalb im Besitz aller Eigenschaften weisen Mitgefühls und kühler Urteilsfähigkeit, die Siveni an die Zeit verloren hatte. Sie und ihr anderes Ich kämpften, und nachdem Mriga gewonnen hatte, erkannten sie rasch, daß sie eins waren, wengleich verkrüppelt und getrennt. Sie brauchten die Wiedervereinigung, und um sie zu erreichen, die Zeitlosigkeit. Weder das eine noch das andere war in der Welt der Sterblichen möglich. Sie hatten sich sofort an Harran gewandt, sich von ihm verabschiedet und die Hand ersetzt, die Siveni ihn zu opfern gezwungen hatte, und sich in jene Gefilde zurückgezogen, von denen Sterbliche nichts wissen. Natürlich beabsichtigten sie, zu ihm zurückzukehren – oder ihn zu sich zu holen –, sobald sie wiedervereinigt waren.

Doch selbst in der Zeitlosigkeit, dauerte diese Wiedervereinigung länger, als beide erwartet hatten. Siveni war in ihrer zurückgewonnen Weisheit hochmütig: verärgert, daß sie sie überhaupt verloren hatte, und verbittert, weil sie sich ausgerechnet bei einem unwissenden Aschenputtel eingenistet hatte. Mriga wiederum ärgerte sich über Sivenis Hochmut, über ihre ständigen Geschichten über ihre göttliche Abstammung, vor allem aber war sie des Streites müde. Bedauerlicherweise war aber auch sie Siveni: Wenn man sie herausforderte, mußte sie kämpfen. Und da sie früher irrsinnig und sterblich gewesen war, konnte sie etwas, das Siveni nie gelernt hatte: niederträchtig kämpfen. So siegte Mriga jedes Mal, und das verschlimmerte alles noch.

»Wenn du nur nicht …«

»O hör schon auf!« brummte Mriga, winkte mit der Hand und setzte sich auf die grobe Bank, die hinter ihr erschienen war, während vor ihr ein grober Tisch Form annahm, der mit Fleisch und Brot beladen war und mit gewässertem Wein von der Art, die Harran aus den Vorräten der Stiefsöhnen geschmuggelt hatte. Nun, da sie Göttin und nicht irrsinnig war, hätte Mriga Besseres haben können, sie hing doch an alten Angewohnheiten, und der saure Wein erinnerte sie an zu Hause. »Möchtest du was?«

»Göttinnen«, begann Siveni und blickte abfällig auf den Tisch, »essen keine Nahrung der Sterblichen, nur …«

»Sie essen ausschließlich Götterspeise und trinken nur schäumenden Nektar. Das habe ich inzwischen oft genug gehört. Wie kommt es dann, daß ich hier sitze, Rinderbraten esse und Wein trinke? Wer könnte außer uns Göttinnen noch hier sein? Versuch doch dieses köstliche Lendenstück.«

»Nein!«

Mriga schenkte einen Opfertrunk für Vater Ils ein, dann widmete sie sich dem Braten. »Die Welt der Sterblichen«, sagte sie nach einer Weile und wischte sich das Fett von einer Wange, »ist ein Spiegelbild der unsrigen, ist dir das aufgefallen? Vielleicht ist es auch umgekehrt. Wie auch immer, hast du bemerkt, wie beschäftigt beide mit ihren erbitterten Kleinkriegen sind? Die Beysa. Kama. Roxane. Ischade. Wenn das alles aufhörte – würde unserer auch enden? Oder wenn wir aufhörten …«

»Als ob etwas, was Sterbliche tun, von Bedeutung für die Götter sein könnte«, entgegnete Siveni gereizt. Sie schlug mit dem Speerschaft auf den Boden und eine vornehme Marmorbank erschien, auf der sie sich niederließ. Gleich darauf stand ein kleiner Altar vor ihr, auf dem Stierkeulen, appetitlich gespickt und mit Wein übergossen, in einem Räucherbecken verbrannt wurden. Sie atmete den Duft ein, rührte jedoch nichts davon an.

»Welch eine Vergeudung!« rügte Mriga. »... aber das ist genau, was Harran sagte. Die Götter bildeten sich ein, daß die Zeit sie binden könne – folgedessen kam es so! Sie glaubten, daß andere Götter imstande wären, sie zu vertreiben – und sie wurden vertrieben! Wenn wir die Menschen überzeugen könnten, daß die Pantheons bereit seien, sich untereinander zu vertragen, und daß sie aufhören sollten, einander im Namen anderer Götter gegenseitig umzubringen – dann würde der Zwist vielleicht auch hier oben aufhören. Spiegel ...

Mrigas Gabe der Allwissenheit wuchs – eine weitere Eigenschaft, die Siveni an sie verloren hatte –, deshalb hörte sie Siveni denken, daß Idiotie einer dieser Zustände war, die sogar über die Unsterblichkeit hinausgingen. Mriga seufzte. Dieses Einswerden war schwieriger, als sie gedacht hatte. Siveni wollte ihre Eigenschaften gar nicht wirklich mit ihr teilen ... und Mriga wollte sie gar nicht wirklich aufgeben. Hoffnungslos ... Da ertappte sie sich dabei, daß sie auf den Knochen in ihrer Hand starrte, und wurde sich dadurch einer Leere im Universum bewußt. »Mein Hund fehlt mir«, gestand sie.

Siveni zuckte kühl die Schultern. Ihre Zuneigung galt hauptsächlich den Gefiederten, mit denen sie sich auch verbündete, den Raubvögeln und rätselhaften Raben. Doch als das Schweigen anhielt, blickte sie zu Mriga hinüber und ihr Gesicht wurde ein wenig weicher.

»Göttin ...!«

Mriga schaute erstaunt zu Siveni auf. Die Stimme schnitt in ihrer beider Herzen, als hätten sich Enterhaken darin eingebettet. Erstaunt blickten sich beide um, ohne jemanden zu sehen; dann spähten sie aus der Zeitlosigkeit in die Zeit …

… und sahen, wie Harran mit nur noch halbem Schädel unter die Hufe der Stiefsohnpferde geriet.

»Mein Meister!« hauchte Mriga erschüttert. »Mein Priester, mein Liebster …«

»*Unser* Priester«, berichtigte Siveni, und es klang, als hätte sie etwas sagen wollen und es dann doch nicht getan. Sie sprang so rasch auf, daß die Marmorbank nach einer und die feine Räucherschale nach der anderen Seite fiel. Ihr Speer war in ihrer Hand. »Ich werde …«

»*Wir* werden«, verbesserte Mriga und war ebenfalls auf den Beinen. Es war seltsam, daß aus Augen, die so eisig vor Grimm waren, Tränen fließen konnten. »Komm!«

Donner krachte um sie, als spalte sich der Himmel. Die Nachbarn ringsum starrten sie alle an. Ohne darauf zu achten, schossen zwei Göttinnen oder auch nur eine Göttin erdwärts von dem strahlenden Himmelsboden, der sich schließlich verstohlen in Lehm verwandelte.

Das Feuer an der Straßenbarrikade im Labyrinth war niedergebrannt. Von den Toten und Aasfressern abgesehen war die Straße leer. Hin und wieder kam jemand vorbei – ein Stiefsohn auf seinem feurigen Streitroß oder ein einzelner Kämpfer eines Nisitodestrupps oder einer von Jubals Leuten, der etwas erledigen mußte. Niemand beachtete die schmutzige

Schwachsinnige, die mit leerem Blick neben einem zertrampelten Leichnam saß, geschweige denn den Kolkraben auf einem verkohlten Wagen, der mit kaltem, aufmerksamem Blick diese gleiche Leiche betrachtete, und den toten, von einem Pfeil durchbohrten Jungen, auf dem sie lag. Schwarze Vögel waren in letzter Zeit nichts Ungewöhnliches in Freistatt.

»Seine Seele hat ihn verlassen«, flüsterte Mriga dem Raben zu. »Schon lange, und der arme Leib ist kalt. *Wieso?* Wir sind doch sogleich hierhergeeilt ...«

»Es ist anders hier in der Zeit als dort in der Zeitlosigkeit«, antwortete der Rabe mit heiserer Stimme. »Wir hätten vielleicht etwas tun können, während das Band zwischen Seele und Leib noch nicht zerrissen war. Aber jetzt ist es zu spät ...«

»Nein!« rief Mriga heftig.

»Ich hätte diese Stadt dem Erdboden gleichmachen sollen, als ich das letztemal hier war. Dann hätte es gar nicht dazu kommen können!«

»Siveni, sei still!« Mriga saß neben Harrans verstümmelter Leiche und streckte eine Hand nach der unteren Schädelhäfte aus. Sie tat es überlegt, denn ohne das kalte, steife Fleisch selbst zu berühren, konnte sie nicht an den Tod glauben. Das war eines der Probleme, die man als Gottheit hatte. Unsterblichen fiel es häufig schwer, den Tod ernstzunehmen. Mriga jedoch nahm ihn sehr ernst.

Sie forschte in ihrer Allwissenheit. »Wir könnten ihn zurückbringen«, sagte sie. »Es gibt Möglichkeiten ...«

»Und wohin? Zurück in *das* da?« In ihrer Rabengestalt flatterte Siveni hinunter zu den kalten, grauenvoll zugerichteten sterblichen Überresten und hackte verächtlich mit dem Schnabel danach. Sie bluteten nicht einmal. »Und wenn nicht hierher, wohin dann?«

»In einen anderen Körper ...?«

»Wessen?«

Mrigas Allwissenheit verweigerte ihr eine Antwort. Das machte nichts: ihr kam selbst ein Gedanke – einer, der ihr Angst machte, sich aber möglicherweise durchführen ließ. »Machen wir uns darüber im Augenblick keine Sorgen«, antwortete sie. »Wir werden uns etwas einfallen lassen.«

»Und selbst wenn – wer sagt, daß seine Seele seine Verstümmelung überlebt hat. Die Seelen Sterblicher sind sehr zerbrechlich. Manchmal zerschmettert der Tod sie vollständig. Oder für eine lange Zeit – zu lange, als daß es einen Sinn hätte, sie in einen Körper zu stecken, wenn sie sich gefaßt haben, weil sie nicht mehr wissen, wie man in einem bleibt.«

»Er war ein Gott, wenn auch nur für eine kurze Weile«, gab Mriga zu bedenken. »Das hat sicher Spuren hinterlassen. Und ich glaube nicht, daß Harran so zerbrechlich war. Komm schon, Siveni, wir müssen es versuchen!«

»Lieber brenne ich die Stadt nieder«, krächzte der Rabe und hüpfte auf Mrigas Schulter, als sie sich erhob.

»Dazu ist es ein bißchen zu spät, fürchte ich.« Mriga schaute sich um, betrachtete die noch leicht schwelende Barrikade, die versengten und rußgeschwärzten Fassaden der Häuser ringsum. »Die Katzen haben einander die Schwänze in Brand gesteckt und sich nicht darum geschert, was sonst noch in Flammen aufgeht, während sie fauchend herumlaufen.«

»Katzen ...«, murmelte Siveni nachdenklich.

»Ja, genau so sehe ich es. Wir werden uns ein paar vorknöpfen. Doch das hat noch Zeit. Erst mal das Wichtigste. Wo ist mein Hündchen?«

Tyr erwachte mit dem beunruhigenden Gefühl, das gewöhnlich bedeutete, daß sie von der schrecklichen Zeit geträumt hatte, ehe die Anwesenheit in ihr Leben kam. Doch als sie ganz wach war, wurde ihr bewußt, daß dieses Gefühl leider nicht die Nachwirkung eines Alptraums war. Minutenlang schlossen sich in dieser Gegend Freistatts die Fenster, als dieses herzzerreißende Heulen aus dem Abfallhaufen hinter dem Wilden Einhorn hervortönte. Aber Tyrs Kehle war wund von dem Rauch und dem trostlosen Heulen am vergangenen Tag, so daß sie nun hustete und würgte und schließlich aufhören mußte.

Keuchend lag sie tief in Trauer und Schmerz versunken. Der Abfall um sie roch köstlich, aber sie hätte keinen Bissen hinuntergebracht. Aus dem Einhorn kamen Geräusche von Menschen, und aus dem oberen Stockwerk knurrte eine Katze eine wütende Herausforderung, doch Tyr brachte nicht einmal die Kraft auf davonzurennen. Sie stieß einen Laut aus, der halb Stöhnen, halb Wimmern war, hinter dem ein Gefühl steckte, das ein Mensch – könnte er in sie hineinsehen – als hoffnungsloses Gebet erkannt hätte: Oh, was immer da sein mag, das zuhört, bitte, bitte *mach es ungeschehen!*

Und plötzlich war jemand neben ihr, und ihre alten Reflexe erwachten. Tyr plagte sich auf die Pfoten, um davonzulaufen. Aber ihre Nase war stärker. Tyr erstarrte – dann sprang sie wie verrückt winselnd hoch, hüpfte in ihrer Erleichterung wie ein Gummiball und schleckte die dünne Gestalt ab, die sich neben sie gekniet hatte. Die Dünne schmeckte besser als gewöhnlich. Sie hatte auch noch etwas bei sich – einen schwarzen Vogel von der Art, die Tyr sonst gern jagte –, aber seltsamerweise roch dieser Vogel wie die Dünne, also ließ sie ihn in Frieden. Sie schmiegte sich in die Arme der dünnen Gestalt, wimmerte ungläubiges Willkommen, Furcht, Leid und Trauer, den Schmerz, daß die Welt nicht mehr dieselbe war …

»Ich weiß, ich weiß«, sagte Mriga, und obwohl die Worte für Tyr keine Bedeutung hatten, beruhigten sie die Hündin doch. Mriga wußte auch ohne Allwissenheit genau, wie das Tier sich fühlte. Ihr eigener, zurückgebliebener Verstand, ehe die Göttlichkeit sie überwältigte, war die gleiche Leere gewesen, voll von unerklärlichen Anwesenheiten und Einflüssen. Jetzt drückte die Hündin die Nase in sie, sowohl zutiefst erleichtert als auch neu verwundet, weil sie sich erinnerte, was mit der Welt nicht mehr stimmte. Sie winselte und ihr Magen knurrte.

»Du armes Ding«, sagte Mriga. Sie griff seitwärts in die Zeitlosigkeit nach den Knochen des Bratens, von dem sie gegessen hatte. Tyr sprang zu den Knochen hoch, noch ehe sie völlig in der Zeit waren, und stürzte sich darauf.

»Sie glaubt, sie ist in der Hölle«, sagte Mriga zu Siveni.

Der Rabe stieß ein kurzes, bitteres Krächzen hervor. »Ich wollte, sie wäre es, denn *er* ist ganz sicher dort. Sie könnte uns zu ihm führen …«

Mriga blickte den Raben bewundernd an. »Deine verlorene Weisheit kehrt zurück, Schwester. Sie könnte es vielleicht wirklich. Natürlich müßten wir einen Weg finden, selbst in die Hölle zu gelangen.«

»Dann laß dir einen einfallen«, entgegnete Siveni, und es klang gleichermaßen erfreut wie verärgert.

Mriga überlegte. Ihre Allwissenheit regte sich, doch nicht so ganz in die erforderliche Richtung. »Ich weiß noch nicht wie«, murmelte sie. »Aber es gibt Fachleute in dieser Stadt, die den Weg kennen. Sie haben viele andere dorthin geschickt. Und sie holen sie wieder zurück.«

Tyr blickte auf und bellte. Sie hatte das Fleisch verschlungen und sah bereits etwas besser aus – nicht nur, weil sie nach so langem Fasten wieder etwas gefressen hatte. Speise und Trank der Götter bewirken Seltsames bei Sterblichen. Tyrs Augen waren klarer und tiefer, als Mriga sie je zuvor gesehen hatte, und der Hund roch plötzlich nicht mehr wie ein Abfallhaufen.

»Ja«, sagte Mriga. »Vielleicht läßt es sich so machen. Friß auf, Kleines. Dann begeben wir uns zum Schimmelfohlenfluß – und gehen zur Hölle.«

Wieder bellte Tyr und beeilte sich, fertig zu fressen. Der Rabe blickte Mriga schief an. »Was ist, wenn sie uns nicht helfen will?«

Die Allwissenheit meldete sich wieder in Mriga, die die Stirn runzelte, weil es kein beruhigendes Gefühl war. »Sie wird uns helfen«, versicherte sie Siveni. »Vorausgesetzt natürlich, daß wir uns auf dem Weg zu ihr die richtigen Worte einfallen lassen ...«

Selbst Nekromantinnen müssen hin und wieder schlafen, und in den vergangenen Tagen hatte Ischade weniger Schlaf gefunden, als sie gewohnt war. Nun, an diesem strahlenden, eisigen Winternachmittag war sie offenbar der Meinung, daß Freistatt mit so vielen Schwierigkeiten beschäftigt war, daß sie sich ein wenig ausruhen konnte. Die Fensterläden des Hauses am Schimmelfohlenfluß waren alle geschlossen. Was an schwarzen Vögeln in den Bäumen saß, hatte die Köpfe unter die Flügeln gesteckt und tat es ihrer Herrin gleich. Vom Rascheln trockener Blätter und schrumpeliger Hagebutten in der Dornenhecke abgesehen, war es ganz still.

»Es stinkt nach Tod«, stellte der Rabe fest. Er hockte auf der Schulter des dünnen, zerlumpten Mädchens, das am kleinen Gartentor stand.

»Kein Wunder«, antwortete Mriga und griff düster nach etwas, das nicht völlig da war. Zumindest weigerten sich ihre sterblichen Sinne, es anzuerkennen. Ihr Gottblick zeigte ihr jedoch ganz deutlich einen großen braunen Hengst mit Sattel und herabhängenden Zügeln, der traurig am Tor stand und auf das heruntergekommene Haus starrte. Als Mriga dem Braunen die Hand entgegenstreckte, rollte der Hengst die Augen, daß nur das Weiße zu sehen war, und legte die Ohren zurück, doch es wirkte halbherzig. Nach einem Moment gab es mit aufgeblähten Nüstern nach, stupste die Nase in ihre Hand, dann schwang es den großen Kopf herum.

»Du armes, armes ...«, murmelte Mriga und streichelte den Hals des Braunen. Tyr beobachtete sie und blickte mißtrauisch auf die Hufe des Tieres. Siveni öffnete die Rabenaugen weit. Sie mochte Pferde, schließlich hatte sie sie erfunden und dadurch einen Wettbewerb gewonnen.

»Noch ein Geist«, sagte sie. »Und ziemlich neu. Die Frau züchtet sie regelrecht.«

Die Haustür schwang auf, und ein weiterer Geist kam heraus. Jedenfalls war der Mann tot. Äußerlich sah er lediglich entstellt aus. Ein Auge war von einer Klappe bedeckt, und sein Gesicht wurde von Narben durchzogen. Auch seine Haltung war gebrochen; doch Mriga sah den Geist kerzengerade und groß hinter der gegenwärtigen Wirklichkeit, dem krummen, vornübergebeugten Rücken, dem schleppenden Gang eines Menschen, der die Last einer schrecklichen, immerwährenden Furcht trug.

Der Mann starrte sie an. »Stilcho«, sagte Mriga, »wo ist Eure Herrin? Führt uns zu ihr.«

Sein Blick wurde durchdringend, dann lachte er. »Und wen darf ich melden? Eine zerlumpte Bettlerin und ihren räudigen Köter ...« Da bemerkte er den schwarzen Vogel und wurde zurückhaltender. »Hör zu – verschwinde«, riet er ihr. »Wer bist du eigentlich? Eine kleine Nisihexe, die ihr letzte Nacht entgangen ist? Mach, daß du wegkommst! Es war sehr unüberlegt von dir, dich hierherzuwagen. Kinder wie du sind *ihr* bestimmt nicht gewachsen, für wen du dich auch halten magst!«

»Jedenfalls für keine Nisibisi!« entgegnete Mriga leicht verärgert.

Siveni blickte von Mrigas Schulter zu Stilcho hoch. »Mann, wir sind die Göttin Siveni. Und wenn du uns nicht zu deiner Herrin bringst, und zwar sofort, bist du in einer Minute verwesendes Fleisch. Und jetzt geh uns aus dem Weg oder führ uns zu *ihr.*« Die Verachtung in ihrer Stimme war unüberhörbar.

Tyr knurrte.

»Stilcho, du Narr, schließ die Tür! Der Wind ist schneidend wie Messer!« rief eine andere Stimme durch die Tür. Ein kleinerer, schlankerer Mann trat heraus, dessen Miene kalte Fassung verriet, das genaue Gegenteil von Stilchos Verzweiflung; doch darunter, als Geist seiner scheinbaren Unerschrokkenheit, hauste die gleiche erbarmungslose Angst. Der Mann bemerkte sie. Sein Gesichtsausdruck wechselte von Überraschung zu belustigter Verachtung, dann von Unsicherheit zu bestürzter Erkenntnis, und all das in dem Zeitraum, den er benötigte, Atem zu holen.

»Zumindest Ihr erkennt, was Ihr seht, Haught«, stellte Mriga fest. Sie winkte das Gartentor aus der Wirklichkeit und schritt hindurch, wo es sich befunden hatte. Haught starrte, und aus gutem Grund, denn die tödlichen Schutzzauber innerhalb lösten sich auf und erloschen ohne den geringsten Laut. »An Eurer Stelle, würde ich uns anmelden.«

Mit sichtlicher Mühe setzte Haught wieder seine drohende und verächtliche Miene auf. »Meine Herrin ist nicht abkömmlich«, erklärte er.

Mriga blickte den Raben an. »Liegt wohl wieder im Bett.«

Der Rabe klapperte verärgert mit dem Schnabel und flatterte von Mrigas Schulter. Plötzlich stand eine behelmte Frau in übergroßer Tunika da und klopfte mit dem Schaft ihres Speeres heftig auf den Boden. Prasselnd gingen die trockene Hecke und die kahlen Bäume in grünen Flammen auf. Die schwarzen Vögel kreischten und wirbelten von den Bäumen hoch wie versengtes Papier im Wind und ließen nach verbrannten Federn riechende Rauchspuren zurück.

»Jetzt ist sie aufgestanden«, sagte Siveni.

Noch ein Mann, ein großer, breitschultriger, blonder Mann kam aus der Tür und fluchte. Tyr knurrte und wollte ihn anspringen. »Nein, Tyr!« rief Mriga und bekam sie gerade noch am aufgestellten Nackenfell zu fassen – glücklicherweise, denn fast wie durch Zauberei war ein Messer in der rechten Hand des Mannes erschienen, und es fehlte nur ein Moment, dann wäre es in Tyrs Hals gelandet. Tyr stand auf den Hinterbeinen, knurrte und versuchte heftig, sich loszureißen, doch Mriga hielt sie fest. »Jetzt ist keine Zeit für persönliche Streitigkeiten!« zischte sie. Die Hündin beruhigte sich; Mriga ließ sie los, behielt sie jedoch im Auge. »Straton, ist die Dame angezogen?«

Er starrte sie an, nicht weniger verblüfft durch die unverschämte Frage, als vom Anblick dieser Eindringlinge: eine bewaffnete, von innen heraus leuchtende, göttlich erhabene Frau mit funkelnden Augen, eine zerlumpte, dünne Bettlerin, die durch ihren Schmutz hindurch zu glimmen schien; und der kleine, dünne Hund mit verbitterten Augen und einem Ausdruck, den er von Stiefsöhnen kannte, die dabei waren, für einen verlorenen Gefährten Rache zu nehmen. »Haught«, sagte er, »geh hinein und erkundige dich.«

»Nicht nötig«, erklang die Stimme einer vierten Person hinter ihm im dunklen Eingang, eine weiche, schläfrige und gefährliche Stimme. »Haught, Stilcho, wo habt ihr eure Manieren gelassen? Bittet die Damen herein. Dann verzieht euch eine Zeitlang. Straton, würdest du uns entschuldigen? Sie sind nur Göttinnen, ich komme mit ihnen zurecht.«

Hintereinander stiegen die drei Männer die Stufen hinunter, während die Besucher sie hinaufgingen; voraus die Hündin mit gefletschten Lefzen, so daß ein oder zwei Fänge zu sehen waren; hinter ihr die grauäugige Speerträgerin, die sich mit der kühlen, kaum merklichen Verachtung einer großen Dame umsah, die dabei ist, ein notwendiges Geschäft in einem Schweinestall abzuschließen; als letztes kam die Bettlerin, der Straton einen Blick entspannter Geringschätzung widmete. »Halt dich zurück«, sagte er zu Tyr drohend und doch ruhig.

Mriga sah ihn an. »Der Braune hat Sehnsucht nach Euch«, sagte sie leise und trat an ihm vorbei ins dunkle Haus.

Sie achtete nicht auf den haßerfüllten Blick, den er wie ein Messer auf ihren Rücken warf. Wenn ihr Plan Erfolg hatte, war Vergeltung unnötig. Sie war normalerweise keine rachsüchtige Göttin. Aber in Stratons Fall, nur dieses eine Mal, würde sie eine Ausnahme machen.

Ischades Wohnzimmer im Erdgeschoß war viel größer, als es sein dürfte, wenn man die Außenmaße des Hauses bedachte. Es war ein wirres Durcheinander kostbarer Stoffe in unzähligen Farben; Seiden und Pelze waren sorglos über Möbelstücke geworfen. Männerkleidung lag herum, ein abgetragener Feldumhang; dreckige Stiefel standen auf elfenbeinfarbener Seide, um den Holzboden nicht schmutzig zu machen; ein prächtiges Cape aus dunkelrotem Samt lag zur Hälfte im offenen Kamin und schwelte, ohne daß die Gastgeberin es bemerkte.

Ischade war eine aufmerksame Gastgeberin. Sie schenkte ihrem Besuch Wein ein und stellte eine Schale Wasser und eine zweite mit gehacktem Fleisch vor Tyr. Als sie alle saßen, blickte sie ihre Gäste mit dunklen Augen an und wartete. Für die Augen Sterblicher hätte sie wahrhaftig gefährlich ausgesehen, auch ohne die Glut in ihrem Gesicht, die von dem Liebesakt herrührte, den sie unterbrochen hatte. Mriga blickte sie jedoch ruhig an und sagte: »Wir brauchen Eure Hilfe!«

»Ihr beschädigt mein Eigentum, zerstört meine Schutzzauber und beunruhigt meine Diener«, entgegnete Ischade. »Findet ihr nicht auch, daß das eine merkwürdige Art ist, darum zu ersuchen?«

Siveni legte den Speer zur Seite. »Eure Schutzzauber und Euer Gartentor sind unbeschädigt wieder an Ort und Stelle. Und was Eure Diener betrifft – sie sind etwas schwerfällig. Man sollte meinen, daß eine Persönlichkeit mit Euren ... Fähigkeiten besser bedient werden sollte.«

Ischade lächelte – Mriga wußte, daß ihr Blick in Abwind und der Oberstadt, in Palästen und in der Gosse gleichermaßen gefürchtet wurde. »Schmeichelei?« fragte sie. »Lassen sich Göttinnen zu so etwas herab? Dann braucht ihr mich also wahrhaftig. Nun gut.« Sie nippte an ihrem Kelch und betrachtete die beiden über seinen Rand hinweg. Es war ein langer Blick aus dunklen Augen, in denen Feuerschein schimmerte und noch etwas: Spott, Interesse, Berechnung. Siveni runzelte die Stirn und wollte nach ihrem Speer greifen. Ein Blick Mrigas hielt sie zurück.

»Wirklich Gött*innen*?« Ischade stellte ihren Kelch ab. »Oder ›Göttin‹ in der Einzahl? Grauaugen, soviel ich mich entsinne, war nie eine zwiefältige Gottheit.«

»Bisher«, berichtigte Mriga. »Madam, Ihr hattet eine kleine Rolle in dem Geschehen. Darf ich Euch daran erinnern? Vor noch gar nicht so langer Zeit, gegen Mitternacht, seid Ihr auf einen Mann gestoßen, der eine Alraunenwurzel ausgrub ...«

»Harran, der Barbier. Richtig.«

»Ich wurde in den Zauber mithineingezogen. Er band uns alle drei eine Weile in Göttlichkeit zusammen. Doch einer der drei fehlt. Harran ist tot.«

Wieder blickten die dunklen Augen über den Rand des Kelches. »Ich dachte, er wäre den – Unannehmlichkeiten in der Kaserne entgangen. Zumindest war er nicht unter den Toten.«

»Vergangene Nacht«, warf Siveni finster ein, »hat Euer Liebster ihn getötet.«

Tyr knurrte.

»Das tut mir leid«, bedauerte Ischade. »Wie seltsam das Schicksal spielt ... Eure Angelegenheit, welcher Art sie immer auch ist, erfordert offenbar meine Hilfe – und verhindert, daß Ihr an irgend jemandem unter meinem Dach Rache nehmt.« Sie nahm einen Schluck Wein. »Frustration ist ein Problem unter den Sterblichen, ihr dagegen werdet anscheinend recht gut fertig damit.«

Mriga runzelte die Stirn. Die Frau war unerträglich – aber sie mußten sie nehmen, wie sie war, und das wußte sie. Es war absolut unmöglich, ihre Hilfe zu erzwingen. »Ich habe einige Erfahrung mit Sterblichen«, sagte Mriga. »Kommen wir jetzt zur Sache, Madam. Ich würde gerne wissen, welche Art von Bezahlung Ihr für einen gewissen Dienst verlangt.«

Eine dieser dunklen Brauen hob sich leicht spöttisch. »Immer die bestmögliche. Doch muß der Dienst von der Art sein, die ich gern tue – und die Bezahlung von der Art, die mich erfreut. Ich habe meine eigenen Vorlieben, müßt Ihr wissen. Doch Ihr habt mir noch nicht gesagt, um welchen Dienst es sich handelt.«

»Wir möchten zur Hölle«, sagte Siveni.

Ischade lächelte und verkniff sich taktvoll die unwillkürliche Antwort darauf. »Das läßt sich leicht bewerkstelligen«, sagte sie. »Die Höllenpforten sind für jene, die ihre Geheimnisse kennen, Tag und Nacht geöffnet. Doch den Weg zurück zu finden, wieder ans Licht zu gelangen, das ist wahrhaftig schwierig, und noch schwieriger für euch beide.« Sie musterte Siveni. »Ihr wart nie sterblich; Ihr könnt nicht sterben. Und obwohl *Ihr* Erfahrung darin habt, sterblich zu sein«, sagte sie nun zu Mriga, »seid Ihr offenbar noch nicht gestorben. Doch nur die Toten wandeln in der Hölle!«

Mrigas Allwissenheit flüsterte ihr etwas zu. »Es wäre nicht das erste Mal, daß sich Götter dorthin begeben«, sagte sie.

»Einige Götter sind dorthin und nicht wieder zurückgekehrt«, sagte Siveni und blickte Mriga warnend an, während sie sie stumm an die Tochter von Dene Schwarzgewand erinnerte, an die fröhliche Sostreia, die einst die jungfräuliche Frühlingsgöttin gewesen und zur schrecklichen und namenlosen Königin und Braut der Hölle geworden war.

»Es stimmt«, bestätigte Ischade. »Der Ausgang ist immer ungewiß, wenn sich Götter in jene Regionen wagen.« Doch ihr Blick war nachdenklich nach innen gewandt, und als ihre Augen sich einen Herzschlag später wieder Mriga zuwandten, wußte die Göttin, daß sie gewonnen hatte. Interesse sprach aus ihnen und die Hoffnung, daß irgend etwas geschähe, was die schreckliche Langeweile vertreiben würde, von denen die Mächtigen so häufig befallen werden. Dieses Interesse verbarg sich hinter Ischades gleichmütiger Miene auf ähnliche Weise, wie sich Stilchos ehemals gutes Aussehen hinter seinen Narben verbarg.

»Ein fesselndes Problem«, überlegte Ischade nunmehr laut. »Sterbliche Seelen könnte ich mühelos dorthin schicken – dafür genügte ein Messer – und zurückrufen. Die Körper würden allerdings tot bleiben. Doch das läßt sich bei euch zwei nicht machen – Eure Beschaffenheit ist das Problem. Die Seelen von Gottheiten umgeben und schließen den Körper ein, statt umgekehrt wie bei den Sterblichen. Die Körper zu töten nutzt nichts. Eine Seele zu töten – ein Widerspruch an sich – ist unmöglich.« Sie seufzte ein wenig. »Bedauerlich manchmal, aber in letzter Zeit wird es hier ziemlich eng.«

Feuerschein glitzerte in Ischades Augen, als sie sich kurz weiteten. »Aber ich könnte wenigstens vorübergehend etwas gegen diese Enge unternehmen ...«

Sivenis Augen glitzerten ebenfalls. »Ihr wollt die Geister benutzen«, sagte sie. »Ihre Sterblichkeit ausleihen.«

»Oh, Ihr seid wahrhaftig eine kluge Schülerin.« Leichter Spott sprach aus Ischades Stimme. »Nicht direkt ihre Sterblichkeit, wohl aber ihr Totsein. Man muß nicht *sterben, um in die Hölle zu kommen. Man braucht bloß gestorben zu sein. Mir fallen zwei Möglichkeiten ein, wie ich das nutzen könnte. Und dann wird die Hölle in dieser Nacht zwei weitere Insassen haben.«*

»Drei«, warf Mriga ein.

»Vier«, rief Siveni.

Sie blickten einander an, dann Ischade.

Ischade zog die Brauen hoch. »Der Hund auch?«

Tyr bellte.

»Und wer sonst noch?«

»Madam«, sagte Siveni, »die beste Versicherung, dieses Unternehmen erfolgreich hinter uns zu bringen, besteht darin, die Führerin bei uns zu haben, die uns den Weg ermöglicht. Vor allem, wenn der Rückweg so schwierig ist, wie Ihr behauptet.«

Ischade schwieg einen Augenblick, dann fing sie an zu lachen. Sie lachte lange und schallend. Es war ein erschreckender Laut. »Es sind wahrhaft schwere Zeiten«, sagte sie, »wenn sogar die Götter mißtrauisch werden.«

»Verrat ist allgegenwärtig«, entgegnete Mriga und wunderte sich, wieso ihr dieser Gedanke nicht schon früher gekommen war.

»O ja«, bestätigte Ischade und lachte aufs neue, bis sie außer Atem war. »Schön. Aber mit welcher Währung beabsichtigt ihr, jene da unten zu bezahlen? Selbst ich borge Seelen nur und schicke sie schließlich wieder zurück; und glaubt mir, es ist nicht billig. Um euren Barbier mit Leib und Leben zurückzubekommen, wird der Preis beachtlich sein, den Ihr jenen da unten bezahlen müßt. Außerdem ist da das Problem, wohin mit ihm ...«

»Darum kümmern wir uns, wenn wir ihn haben. Doch jetzt sollten wir keine Zeit mehr vergeuden, Madam. Selbst in der Hölle fließt die Zeit dahin, und Seelen vergessen, wie man in einem Körper bleibt.«

Ischade schaute Mriga scheinbar schläfrig an, doch hinter ihrem Blick verbargen sich Interesse und Berechnung. »Ihr habt mir noch nicht gesagt, was ihr mit eurem Barbier tun werdet, sobald ihr ihn zurück habt. Von eurem vorhersehbaren göttlichen Treiben natürlich abgesehen.«

»Und Ihr habt uns noch nicht gesagt, was Ihr für Eure Hilfe verlangt«, entgegnete Mriga. »Doch eines. Als Ihr meinem Herrn das letztemal begegnet seid, sagtet Ihr zu ihm, wenn er Siveni unter die Lebenden zurückbrächte, würdet Ihr Vergnügen daran haben, den Vorgang zu beobachten.* Und war das nicht der Fall?«

Ischade lächelte geheimnisvoll. »Ich sah zu, wie sie die Tempeltüren wegschafften, die sie auf die Straße schmetterte. Und ich sah Molin Fackelhalters Miene, als sie sie wegkarrten. Er war zutiefst erschrocken über das plötzliche Eingreifen von ilsiger Göttern. Also zog er alle Fäden, die ihm möglicherweise helfen könnten, mit diesem Problem fertig zu werden. Und einer dieser Fäden war mit Tempus und den Stiefsöhnen verbunden und dem 3. Kommando.«

»Und mit Euch«, warf Mriga ein. »So daß zuerst die Kaserne brannte, dann die Stadt, und Harran und tausend andere starben. Und das alles nur, damit die Stadt gespalten bleibt und vollauf mit all den Fehden beschäftigt ist. Auf diese Weise könnt Ihr ungestört Eurer dunklen Wege gehen, die Lebenden an Euren Fäden tanzen lassen und Euch mit den Toten vergnügen – alles für ein wenig Abwechslung.«

»Die Götter sind weise«, entgegnete Ischade ruhig.

»Manchmal nicht sehr. Aber es ist mir egal. Mir geht es darum, das, woran ich hänge, in Sicherheit zu bringen. Danach – braucht diese Stadt ihre eigenen Götter. Keine rankanischen oder beysibischen, ja nicht einmal ilsiger. Ich bin eine der neuen Gottheiten. Es gibt auch noch andere, wie Ihr wißt. Sobald Schluß ist mit dem ›göttlichen Treiben‹, werde ich mich darum kümmern, daß diese neuen jungen Götter sich etablieren, denn diese Stadt ist gut und seine Bewohner sind gut. Das mag Jahre dauern, wie Sterb-

* *Eine Hand für einen Gott,* von Diane Duane in Geschichten aus der Diebeswelt: *Sturm über Freistatt,* Bastei-Lübbe 20122

liche es sehen, aber solange der Vorgang sich hinzieht, wird es genug ›Vergnügliches‹ für Euch geben – ohne daß Ihr selbst dafür sorgen müßt. Es wird im Himmel zum Krieg kommen – der stets seine Schatten auf die Erde wirft!«

»Und umgekehrt«, warf Ischade ein.

»Wie auch immer, Ihr werdet es sehr interessant finden. Das wünscht Ihr Euch doch, oder?«

Ischade blickte Mriga an. »Also gut. Diese Angelegenheit ist offenbar in meinem eigenen Interesse. Über die Bezahlung unterhalten wir uns danach; sie wird hoch sein! Und ich begleite euch – um zu sehen, wie die ›vergnüglichen Zeiten‹ beginnen.« Sie lächelte. Auch Mriga lächelte. Ischades schillernde, elementare Bosheit war nun geweckt. Sie sehnte das Schlimmste herbei, um alles noch ›interessanter‹ zu machen, überlegte vielleicht sogar, wie sie nachhelfen könnte. Diese Frau war unverschämt, unausstehlich – und so sehr eine *Persönlichkeit*, daß Mriga plötzlich feststellte, daß sie Ischade ungemein mochte.

»Ausgezeichnet«, sagte Mriga. »Was muß getan werden?«

»Wenn ihr ihn noch nicht beerdigt habt, dann tut es rasch«, riet Ischade. »Sonst würden wir ihn an der falschen Seite der Grenze finden ... und alles würde noch verwickelter werden, als es momentan schon ist.«

»Also gut. Wann brechen wir auf?«

»Um Mitternacht natürlich. Von einer Stelle aus, wo drei Straßen zusammentreffen. Ideal wäre, wenn Hunde heulten ...«

Tyr bedachte Ischade mit einem unverkennbar ironischen Blick, hob den Kopf und gab einen langgezogenen Laut von sich.

»Das wäre demnach geregelt.« Siveni griff nach ihrem Speer. »Und was eine Stelle mit drei Straßen betrifft, wie wäre es mit der Nordseite des Parkes beim Statthalterweg und der Tempelallee? ›Himmlisches Versprechen‹, heißt er, glaube ich.

Ischade lachte, und alle standen auf. »Wie passend. Also dann, um Mitternacht. Ich kümmere mich um die Ausrüstung.«

»Das ist sehr freundlich von Euch, Madam. Bis Mitternacht oder kurz davor.«

»Gut. Paßt auf die zweite Stufe auf. Und auf die Hecke, sie hat Dornen.«

Mriga schritt zufrieden durch das offene Gartentor, tätschelte den Hals des Braunen und trat seitwärts zur Mitternacht. Siveni folgte ihr mit dem Speer auf der Schulter, der vergnügt zischte, und nahm denselben Weg. Nur Tyr zögerte kurz, sie starrte den Braunen an – dann biß sie ihn rasch in die linke hintere Fessel, sprang seitwärts, um nicht getreten zu werden, und tauchte an Mriga vorbei in die Nacht.

Auch Ischade blickte auf den Braunen, dann auf die Bäume und Büsche in ihrem Garten, von denen immer noch grüne Flammen züngelten, die sie jedoch nicht verzehrten. Sie verzog das Gesicht und löschte das Gottesfeuer mit einer Handbewegung aus. Dann schloß sie die Tür und dachte über alte Geschichten über die Hölle nach.

»Haught«, rief sie in eine der hinteren Kammern. »Stilcho!«

Sie eilten herbei. Es war nicht ratsam, Ischade warten zu lassen. »Ich habe Arbeit für euch beide. Stilcho, du trägst eine Botschaft ins Haus in der Oberstadt. Und auf dem Rückweg bringst du mir eine Leiche mit.«

So tot Stilcho auch war, diese Anweisung ließ ihn erbleichen. Haught beobachtete ihn leicht belustigt aus den Augenwinkeln.

»Und du«, wandte sie sich an Haught und beobachtete nun ihrerseits belustigt, wie er zusammenzuckte, »wirst diese Fähigkeiten einsetzen, die du so eifrig zu verbessern suchst, um mir eine Freude zu machen. Hol mir einen Geist, am besten den eines Soldaten, einen ohne irgendwelche Bindungen. Und jetzt geht!«

Sie sah den beiden nach, wie sie davoneilten und dabei den Eindruck zu erwecken suchten, daß sie es nicht eilig hatten. Ischade lächelte und ging, um Straton zu suchen.

Der Anblick einer zierlichen Frau in Schwarz, die langsam durch die Tempelallee spazierte, genügte, um die windige, mitternächtliche Straße leerzufegen. Der Frau folgte ein bizarrer Zug. Als erstes ein Toter, der einen blökenden, schwarzen Schafbock und ein schwarzes Mutterschaf an Stricken hinter sich herzog. Dann ein kleiner, verängstigter Lebender, der einen nicht weniger verängstigten Esel mit einem langen unförmigen Bündel auf dem Rücken führte. Dieser Mann, Mor-am, stank so sehr nach Wein, daß es außer dem Esel niemand in seiner Nähe ausgehalten hätte. Hinter ihm und dem Tier stapfte ein schlanker Mann mit unverkennbaren Nisizügen. Er schleppte ein kleines, schmales, in Seide gewickeltes Päckchen und ein größeres, schweres, und er sah aus, als wäre er viel lieber anderswo. Als letzter folgte, von Augenblick zu Augenblick mehr oder weniger durchscheinend, ein Geist in Höllenhund-Rüstung. Das war der schon lange tote Razkuli, der sehnsüchtige Blicke auf die vertrauten Stammkneipen der lebenden Höllenhunde warf.

Das Himmlische Versprechen machte seinem Namen in dieser Nacht noch weniger Ehre als sonst. Die Kunde von dem kleinen Zug hatte sich bereits vor einer halben Stunde herumgesprochen, und die Damen der Nacht hatten ihr übliches Revier fluchtartig verlassen. Ischade spazierte an den Steinsäulen des Parkeingangs vorbei und blickte mit kühler Belustigung auf die Lauben und Büsche, die es hier in großer Zahl für jene gab, die nicht so gern gesehen werden wollten, sobald sie sich mit den Damen des Parks einig waren. Der Sichtschutz, die Zypressen und Trauerweiden, war ganz nach Ischades Geschmack, ebenso der kleine, leere Eshitaltar inmitten des Parks. Früher hatte dort eine Statue gestanden, aber sie war gestohlen worden, und der zurückgebliebene würfelförmige Sockel war mit Graffiti und Sprüchen beschmiert.

Sie blieb bei dem Sockel stehen und strich sanft darüber. Das Heulen eines Hundes erklang in der wolkigen Nacht. Ischade blickte auf und lächelte.

»Du bist pünktlich«, murmelte sie. »Das ist gut. Haught bring mir, was du trägst. Stilcho, befestige sie hier.«

Mriga und Siveni standen am Altar und schauten sich um. Mriga interessiert, Siveni mit Abscheu, denn immerhin war sie ja eine jungfräuliche Göttin. Ischade schlug ihre Kapuze zurück und blickte mit ihren schönen schrägen Augen zu den Göttinnen, während der verstörte Stilcho den Schafbock und das Mutterschaf an den Altar band. Haught streckte eines seiner in Seide gewickelten Päckchen aus. Ischade nahm die Verpackung ab und brachte eine lange, krumme Klinge aus Bronze zum Vorschein, die halb Schwert, halb Sichel war, deren Schneide selbst im schwachen Licht von den Fackeln des Statthalterpalasts bedrohlich scharf wirkte.

»Also Blutopfer«, sagte Siveni.

»Ohne Opfer geht es nicht, wenn es die unten betrifft.« Ischade streichelte abwesend den Kopf des Schafbocks, der angstgelähmt war. »Aber zunächst – etwas anderes, Stilcho. Ich brauche heute nacht deine Dienste, und die Razkulis. Ich mache eine Reise.«

»Herrin ...«

»In die Hölle. Du wirst mir deinen Tod leihen, und Razkuli seinen dieser Kriegerdame, und dieses arme Geschöpf ...« Sie streckte die Hand aus, um das eingewickelte Bündel auf dem scheuenden Esel zu berühren. »... seinen der Dame, die hinkt, sobald ich ihn zurückgeholt habe. Aber ihr versteht, daß ihr anderswo sein müßt, während wir diese Teile eures Lebens – oder vielmehr eures Todes – benutzen.«

Mriga biß sich auf die Lippe und drehte sich um, als sie sah, wie der Tote erblaßte. »Seelen brauchen Behälter ... also werde ich euch welche bis zum Morgengrauen besorgen. Bis dahin sind wir zurück, dann seid ihr wieder wie zuvor. Haught und Mor-am werden inzwischen über euch wachen.« Sie verließ den Altar und bedachte Haught im Vorübergehen mit einem kühlen Blick.

»Herrin ...«

»Bewache sie gut, Haught«, sagte Ischade, ohne zu ihm zurückzublicken. »Irgendwelche ›Unfälle‹ würde ich nicht leichtnehmen. Ich bin noch nicht fertig mit ihnen.« Sie ging weiter, drehte sich dann um und begann einen Kreis zu ziehen, in dem sie Schutzzauber errichtete. Äußere Zeichen gab es nicht, kein Feuer, keinen Laut. Aber Mriga spürte, wie die Luft dicker wurde, und als Ischade schließlich an den Anfangspunkt zurückkam und mit einer Geste den Kreis schloß, starrten die Sterblichen in ihm einander in stummer Furcht an wie Tiere, die eben erst in die Falle gegangen waren.

»Weder Gott noch Mensch wird diese Linie überqueren. Göttinnen, noch könnt ihr es euch überlegen – wollt ihr es wahrhaftig tun?«

Mriga nickte und blickte auf Tyr hinunter. Die Hündin hob den Kopf und bellte ungeduldig.

»Nun gut.« Ischade blieb am Altar stehen und blickte über die Schulter auf den Esel. Ein Röcheln war zu hören, der schreckliche Laut, den ein Sterbender verursacht, wenn er herumgerollt wird und sein letzter Atemzug entweicht – nur daß in diesem Fall der Atem eingesogen wurde. Der angebundene Esel bockte und schrie, als seine Last sich plötzlich bewegte. Ischade streckte langsam die Hand aus und löste die Decke um die Gestalt. Sie sackte auf den Boden, landete auf den Knien und erhob sich ganz, ganz vorsichtig. Es war eine junge Frau mit gräßlichen Wunden an Brust und Hals; ihre Bluse und die gerüschten Röcke waren dunkel von Blut, und ihr Kopf hing nach einer Seite, als versuche er, sich ganz von dem halbdurchschnittenen Hals zu lösen.

»Sieh an«, sagte Ischade ruhig. »Das ist ja gar kein *Er*, sondern eine *Sie*! Eine unglückliche Nachtschwärmerin, die in der Stiefsohnkaserne ertappt wurde, wo sie nichts verloren hatte. Armes Ding! Haught, öffne die Laterne.«

Der Nisi bückte sich nach einer Laterne am Boden und zog die verdunkelnden Seiten hoch. Scheinbar brannte gar kein Licht in ihr, doch als Mriga von der Laterne zu Ischade und der belebten Leiche und dem Altar blickte, bemerkte sie, daß sie allesamt Schatten warfen, die erstaunlicherweise noch schwärzer waren als die mitternächtliche Finsternis, in der sie alle standen. »Es tut nicht weh, Kind«, sagte Ischade. Sie hob die Sichel und schwang sie auf den Boden. Ein Schrei folgte, von dem Mriga dachte, daß er sicherlich das Gehirn eines jeden Sterblichen erstarren ließe. Sie fand es auf vernunftwidrige Weise befriedigend, als sie sich abwandte und sah, daß sich Sivenis Handknöchel am Schaft ihres Speeres weiß unter der Haut abhoben, als die Leiche wieder zusammenfiel.

»Nun, vielleicht tut es tatsächlich weh«, sagte Ischade ungerührt. Sie richtete sich auf und hielt nun in ihrer freien Hand etwas, das wie ein seidiger, flatternder Fetzen der Nacht aussah. Es war der Schatten, den sie abgetrennt hatte. Vorsichtig zerknüllte sie ihn mit einer Hand, bis nur noch eine Faust voll Dunkelheit zu sehen war. Ischade streckte sie Mriga entgegen. »Nehmt!« sagte sie. Mriga tat es. »Wenn ich es sage, dann verschluckt es. Und jetzt ...«

Sie ging zu Razkuli, der sich auf ein geisterhaftes Schwert lehnte. Er beobachtete sie ohne Augen, ohne Gesicht, und sah verkrampft und verängstigt aus. »Sie bedeutete mir nichts«, sagte Ischade. »Ihre Seele mag gehen, wohin sie will. Aber deine könnte noch von einigem Nutzen sein. Also – etwas Lebendes ...« Sie schaute sich um. »Der Baum dort ist geeignet. Halt dich still, Razkuli!«

Der zweite Schrei war noch unerträglicher. Ischade

richtete sich auf, schüttelte den abgetrennten Schatten aus, betrachtete ihn überlegend, dann spaltete sie das sich windende Ding der Länge nach. Eine Hälfte stopfte sie in den verrottenden Stamm einer nahen Weide, und noch während sie sich zu Siveni umdrehte, wuchsen aus den kahlen Weidenzweigen zahllose Blätter aus dünner, bebender Finsternis. »Hier!« sagte Ischade. Siveni streckte die Hand nach dem zerknitterten halben Schatten aus, als reichte man ihr einen Skorpion.

»Stilcho!« rief Ischade.

Stilcho wich einen Schritt zurück. Haught hielt hinter ihm mit einem häßlichen Lächeln die Laterne hoch. Der dritte Schrei war der grauenvollste.

»Vielleicht hast du wirklich in meinen Diensten zu sehr gelitten«, sagte Ischade, während sie auch seinen Seelenschatten spaltete und eine Hälfte über die Zweige eines Strauches neben dem Altar hängte. »Vielleicht sollte ich dich zum völligen Tod zurückkehren lassen ...« Dem Strauch wuchsen Laub und kleine Beeren der Finsternis, die zitterten.

»Wir unterhalten uns darüber, wenn ich zurück bin.« Dann schob Ischade den zerknüllten Schatten unter ihren schwarzen Umhang. »Mor-am, Haught, bewacht diesen Ort bis eine Stunde vor Sonnenaufgang. Wir werden nicht hierher zurückkommen. Ihr findet uns im Haus. Kommt durch den Hintereingang. Und vergeßt Stilchos Körper nicht.« Sie glitt zum Altar und hob aufs neue die dunkel befleckte Sichel. »Macht euch bereit, Göttinnen.«

»Was ist mit Tyr?« fragte Siveni.

»Sie wird diese Seele bekommen«, antwortete Ischade. Sie hatte die Hand wieder auf den Kopf des Schafbocks gelegt. Er blickte hilflos zu ihr hoch, und

Ischade schwang die Sichel. Im Nachtlicht der dunklen Laterne leuchteten die Augen des Bockes grauenvoll, dann wurden sie leer und das schwarze Blut quoll auf den weißen Stein des Altars. »Jetzt«, rief Ischadel, und ein warmes Lächeln schwang aus ihrer Stimme. Sie langte nach dem Mutterschaf.

Mriga schluckte voll Ekel die kleine, sich windende Finsternis und spürte, wie diese sich entsetzt und hilflos wehrend hinuntersank. Ihre Schwärze schob sich kurz vor ihr inneres Auge und toste in ihren Ohren. Das Mutterschaf schrie auf und verstummte gurgelnd. Als Mrigas Blick wieder klar wurde, sah sie Ischade ganz in Schatten gewandet und grinsend wie einer dieser schrecklichen Götter, denen die Rache Freude macht. Sie sah auch Siveni, die nun ganz in Dunkel gekleidet und behelmt war und deren Speerspitze als einziges hell leuchtete. Sogar Tyr hatte nun schwarzes Fell, doch ihre Augen brannten wie die eines Tieres, auf die in der Dunkelheit plötzlich Licht fällt. Die Erde unter ihren Füßen erbebte und bäumte sich auf wie ein bockendes Maultier und warf ihre Pflastersteine und den feinen Kies ab.

»Wappnet euch«, mahnte Ischade leise, »denn jetzt werdet ihr euren ganzen Mut brauchen.« Sie schritt in den großen Erdspalt, in die dampfende, schwefelige Dunkelheit hinein.

Tyr sprang ihr bellend nach; ein Jaulen schrillte sowohl über als auch unter der Erde. Mriga und Siveni blickten einander an und folgten.

Grollend schloß sich die Erde hinter ihnen.

Auch Mor-am und Haught blickten einander an und schluckten.

Sie schluckten erneut, als der Esel so verschreckt und hungrig, daß er sein bißchen Verstand verlor, an seinem Strick zerrte, bis er am nächsten Strauch knabbern konnte. Doch er war zurückgewichen, als der Strauch zu schreien und seine geknickten Zweige zu bluten anfingen.

Zitternd blieb der Esel eine Weile stehen, dann starrte er hungrig auf das nächste Futter in der Nähe, eine Trauerweide mit eigenartig dunklen Blättern.

Die Weide begann zu weinen …

Der Weg nach unten war steil. Das allein würde die Rückkehr schon schwierig machen. Doch Mriga wußte, daß es noch andere Probleme geben würde, jedenfalls aus den Lauten zu schließen, die durch die Finsternis drangen. Ferne Schreie und das Heulen von Kreaturen, die keine normalen Hunde waren, und schreckliches hustendes Grunzen vermischten sich in der dampfenden Luft, bis die Ohren schmerzten und die Augen nicht nur von dem Rauch tränten, sondern von der Anstrengung, den Ursprung dieser Laute zu sehen. Ausnahmsweise war Mriga froh über den Ozongeruch, der von den knisternden Blitzen um Sivenis Speerspitze kam. Obwohl sogar die Blitze blau brannten, waren sie doch besser als überhaupt kein Licht. Ischade brauchte offenbar keines. Lächelnd ging sie sicher wie eine Katze voraus.

Der Weg war weder breit noch leicht und schon gar nicht gepflastert. Nachdem er lange, lange abwärts geführt hatte, hallten ihre Schritte kürzer wider, bis Mriga mit ausgestreckten Armen beide Wände berühren konnte. »Jetzt kommt der Engpaß«, warnte Ischade. Eine nach der anderen mußte sie auf die Knie gehen und kriechen – auch Siveni, trotz allen Murrens und Zischens über diese Würdelosigkeit.

Mriga war an Schmutz gewöhnt und hatte weniger Schwierigkeiten, obwohl der muffige Geruch und die Art und Weise, wie sich die kalten Erdklumpen gegen sie zu pressen schienen, sie schaudern ließen. Wenigstens war Tyr mit ihrem ruhigen Atem vor ihr ein Trost – aber nur so lange, bis die Hündin beim Kriechen zu knurren begann.

Der Gang wurde immer noch schmaler, und schließlich mußte Mriga langgestreckt auf der Seite kriechen. Sie fluchte, daß sie es nicht mehr aushielt. Nachdem sie das zum fünften oder sechsten Mal behauptet hatte, hallten die Echos plötzlich wieder freier. Tyr sprang hinaus, und Siveni hätte sie in ihrer Hast, ihr zu folgen, fast aufgespießt.

Tyr knurrte immer noch. Ischade stand in der Düsternis, auch jetzt mit diesem verruchten, interessierten Lächeln auf den Zügen. Mriga schaute sich um, staubte sich ab, konnte jedoch kaum etwas sehen, bis Siveni herauskam und den Speer hochhielt …

Ein Knurren von der Stärke eines Erdbebens erwiderte Tyrs. Mriga blickte hoch. Ein grauer, blutbefleckter Hund, der so riesig war, daß er fast die ganze Höhle ausfüllte, in der sie nun standen, stierte ihnen geifernd entgegen. Es war derselbe Hund, von dem Ilsiger erzählten, er fresse jeden Monat den Mond und manchmal die Sonne, wenn er sie zu fassen bekam, doch gewöhnlich vertrieben ihn Ils oder Siveni. Hier jedoch war das Tier im eigenen Reich, und Mrigas Allwissenheit sagte ihr, daß Siveni den kürzeren zöge, falls sie sich mit ihm anlegte.

»Soll man ihm nicht irgend etwas geben?« fragte Siveni hinter Ischade mit scheinbarem Gleichmut, der niemanden täuschte. »Einen Kuchen oder so was …?«

»Habe ich den Mond?« entgegnete Ischade. »Ich fürchte, mit weniger würde er sich nicht zufriedengeben.« Mit ruhigem Interesse blieb sie stehen, als wolle sie sehen, wie es weiterging.

Siveni starrte den Hund an. Er blickte sie aus hungrigen Augen an, knurrte aufs neue und leckte sich die Lippen. Wo sein Geifer auf den Boden tropfte, blubberte und rauchte der Stein.

Mriga zuckte zusammen, als Tyr an ihr und Siveni vorbeitapste. »Tyr ...!« rief sie, doch die Hündin rannte mit aufgestelltem Nackenfell direkt zu dem Höllenhund und knurrte ihm ins Gesicht.

Der Hund riß den Rachen auf ...

»Tyr, nein!« schrie Siveni und eilte mit erhobenem Speer vorwärts. Zu spät: Tyr war bereits gesprungen. Doch das Knurren und Kläffen, das begann, das Kratzen und Beißen verlief anders als erwartet. Es endete alles sehr plötzlich damit, daß der Höllenhund mit ungeschütztem Bauch auf dem Rücken und dem Schwanz zwischen den Beinen lag, und Tyr ihn mit flammenden Augen an der Kehle hielt. Es war, als drücke ein Kaninchen einen Löwen zu Boden. Tyr knurrte aufs neue, packte die Kehle fester, die breit und schwer wie ein Baumstamm war, hob den Höllenhund und schüttelte ihn knurrend, wie sie es mit einer Ratte gemacht hätte, dann warf sie das riesige Ungeheuer von sich. Der oberste Höllenhund, der Sonnenfresser, wimmerte, als er sich hastig auf die Füße plagte und auf der Flucht vor der kleinen Hündin durch die Wand rannte und nicht mehr zu sehen war.

Tyr keuchte kurz, schüttelte, setzte und kratzte sich.

Mriga und Siveni starrten einander, dann Ischade

an. »Ich verstehe es nicht«, sagte Mriga zu ihr. »Versteht Ihr es?«

Ischade lächelte, schwieg jedoch. »Nun«, murmelte Siveni schließlich, »sie ist eine Hündin ...«

Tyr drehte den Kopf und bedachte Siveni mit einem vorwurfsvollen Blick.

»Eine ungewöhnliche«, sagte Ischade, »aber trotzdem eine Hündin, und kein Hund, nicht einmal ein übernatürlicher, würde gegen sie kämpfen, egal unter welchen Umständen. Ich nehme an, daß selbst hier Hunde eben Hunde sind ... Wie schlau von euch sie mitzunehmen. Wollen wir weitergehen?« Sie eilte in die Dunkelheit. Mriga folgte ihr nachdenklich.

Tiefer, immer tiefer hinab führte der Weg, und das Licht von Sivenis Speer brannte blauer und heller. Das Stöhnen, Ächzen und Schreien klang nicht mehr so entfernt. Selbst ihre Gottheit bewahrte Mriga nicht davor, am ganzen Leib zu zittern. Die Laute klangen weniger zornig oder schmerzlich, denn voll schrecklicher, stumpfer Verzweiflung, wie von Tieren in der Falle, auf die das Messer wartet – und die es wußten. *Ein grauenvoller Ort, die Ewigkeit zu verbringen,* dachte Mriga. Einen Moment hatte sie große Sehnsucht nach ihrer gemütlichen schmutzigen Hütte im Himmel, ja sogar nach der echten – der armseligen Hütte in der Stiefsohnkaserne mit dem alten Herd und Harran, der dort arbeitete. *Zumindest wird einer von uns hier rauskommen,* dachte Mriga. *Sonnenschein für ihn, wenn schon für sonst niemanden ...*

Siveni blickte Mriga neugierig an und öffnete den Mund, gerade als Ischade über die Schulter nach ihnen schaute. »Wir werden gleich die Fähre erreichen«, sagte sie. »Ihr habt doch Fährgeld dabei?«

Mriga schüttelte bestürzt den Kopf. Ihre Allwissenheit hatte sie nicht darauf aufmerksam gemacht. Aber Sivenis Lippen zuckten. Sie kramte in ihrer übergroßen Tunika und brachte eine Handvoll Geld zum Vorschein: keine modernen Münzen, sondern die alten ilsiger Talente aus Gold. Eines überreichte sie Ischade mit übertriebener Höflichkeit, eines Tyr, die es behutsam mit den Zähnen faßte, eine dritte Münze Mriga. Mriga drehte ihres um, betrachtete es und warf ihrer Schwester einen belustigten Blick zu. Die Münze war mit Sivenis Abbild geprägt.

Ischade nahm die Münze mit einem höflichen Nikken, schloß ihren Umhang und ging weiter den Weg hinunter. »Es könnte hier eng werden«, sagte sie, als die Dunkelheit tiefer wurde. »Die Unbeerdigten dürfen nicht übersetzen.«

»Das dürften wir auch nicht, wenn wir alle Vorbereitungen Euch überlassen hätten«, entgegnete Siveni. »Versucht Ihr, die Dinge ›interessanter‹ zu machen, Madam?«

»Achtet auf den Abhang«, warnte Ischade. Sie stieg hinunter in die Schatten und setzte die Kapuze auf.

Der Hang war ein paar Schritte sehr steil, ehe sie zu den bewegten Schatten kamen, die jener Finsternis ähnlich waren, die sie geschluckt hatten. Diese Schatten jedoch schritten und schleppten sich dahin und gingen ziellos umher, und fluchten, wimmerten und weinten dabei. Ihre Stimmen waren dünn und schwach, ihre Gesten kraftlos, die Gesichter in der ewigen Finsternis kaum zu sehen. Nur da und dort spiegelten sich Funken von Sivenis Speer in einem verborgenen Auge; und alle Gesichter wandten sich ab, als schämten sie sich, im Licht gesehen zu werden.

Sie bahnten sich einen Weg durch die Menge. Tyr rannte voraus, mit dem Goldstück im Maul, schnüffelte dann und wann am Boden oder blickte zu diesem oder jenem Gesicht auf. Mriga, die ihr folgte, schauderte häufig bei der Berührung mit der trockenen Haut nackter Körper ohne Seelen, die gegen ihre unsterbliche Haut streiften. *Kein Wunder, daß die Götter nicht an den Tod denken wollen*, grübelte sie, während der Boden ebener wurde. *Es ist eine – Entkleidung, die es nicht geben sollte. Es macht sie verlegen. Macht uns verlegen …*

»Vorsicht!« warnte Ischade. Mriga blickte auf den Boden und sah, daß nur noch wenige Schritte bis zu dem schwarzen Wasser fehlten. Wo sie standen und andere Seelen ziellos umherirrten, fiel der übelriechende kalte Boden zu einem lehmigen Strand ab, der zur Bootlandung geeignet war. Das Wasser, das darüberspülte, rauchte vor Kälte, wo es das Ufer nicht mit schmutzigen Eis überzog. Tyr verfolgte einen interessanten Geruch am Ufer entlang, während Mriga über den schwarzen Fluß spähte und durch die Nebelschwaden die Fähre nahen sah.

Sie war völlig heruntergekommen und lag tief, als hätte sie viel Wasser geschöpft. Gesteuert wurde sie mit dem Ruder, das gleichermaßen ein Paddel war, von jenem Fährmann, über den es so viele behutsame Lieder gab. Er war alt und grau und zerlumpt und sah gefährlich aus: zu groß, völlig menschlich zu sein, und er hatte Fänge, was bei Menschen ungewöhnlich war. Er bediente das Ruder mit einer Hand, mit der anderen drückte er ein Gerippe an sich, dessen schlackernde Gebeine kaum noch von den alten, vertrockneten Sehnen und Fetzen seines uralten Fleisches zusammengehalten wurden. Der Fährmann ruderte sein Boot ans Ufer und setzte heftig auf. Eis krachte. Mriga, Siveni und Ischade wurden von den dichtgedrängten Seelen, die mit schwachen Stimmen aufschrien, eingekeilt und zur Fähre geschoben.

»Zurück, zurück!« rief der Fährmann. Er lispelte und spuckte beim Reden. »Ich sehe euch nicht zum erstenmal und keiner von euch hat das Fährgeld. Ja, was ist das? Na, Herrin mit den schönen Augen tretet zurück. Ihr lebt noch. Ihr seid nichts für mich.«

Ischade lächelte und bedachte ihn mit einem Blick von ätzend freundlicher Ironie, der Eiswasser durch Mrigas Knochen rinnen ließ. »Ihr für mich auch nicht, aber ich habe das Fährgeld.« Ischade hob das goldene Talent hoch.

Der Fährmann nahm es und prüfte es mit den Zähnen. Mriga bemerkte belustigt, daß die Münze, als er sie danach hochhielt, durchgebissen war. »Also gut, steigt ein«, knurrte er und warf die Münze über die Schulter ins Wasser. Wo sie versank, kräuselte sich die Wasseroberfläche, doch sogleich folgte ein wildes Wallen und Blubbern. »Immer hungrig, diese Biester«, brummte er, als Ischade an ihm vorbeiging. »Steigt schon ein! Warum haben Sterbliche es nur immer so eilig? Kommen hierher, belasten das Boot, wo es ihm schon schwerfällt, Geister zu tragen. Nein, nein! Keine Götter! Befehl von ihr! Ihr kommt leuchtend hierher, daß allen die Augen schmerzen, marschiert wieder hinaus, zerrt tote Menschen hinter euch her; habt überhaupt keinen Respekt vor der Obrigkeit; Geister und Leichen wandeln auf der ganzen Erde herum, einfach schändlich! Jemand sollte was tun ...«

Mriga und Siveni sahen einander an. Siveni blickte verlangend auf ihren Speer, dann seufzte sie.

Ischade, die am Bug des Fährboots stand, beobachtete sie stumm, und ihre Augen funkelten vor Belustigung oder Bosheit.

»... war früher nie so. Lebende blieben am Leben und Tote blieben tot. Seht euch jetzt mein Weib an!« Der Fährmann hob das Skelett in seinem Arm ein wenig. Es klapperte wie Kastagnetten. »Was sagt ihr zu *ihr*?«

Siveni öffnete den Mund und schloß ihn wieder. Mriga überlegte und sagte: »Jemanden wie sie habe ich noch nie kennengelernt.«

Das Gesicht des Fährmanns verlor ein wenig seines grimmigen Ausdrucks. »Na also, Ihr habt das Herz am richtigen Fleck, junge Dame, obwohl Ihr eine *Göttin* seid. Manche Leute kommen hierher, wollen ins Boot und sagen die häßlichsten Dinge über mein Weib.«

»Das ist unverschämt«, meinte Siveni.

»Wie recht Ihr habt, junge *Göttin*«, bestätigte der Fährmann, »Schlecht für die, die so was sagen, denn *die* sind immer hungrig, sage ich.« Er blickte aufs Wasser. »Ist schon gut, ihr Hübschen, steigt ins Boot und gebt mir euer gutes Geld. *Sie* schert sich nicht wirklich darum, was sich hier tut, nur seid nett und macht nichts kaputt, hört ihr? Seid höflich zu ihr, wie sich's gehört. Man sagt, sie hat ein weiches Herz für ein so hübsches Gesicht, wenn man bedenkt, wie sie hier herunter gekommen ist; doch davon reden wir natürlich nicht in ihrer Anwesenheit, wenn ihr versteht, was ich meine. Also, steigt ein. Habt ihr sonst noch jemanden dabei?«

»Einen Augenblick«, antwortete Mriga. Sie pfiff nach Tyr, dann noch einmal, als die Hündin nicht gleich kam. Schließlich erschien Tyr, das Goldstück hielt sie noch mit den Zähnen, und trottete zum Boot. Als sie sah, daß es schaukelte, winselte sie leicht. »Komm schon Tyr«, forderte Mriga sie auf. »Wir müssen übersetzen. Er ist auf der anderen Seite.«

Wieder winselte die Hündin, betrachtete mißtrauisch die Fähre und sprang schließlich an Bord.

»Der kleine Hund auch?« fragte der Fährmann. »Hunde bezahlen nur den halben Preis.«

Tyr stellte sich auf die Hinterläufe, um dem Fährmann die Münze zu geben, dann setzte sie sich auf den mittleren Platz des Boots, bellte und wedelte, daß der Schwanz gegen das Dollbord schlug.

»O danke, kleine Dame, wie großzügig.« Der Fährmann steckte hastig eine Hälfte von Tyrs Münze ein, die er entzwei gebissen hatte. »Man bezahlt uns hier unten nicht sehr gut, und die Zeiten sind wohl überall schlecht, eh? Ich weiß es sehr zu schätzen. Hängt eure Hände nicht ins Wasser, meine Damen. Sonst noch jemand? Nein? Ist wohl eine geizige Meute da oben heutzutag. Dann wollen wir aufbrechen.«

Sie ließen die traurige, drängelnde Menge am Ufer zurück. Mriga saß neben dem Dollbord, sie hatte einen Arm um Tyr geschlungen, die sie flüchtig abwesend abschleckte, während sie den Weg zurückstarrte, den sie gekommen waren. Die Luft wurde kälter. Fröstelnd blickte Mriga zuerst zu Siveni, die über den Fluß zum anderen Ufer schaute, dann zu Ischade. Die Nekromantin sah nachdenklich ins Wasser. Mriga blickte über die Seite und sah keine Spiegelungen – zunächst nicht. Nach einer Weile wandte sie die Augen ab. Aber Ischade hob den Kopf erst, als das Boot knirschend wieder aufsetzte, und als sie es tat, wirkte ihr Blick nicht mehr so selbstsicher wie bisher.

»Dort ist das Tor.« Der Fährmann deutete. »Ich lasse euch hier aussteigen. Paßt auf, wohin ihr tretet, der Boden ist zerklüftet. Und noch etwas, meine Damen, seid vorsichtig dort drinnen. So viele gehen hinein und kommen nicht mehr heraus.«

Mriga glaubte ihm, als sie auf die finstere Stadt blickte, die hinter dem Messingtor kauerte. Die Hölle sah sehr wie Freistatt aus.

Eine nach der anderen stiegen sie aus der Fähre und gingen den Hang hinauf. Siveni war die letzte. So eingehend betrachtete sie den felsigen Boden, daß sie übersah, was unmittelbar vor ihren Füßen war. Sie verlor den Halt und wäre gefallen, wenn sie sich nicht im letzten Augenblick auf den Speer gestützt hätte. »Hölle!« fluchte sie, und der Speer spie Blitze.

Der Fährmann, der sie beobachtete, runzelte die Stirn. »So nennen wir sie hier nicht. Habe ich recht, Liebling?«

Das Gerippe klapperte leicht.

»Na gut. Dann setzen wir wieder über ...«

Und sie befanden sich allein am anderen Ufer.

Das Tor sah aus wie das Siegestor unweit vom Statthalterpalast, doch während jenes aus Eisen war, war das hier aus Messing, außerdem verschlossen und mehrfach gesichert. Die vier standen beisammen und hörten stärker denn je das Wehklagen aus dem Innern. Es klang in ihren Ohren jetzt weniger bedrohlich, so wie ein scheußlicher Gestank auf die Dauer erträglicher wird. »Nun?« fragte Siveni. »Was jetzt? Brauchen wir irgendeinen Zauber?«

Ischade schüttelte ein wenig erstaunt den Kopf. »Ich benutze diesen Weg normalerweise nicht«, sagte sie. »Und die paar Male, als ich es tat, war das Höllentor weit geöffnet. Sehr merkwürdig. Jemand hat hier Änderungen vorgenommen ...«

»Ich wette, jemand, der uns erwartet«, vermutete Siveni. »Gestattet.« Sie hob den Speer, lehnte sich damit zurück wie ein Speerwerfer und schleuderte ihn zum Tor. Einen Augenblick lang beleuchteten Blitze alles fahl und ließen alles erstarren. Donner übertönte die Schreie der Verdammten im Innern. Danach folgten ein paar Momente violette Nachbilder, und ein Widerhall erscholl in den Ohren, dann kam die Finsternis, in der sie durch das wieder ruhigere Licht von Sivenis Speerspitze das Höllentor verformt und zerschmettert auf dem Pflaster liegen sahen. Siveni hob ihren Speer auf und schritt äußerst befriedigt durch die Öffnung, vorbei an dem geborstenen Tor.

»Das macht sie recht gut«, stellte Ischade fest, als sie ihr mit Mriga und Tyr folgte.

»Ja, sie war schon immer gut darin, Dinge zu zerschmettern«, antwortete Mriga. Sie blickte über die Schulter auf das Tor und wollte sie mit der Kraft ihres Willens unbeschädigt in seine Angeln zurückhängen, auf ähnliche Weise wie sie Ischades Schutzzauber wiederhergestellt hatte. Doch zu ihrer Bestürzung rührten sich die geborstenen Torflügel nicht.

»Wir befinden uns jetzt im Reich anderer Götter«, sagte Ischade, als sie das Tor hinter sich ließen, an den Schatten leerer Tierpferche vorbeigingen und an der großen Mauer, die den Basar umgab. »Fast alle Kräfte, außer ihren eigenen, sind hier geschwächt, fürchte ich. Wenn Euer anderes Ich diesen Trick noch einmal im Innern versucht, muß sie mit einer Überraschung rechnen, denn sie war noch außerhalb der Hölle, als sie ihre Kraft einsetzte.«

Mriga nickte, und sie folgten der Straße, die zum Basar führte. Fast alles war wie gewohnt: die Abfallhaufen, der Gestank, der Müll in den Gossen, die Menge. Doch die dunklen Gestalten hier sahen aus, als kümmere es sie nicht, wo sie sich befanden – ein erschreckender Gegensatz zu den Gestrandeten an der anderen Flußseite. Als Mriga ihren Blick auf der Suche nach Höllenfeuer über die Stadt wandern ließ, fand sie nichts weiter als die gleichen verstreuten Rauchfahnen und den Geruch von Schwelbrand, wie man sie im Freistatt der Tageswelt gewöhnt war. Die tiefhängenden Wolken jedoch waren wie von vielen Feuern beleuchtet.

Beim Weitergehen hatte Mriga Gelegenheit, den Grund dafür zu erkennen und zu verstehen, daß es hier einen Unterschied zwischen den Toten und den Verdammten gab. Viele der dunklen Gestalten trugen ihr eigenes Höllenfeuer mit sich – leuchtende Flammen der Wut; glutrote Enttäuschungen, unterdrückt und bitter; die heißen, lichtverschlingenden Dunkelheiten, die Neid und Habgier waren; der blindmachende, mit Feuerzungen durchzogene Qualm der Lust und der Machtgier, der nie versiegte. Einige Vorüberkommende wiesen Spuren alter Brände auf, die längst erloschen waren. Sie waren nun ausgebrannte Schlacke, weder lebend, noch tot. Doch am schlimmsten fand Mriga die vielen, vielen Toten, die noch nicht genug gelebt hatten, um auch nur ein bißchen zu brennen, für die sowohl Sünde als auch Lust nichts bedeutete. Sie gingen stumpf an den flammenden Verdammten vorbei und an den Göttinnen, und weder Höllenfeuer noch das kalte, reine Licht von Sivenis Speer ließ etwas in ihren Augen erkennen.

Sie stießen jedoch bald auf noch Schlimmeres. Es

gab Orte, die offenbar so verdammt waren wie Menschen; Orte, die Mord gesehen hatten und Verrat und sie immer wieder sahen, ohne Ende: Die ursprünglichen Beteiligten zerrten die vorbeikommenden Toten an diese Flecken, um die alten Grauen erneut zu vollziehen. Einige Gestalten, die man dort sah, waren dunkler als andere und mit anderen Martern geschlagen: Schlangen wuchsen aus ihrem Fleisch und kauten daran; auf menschlichen Körpern saßen Tierköpfe oder auf Tierleibern Menschenköpfe; Gliedmaßen wurden brandig, verwesten, fielen ab und wuchsen wieder, während ihre Besitzer gleichmütig dahinspazierten, als wäre alles völlig in Ordnung …

Harran ist jetzt hier unten, dachte Mriga. *Wie werden wir ihn finden? In seinem Verlangen nach Siveni schmorend; von Schuld gequält über die Art und Weise, auf die er mich einst benutzte? Oder waren diese Leidenschaften zu frisch, als daß sie Zeit gehabt hätten, in seiner Seele Wurzeln zu schlagen – so daß wir ihn vielleicht als einen der Stumpfsinnigen finden, die absolut nichts bewegt. Angenommen, er – will nicht zurück …*

Die vier hatten den Basar erreicht. Sie beeilten sich, ihn zu durchqueren, denn er war voll von Tieren, die zielstrebig umhergingen und sich mit Tierstimmen – Wiehern und Brüllen und Kreischen – zu verständigen schienen. Doch die Ware, die hier feilgeboten wurde, waren Menschen: gekettet, stumm, mit erschreckend flehenden Augen. Die vier hasteten hinaus auf die südliche Straße, die um die Mauer des Statthalterpalasts führte. »Da all dies Freistatt nicht ganz unähnlich ist«, sagte Siveni und schaute sich im Schein ihres Speeres um und wirkte besorgt. »… nehme ich an, daß sich die Gesuchte im Palast aufhält.«

»Das glaube ich auch«, bestätigte Ischade ruhig. »Das Südtor ist geschlossen.«

Mriga bemerkte, daß Tyr zurückgeblieben war, um an Ischades anderer Seite herzulaufen, und mit eigenartigem Gesichtsausdruck zu ihr aufblickte.

»Was ist eigentlich Eure genaue Abmachung mit ihr?« fragte Mriga leise, aber so, daß sie über die ständigen Schmerzenslaute auf der Straße gehört werden konnte. »Ihr müßt doch eine haben.«

Ischade schwieg. »Bitte verzeiht«, sagte Mriga. »Ich hätte nicht fragen sollen. Macht ist etwas Persönliches.«

»Ihr braucht nicht mitzukommen«, rief Siveni, die vor ihnen ging, ohne sich umzudrehen. »Ihr habt Euren Teil der Abmachung bereits erfüllt. Allerdings haben wir Euch noch nicht bezahlt ...«

Ischade ging ohne zu stocken weiter, doch eine Sekunde lang wirkten ihre Augen hart, woran nicht die Spiegelung von Sivenis Blitzen schuld war. »Übertragt eure Ängste nicht auf *mich, junge Göttinnen«, warnte sie mit sanfter Stimme und belustigtem Blick. »Es besteht kein Grund, weshalb ich vor einem Besuch bei ihr zurückscheuen sollte.«*

Mriga und Siveni schwiegen, während Tyr kurz winselte und mit dem Schwanz wedelte und Ischades Seite den ganzen Weg nicht verließ. Ischade schien es nicht zu bemerken.

»Seht«, sie deutete. »Das Tor.«

Das Südtor ähnelte dem von Freistatt sehr und machte deutlich, daß auch hier nicht alle Gefühle erloschen waren: die Pfosten waren mit Schmierereien bekritzelt, die auf die VFBF und andere Faktionen hinwiesen. Aber es gab hier keine Wachen, keine Stiefsöhne, nichts als die eisernen Torflügel, die offenstanden. Der große Hof dahinter lag ganz im Dunkeln, und das Wimmern der Hölle wirkte gedämpft. Auf der gegenüberliegenden Seite des Hofes erhob sich ein

Bauwerk, das aus der Ferne wie der Statthalterpalast ausgesehen hatte, sich hier jedoch als eines erwies, das Ranke selbst in seiner Blüte nicht hätte errichten können. Es prunkte mit Ebenholzportalen und Onyxkolonnaden, mit rauchschwarzen Säulen und Veranden, mit Stockwerk um Stockwerk dunkler Pracht, die sich schließlich in der tiefen Wolkendecke verloren. Ischade zögerte nicht einen Augenblick. Ihre anmutige, schwarzgewandete wirkende Gestalt schritt unbeirrt zu dem mächtigen Bauwerk, und die kleine Hündin trottete neben ihr her.

An der Schwelle blickte Siveni Mriga an. »Mriga, horch, tu uns allen einen Gefallen: überlaß mir da drinnen das Reden!«

Mriga starrte sie an: »Schwester, woran denkst du?«

»An das gleiche wie du. Preise. Hör zu, du hast genügend Macht, sie hinterher zu bezahlen …«

»Und wo beabsichtigt du zu sein?«

»Fang jetzt nicht an«, mahnte Siveni, »sonst verlieren wir sie aus den Augen.« Sie folgte Ischade.

Mriga ging hinter Siveni her, und ihr Herz wurde zu Eis. »Außerdem ist es *mein* Priester, um den es hier geht«, sagte Siveni.

»›Dein‹ …! Siveni, wage ja nicht …«

Die Freitreppe ragte vor ihnen auf, und Ischade hatte sie bereits zu einem Drittel erklommen, ehe die Göttinnen sie und Tyr einholten. Schweigend stiegen sie den Rest der Stufen gemeinsam hinauf. Mriga war bewußt, wie heftig ihr Herz hämmerte. Sie überquerten den breiten Beischlag, der ganz in Gagat gefliest war, und näherten sich dem Portal, hinter dem sich tiefe, stille Schwärze erstreckte. In dieser Finsternis leuchtete Sivenis Speerspitze nur schwächlich, wie der rauchende Docht einer Lampe, und die Blitze verloren sich sogleich in der Unendlichkeit der Nacht.

Sie traten ein.

Weit, weit von der Tür brannte in der langen Halle ein Licht aschgrau. Es kam von drei Quellen, doch es dauerte viel länger, Einzelheiten zu erkennen. Die vier waren schier endlos durch diese Stille geschritten, die jeden Laut verschluckte und fast jeden Gedanken, ehe Mriga bewußt wurde, daß das aschfahle Licht von Kohlebecken kam. Es dauerte noch länger, bis die zwei Onyxthrone zu sehen waren, die zwischen zwei breiten Becken auf Dreibeinen standen. Ein paar Schritte weiter wurde Mrigas Mund trocken, und sie blieb stehen. Ihr Mut verließ sie – denn auf dem rechten Thron saß jemand.

Nicht daß Mriga unvorbereitet gewesen wäre, sie wußte sehr wohl, wen sie hier antreffen würde – die süße junge Göttin des Frühlings, die sich in den Gott der Toten verliebte und um ihrer Liebe willen gestorben war – ihre einzige Möglichkeit, dem Himmel zu entkommen und an seiner Seite über die Hölle zu herrschen. Doch Mrigas Vorbereitungen erwiesen sich nun als sinnlos. Als einzige in der ganzen Hölle trug die ehemalige Frühlingsgöttin weiß: ein Jungfrauengewand, das selbst im traurigen Licht der Kohlebecken leuchtete. Unter dem Jungfernschleier brannte ihre Schönheit, das Feuer der Jugend, unwiderstehlich wie Sivenis Schönheit, aber ohne ein Versprechen auf Erlösung. Die Höllenkönigin saß stolz auf dem Thron, kühl, leidenschaftslos und schrecklich. Auf dem Schoß hatte sie ein Schwert liegen, doch die Klinge war schwarz; und die Waagschalen lagen dick mit staubbedeckt neben dem Thron. Offensichtlich hatte die Hölle ihre Königin zum eigenen Abbild geformt und ihr selbst jene Leidenschaft genommen, die sie hierhergeführt hatte – und wie jene, über die sie herrschte, hatte sie sich damit abgefunden. Plötzlich verstand Mriga, daß der Ausdruck erschreckender Resignation in Razkulis Gesicht der aller Gesichter hier war.

Mriga blickte auf Ischade. Die Nekromantin stand völlig ruhig mit Tyr an ihrer Seite und verbeugte sich vor der stillen Frau auf dem Thron. Die Geste war durchaus achtungsvoll, doch aus der Ruhe sprach unmerklich der kühle Hochmut der Nekromantin. *Selbst hier ist niemand ihr Meister,* dachte Mriga gleichermaßen verärgert und bewundernd.

»Madam Ischade«, sagte die Königin der Hölle. Ihre Stimme war weich und dunkel, eine leise, klangvolle Stimme. Es fiel schwer, sich vorzustellen, daß sie je gelacht hatte. »Ihr wart lange nicht mehr hier. Und noch nie zuvor brachtet Ihr Freunde mit.«

»Sie kommen geschäftlich, Madam«, erklärte Ischade. Ihr Benehmen gegenüber der Königin war so offen und geradeheraus wie gegenüber jedem anderen, den sie als gleichgestellt erachtete. »Siveni Grauaugen – Ihr erinnert Euch vielleicht an sie. Und Mriga, eine neue Göttin, vielleicht dieselbe wie Siveni. Sie sind dabei, es klarzustellen.« Sie lächelte leicht. »Und Tyr.«

Tyr setzte sich, wedelte mit dem Schwanz und betrachtete die Höllenkönigin.

Sie hieß sie nicht willkommen, sondern sagte: »Ich weiß, weshalb ihr hier seid. Ich versuchte mehrmals, euch durch den einen oder anderen meiner Diener aufzuhalten. Nun seid Ihr selbst verantwortlich für alles, was von jetzt an mit euch geschieht.« Sie blickte sie an und wartete.

Mriga schluckte. Siveni, die neben ihr stand, fragte: »Madam, was verlangt Ihr für Harrans Seele?«

Die Königin blickte sie ernst an. »Das übliche. Den

gleichen Preis, den mein Gemahl von den Göttern für meine Rückkehr forderte und den die Götter sich weigerten zu zahlen. Die Seele des Käufers.«

Mriga und Siveni schauten einander an.

»Gesetz ist Gesetz«, sagte die Königin. »Eine Seele für eine Seele, daran hat sich nichts geändert. Kein Gott war bereit, sein Leben für meine Freiheit zu opfern. Und das war auch ganz gut so, denn ich wollte nicht weg.«

Ischade verzog kaum merklich die Lippen.

»Warum auch«, fuhr die Königin fort, »nachdem ich soviel auf mich nahm, um hierherzukommen? Ich gab meine Rolle als Frühlingsgöttin für etwas Lohnenderes auf. Shipri kümmert sich jetzt um den Frühling.« Sie machte eine Pause. »Außerdem braucht sogar der Tod Liebe«, endete sie schließlich.

Mriga fiel nichts ein, was sie hätte sagen können.

»Nun?« Sie blickte ernst und geduldig auf die beiden hinunter. »Wählt. Seid ihr bereit, den Preis zu bezahlen? Und wer von euch?«

»Ich!« riefen Siveni und Mriga gleichzeitig. Dann starrten sie einander an.

Siveni wandte sich wütend der Höllenkönigin zu. Doch Wut konnte diesem Blick nicht standhalten. Einen Augenblick später fauchte Siveni Ischade an. »Es ist alles *Eure* Schuld!«

Ischade schwieg.

Eine Hand schoß hinter Siveni hervor und entriß ihr den Speer. Siveni wirbelte herum, doch Mriga hatte den Speer bereits blitzschnell umgedreht und richtete die zischende Spitze auf Sivenis Herz. »Benimm dich nicht idiotisch! Harran braucht *dich!* Und diese Stadt braucht alle kriegerischen Götter, die sie in nächster Zeit nur aufbieten kann, da Ranke ganz zerfällt und die Beysiber und Nisibisi sie von zwei Seiten bedrängen. Ich bin sterblich genug für einen erfolgreichen Tod. Und wenn ich erst weg bin, hast du deine sämtlichen Eigenschaften wieder vereint. Also, Siveni ...«

»Harran hat recht, du bist immer noch verrückt! Angenommen, die Eigenschaften bleiben hier, wenn du stirbst, und sind so auf immer verloren? Was wird dann aus Freistatt? Hast du denn nicht begriffen, daß ich zwar die Eigenschaften des Kriegers habe, du jedoch die des Siegers?«

Nun lagen zwei Paar Hände um den Schaft des Speeres und rangen um ihn, und egal, was Siveni gesagt hatte, sie waren gleich stark. Hin und her schwankte der Speer, bis die Königin Einhalt gebot, und beide gebannt verharrten. Nur ihre Augen bewegten sich und glitzerten, als sie sie von der Seite ansahen.

»Ich möchte diesen Mann sehen, um den zwei Göttinnen streiten«, sagte sie. »Skotadi!«

Zwischen Mriga und Siveni und dem Thron faltete sich die Dunkelheit zu einer Schattengstalt zusammen, ähnlich jener, die Ischade von der Mädchenleiche, von Razkuli und von Stilcho gelöst hatte. Es schien ein Mädchenschatten zu sein, mit verschwommenen Umrissen, schwankend, doch wie dichter Rauch in der Dunkelheit verharrend. »Hole mir den Schatten eines Mannes, den man Harran nannte«, befahl die Königin. »Er befindet sich noch innerhalb der Mauern, er wurde erst heute beerdigt.«

Skotadi wiegte sich wie Rauch im Wind, verneigte sich und verschwand in der bleicheren Dunkelheit. Der Bann über Siveni und Mriga wich, sie konnten sich wieder bewegen, doch der Speer war verschwunden. Er lehnte am Thron, und seine Spitze war nun lebloses Metall, das im grauen Schein des Kohlenbekkens schwach rauchte. »Da ihr euch nicht einigen könnt, soll er entscheiden!« bestimmte die Königin.

Während sie sprach, kehrte Skotadi zurück und verneigte sich vor der Königin. »Majestät«, meldete sie, »dieser Mann befindet sich nicht innerhalb der Tore.«

Selbst Ischade wirkte erstaunt. »Unmöglich!« rief Siveni. »Wir haben ihn beerdigt!«

Die Königin richtete die dunklen Augen auf sie. »Wenn meine Leibmagd sagt, daß er nicht hier ist, befindet er sich auch nicht hier!«

Mriga war ratlos. »Wenn er nicht hier ist, wo könnte er dann sein?«

»Im Himmel?« Siveni dachte ganz offensichtlich an all die Mühe, die sie umsonst auf sich genommen hatten.

Ischade verzog die Lippen. »Jemand aus *Freistatt?*«

»Jeder, der stirbt, kommt hierher«, erklärte die Königin. »Wie lange sie bleiben und was sie aus diesem Ort machen, solange sie hier sind, ist ihre eigene Sache. Doch es gibt wahrhaftig nur sehr wenige Sterbliche, die nichts zu büßen haben, ehe sie weiterziehen. Doch ...« Sie überlegte kurz, sichtlich interessiert. Mriga erinnerte sich an den Blick müden Interesses, der ihr an Ischade aufgefallen war, und Hoffnung erwachte in ihr. »Es gibt noch eine andere Möglichkeit.«

Tyr hüpfte hoch, bellte aufgeregt, rannte ein Stück zur Flügeltür, dann drehte sie um, bellte aufs neue, diesmal lauter und hüpfte auf der Stelle von einem Fuß auf den anderen.

»Die Beerdigung *ermöglicht* es einem, die Grenze zu

überqueren«, sagte die Königin, »*zwingt* jedoch nicht dazu ...«

Tyr rannte kläffend zur Tür. Mriga blickte Siveni bestürzt an, denn sie erinnerte sich, daß Tyr sich nicht in das Boot hatte begeben wollen ...

Die Königin erhob sich. »Skotadi! Die Kutsche meines Gemahls!« Siveni hielt plötzlich ihren Speer in der Hand. Er blitzte wieder, jedoch sehr gedämpft. »Madam, Göttinnen«, forderte die Königin die drei auf, »wir wollen sehen, wohin uns die Kleine führt.«

Seltsamerweise befand sich die Tür nun lediglich ein paar Schritte entfernt. Vor der Freitreppe stand ein großer eiserner Prunkwagen mit vier rabenschwarzen Rappen als Gespann. Skotadi stand an der Kutscherseite und hielt die Zügel. Sie stiegen ein, und Skotadi trieb die Pferde mit einem Peitschenknall an.

Die Kutsche rollte in absoluter Stille durch den Hof und das Tor. Selbst draußen auf den Straßen klangen die Schreie und das Wehklagen gedämpft und verstummten schließlich vor Staunen und Furcht – denn, wie Mrigas Allwissenheit ihr verriet, hatte die Königin der Unterwelt ihre dunklen Hallen seit vielen Jahrzehnten nicht mehr verlassen. Der einzige Laut war Tyrs vergnügtes Bellen, während sie vorauslief, um den Weg zu weisen.

Es fiel Mriga schwer, Siveni anzusehen, während sie westwärts den Statthalterweg entlangfuhren, und Siveni blickte sie gar nicht an. Es bedurfte keiner Allwissenheit, den Ärger zu hören, der wie unterdrückter Donner in ihr grollte. »Hör zu«, flüsterte sie Siveni ins Ohr, »du weißt genau, daß ich recht habe.«

»Ganz sicher nicht!« Siveni schwieg kurz, um auf die dunklen, vertrauten Straßen zu blicken, die vorbeiglitten, dann sagte sie: »Du hast es verdorben! Ist dir das klar? Ihr, du und er, könntet inzwischen draußen sein. Und ich wäre schon zurechtgekommen. Ich komme immer zurecht!« Wieder machte sie eine Pause. »Verdammt, Mriga, ich bin eine jungfräuliche Göttin! Er liebt mich, aber ich kann ihm nicht geben, was er von mir möchte! Du dagegen kannst es. Und wenn ich hier unten bleibe, erhältst du *meine* Eigenschaften – alle, außer dieser einen. Mein Priester bekommt, was er sich wünscht – mich. Und du kriegst ihn ...«

Mriga blickte Siveni, die sie nicht ansehen wollte, lange an und fing an, sie wie verrückt zu lieben, auf ähnliche Weise, auf die sie Ischade wie verrückt bewundert hatte. »Warst es nicht du, die behauptet hat, die Eigenschaften würden *hier* bleiben ...«

Siveni achtete nicht darauf. »Ich war nicht ganz bei Sinnen, als er mich zurückrief«, gestand sie. »Ich forderte, daß er eine Hand für mich opfere. Das mindeste, was ich tun kann, ist, dafür zu sorgen, daß er wenigstens ein bißchen Nutzen aus seiner neuen Hand zieht.«

Die Kutsche bog nach Süden ab, vorbei an der Gerberstraße. »Du bist eine Göttin«, erinnerte Mriga sie. »Du kannst nicht sterben!«

»Wenn ich es wirklich möchte, kann ich es«, entgegnete Siveni leise. »*Sie* hat es getan, oder nicht?«

Das ließ sich nicht bestreiten, was immer auch Ischade darüber denken mochte. Mriga stieß gequält den Atem aus.

Tyr rannte vor ihnen aufgeregt an den Viehpferchen vorbei zu einer Brücke. Sie sah genauso aus wie die am Schimmelfohlenfluß, an die man so oft Leichen genagelt und wo Banden um ihre Reviergrenzen gekämpft hatten. Über der Brücke kauerten die heruntergekommenen Häuser und Hütten von Abwind. Doch der Fluß, der unter der alten Brücke hindurchströmte, war jener kalte, schwarze, der seinen Dunst in den grauen Tag dampfte. Der Fährmann war nirgendwo zu sehen. Auf der anderen Seite, in den Straßen zwischen den Elendsunterkünften, irrten die dunklen Scharen von Toten umher, doch nicht einer benutzte die Brücke.

Tyr rannte die Biegung hinauf, schlitterte in ihrer Eile, bellte heftig und wäre auf der anderen Seite fast hinuntergepurzelt. Die Kutsche folgte. Hufe, die auf den Planken hallen hätten sollen, setzten lautlos auf. Tyr hatte die Brücke bereits hinter sich und bahnte sich kläffend einen Weg durch die Menge. Die Toten machten verwirrt vor und hinter ihr Platz, so daß eine Gasse entstand, durch die die Kutsche folgen konnte. Und dann hielt Tyr an, und sie sahen sie zweimal bis fast in Kopfhöhe springen und überglücklich das Gesicht einer dunklen Gestalt abschlekken, die etwas Längliches über die Schultern geschlungen hatte …

»Harran!«

Mriga war aus der Kutsche gesprungen und rannte. Siveni, die den Saum der Tunika gerafft hatte, hielt neben ihr Schritt. Ihr Speer hüpfte auf ihrer Schulter und spie Blitze wie ein Feuerwerk. Hastig wichen die Toten ihnen aus. Mriga warf Siveni einen Seitenblick zu: die Tunika war plötzlich mehr grau, denn schwarz. Doch Siveni hatte kein Auge dafür. Und dort, sichtlich verwirrt, schmutzig, schattenhaft, doch groß und blond und bärtig, vertraut und liebenswert, war *er* … Als sein Blick sich klärte, erkannte er sie, und ihre Umarmung war heftig und dauerte lange.

»Was – warum – wie seid ihr …«

»Wie fühlst du dich? Hat es sehr weh getan?«

»Nein, aber … Was macht *sie* hier?«

»Sie führte uns. Nein, Tyr, er meint Ischade, schau nicht so traurig …«

»Wir haben dich begraben, weshalb bist du nicht …«

»Ich konnte ihn nicht allein lassen. Er ist verletzt. Seht doch, er hat einen Pfeil in seinem …«

»Du Esel, du bist *tot!*«

»… Bein – ja, ich weiß. Aber er …«

Stille senkte sich ringsum herab. Die schwarze Kutsche hielt an, und als die weißgewandete Frau ausstieg, blickte Harran auf. Behutsam sank er auf der schmutzigen Straße auf ein Knie, legte den schlaffen, blutigen jungen Mann nieder, den er auf den Schultern getragen hatte, und verbeugte sich tief. Er war ein Priester und Heiler und hatte schon öfter im Schatten des Todes gewirkt, so erkannte er sie, als er sie sah.

Siveni blickte ihn und Mriga an und warf ihren Speer von sich. Er versengte den Schmutz, so wie er brannte, als läge er noch in der Esse, wo die Blitze geschmiedet werden. Ihre Gewandung schimmerte grau und das Kleid der Königin in seinem Licht blendend weiß. Rasch und nicht sehr anmutig – denn sie hatte in diesen Dingen keine Übung – kniete sie sich vor die Königin der Hölle und beugte ihr leuchtendes Haupt bis zum Boden. Ihr Helm rutschte herunter und rollte zur Seite, doch sie achtete nicht darauf. »Madam, bitte«, flehte sie mit gedämpfter Stimme, »nehmt mich. Laßt sie gehen.«

»Was?« fragte Harran. Er blickte von Tyr hoch, die ihm wieder das Gesicht abschleckte.

»Deine Göttinnen sind gekommen, um mich um dein Leben zu bitten. Und du kennst ja selbst den alten Preis, der bezahlt werden muß, wenn eine Seele die Erlaubnis bekommen soll, den Weg, den sie herunter gekommen ist, wieder hinauf zu gehen.«

»Nein!« rief Harran erschrocken. Da erinnerte er sich, zu wem er sprach. »Bitte, nein! Ich bin tot – aber meine Stadt nicht. Sie braucht sie! Mriga, bitte, rede es ihr aus!«

Mriga konnte ihn nur ansehen; Tränen verschleierten ihre Augen. »Auch sie hat sich erboten, den Preis zu bezahlen«, erklärte die Königin. »Ich biete dir an, die Entscheidung zu treffen.«

Harrans Kiefer bewegten sich, als er mit den Zähnen knirschte. »Nein«, sagte er schließlich. »Ich werde nicht gehen – nicht um diesen Preis! Schickt sie heim. Aber ...«

»Wir gehen nicht ohne ihn!« erklärte Mriga fest.

Siveni blickte mit blitzenden Augen hoch. »Ganz gewiß nicht!«

Die Gegend wurde heller. Mriga fragte sich, ob es an Sivenis Speer lag oder an etwas anderem? Die Häuser waren fast hell wie die von Freistatt, wenn der gewohnt trübe Sonnenschein auf sie fiel. Überall rundum starrten und blinzelten die Toten. »Laßt wenigstens ihn gehen«, bat Mriga. »Wir werden beide bleiben!«

»Ja«, bestätigte Siveni.

Die Todeskönigin blickte düster von einer zur anderen.

Tyr löste sich von Harrans Seite und sprang neben Siveni an der Königin hoch, drückte ihre staubigen Vorderpfoten auf das weiße Gewand und blickte mit den großen rehbraunen Augen in ihr Gesicht.

»Ich bleibe ebenfalls«, sagte Tyr.

Mriga und Siveni und Harran zuckten heftig zusammen. Nur Ischade wandte das Gesicht ab und verbarg ein Lächeln.

Überrascht blickte die Königin auf die Hündin hinunter, schließlich streckte sie die Hand aus und kraulte sie hinter einem Ohr. »Diese wahre Orgie der Selbstaufopferung ist für *Freistatt?*« fragte sie mit dem mattesten Lächeln, das man sich vorstellen kann.

»Mehr oder weniger, Madam«, sagte Ischade ebenfalls schwach lächelnd. »Ich bezweifle jedoch, daß die Stadt es verdient.«

»Bestimmt nicht. Aber wie selten bekommt irgend jemand, was er verdient. Was vielleicht ganz gut ist.« Die Königin ließ den Blick über die Bittsteller wandern – ein Sterblicher, eine kniende Göttin, eine stehende Glöttin und (offenbar) eine weitere, die sich gegen sie lehnte und sich die Ohren kraulen ließ. »Kein Wunder, daß ihr zwei solche Schwierigkeiten hattet, eins zu werden. Ihr seid Teil einer Dreifaltigkeit, und ohne eure dritte, kann es nie Einigkeit über irgend etwas geben. Doch was mit ihm ...«

»Ihnen«, verbesserte Tyr sie.

Die Königin verzog das Gesicht. »Eine Vier-Personen-Dreieinigkeit? Ohne Zweifel muß ich euch alle irgendwie loswerden. Es gäbe keine Ruhe mehr für irgend jemanden von uns, wenn ihr alle leuchtend hier herumwandelt und die Ordnung untergräbt – und streitet.« In diesem warmen, schmelzenden Licht wirkte sie viel weniger finster und schrecklich denn zuvor. Mriga fand sogar, daß sich ihre Augen belustigt zusammenzogen; aber in dem wachsenden Leuchten und der Weise, auf die es blendend von ihrem Schleier zurückgeworfen wurde, war es schwierig, sicher zu sein. »Doch Gesetz ist Gesetz, und der Preis muß bezahlt werden!«

Eine lange Pause setzte ein.

»Wir vier könnten uns abwechseln«, schlug Harran vor.

Siveni starrte ihn erschrocken an, dann lächelte sie. »Du bist wahrhaftig mein Priester. Ja, jeder von uns könnte abwechselnd ein Viertel der Zeit hier verbringen«, wandte sie sich an die Königin.

Die Königin schwieg eine Weile. »Ich glaube, ich könnte dieses Abkommen vor meinem Gemahl vertreten«, sagte sie schließlich. »Aber euer Priester ist tot, Göttinnen. Er hat keinen Körper mehr, zu dem er zurückkehren könnte, genau wie dieses arme Kind …«

»Er ist eigentlich kein Kind mehr«, widersprach Harran. »Er ist etwa siebzehn, und ich versuche immer wieder, euch allen klarzumachen, *daß er nicht tot ist!*«

»Aber …« Die Königin betrachtete den Seelenkörper des Jünglings in dem zunehmenden Licht genauer. »Das stimmt«, bestätigte sie. »Diese Seele ist geborsten!«

Mriga stand wie erstarrt, als sie an den jungen Körper zu Harrans Füßen dachte, der so steif und reglos war, doch – daran erinnerte sie sich nun erstaunt – nicht kalt. »Er wurde in dem Sturmangriff, in dem Ihr Euer Leben verloren habt, niedergestreckt, Harran. Aber im Gegensatz zu seinem Körper überlebte sein Geist den Hieb nicht. Das passiert manchmal – eine Seele ist zu zerbrechlich, die Vorstellung ihres Dahinscheidens zu ertragen, und löst sich auf. Sie läßt den Körper noch atmend, aber leer zurück …«

»Der Pfeil hat die Hauptschlagader verfehlt«, erklärte Harran. »Die Wunde wird schmerzen, aber heilen …«

»So geht denn«, gestattete die Königin. Sie kraulte immer noch Tyrs Ohren und bedachte sie sogar mit der Spur eines Lächelns. »Genug ist für einen Tag geschehen. Geht, ehe mein Gemahl zurückkehrt und euch hier findet und alles auf seine Weise entscheidet.« Bei diesen Worten wechselten alle besorgte Blicke. »Aber vielleicht würde einer von euch einstweilen hierbleiben?« Die Königin blickte auf Tyr hinab.

Tyr glitt von ihrem Schoß hinunter, rannte zu Harran, ließ sich von ihm an die Brust drücken und fuhr ihm mit der Zunge übers Gesicht – dann rannte sie zu der eisernen Kutsche zurück, sprang hinein und blieb mit heraushängender Zunge sitzen, während sie darauf wartete, daß sie eine Spazierfahrt machen durfte.

»Ich kann die Versetzung in den neuen Körper mühelos vornehmen«, sagte Ischade, während sie Mriga, Siveni und den noch etwas verwirrten Harran wegführte. »Aber ihr werdet mir alle große Gefallen schulden ...«

»Wir werden uns doppelt dafür revanchieren.« Sivenis etwas ergrimmter Ton ließ erkennen, daß es ihr nicht gefiel, jemandem etwas zu schulden.

Harran blickte von einer zur anderen. »Ihr seid meinetwegen in die *Hölle* gekommen?«

Mriga blickte mit stiller Freude auf ihren Herrn und Liebsten, während Ischade sie zur Oberwelt zurückbrachte. »So nennt man sie hier nicht«, entgegnete sie. Sie verstand allmählich den Grund dafür.

Hinter ihnen machte Tyr ihre Spazierfahrt – die erste von vielen – und ging ihren eigenen Geschäften nach, als der Tod von der Arbeit nach Hause kam.

Die Königin der Hölle erhob sich, um ihn wie immer zu begrüßen, und ging kühl und ernst und leuchtend zur Flügeltür. Dort ließ ihr Gemahl die nackten Gebeine fallen, mit denen er sich schon seit langem einen Spaß mit ihr machte, lehnte das Paddel, das auch ein Ruder war, an den dunklen Türrahmen, eilte ihr lachend entgegen und legte diese eine seiner vielen Gestalten ab. Niemand war hier, der die dunkle Herrlichkeit sehen konnte, um die die Höllenkönigin die Arme schlang, oder wie ihr finsterer Ernst in Gegenwart dieser dunklen Schönheit von ihr abfiel, die kein Sterblicher sich vorzustellen vermag, wie ihr Schein aufleuchtete bei seiner Berührung, als umarme die Nacht den Tag. Sie lachten miteinander, irrsinnig vor Glück wie Frischverliebte, die sie immer gewesen waren, die sie immer bleiben würden.

»Liebster«, sagte die Königin der Hölle, »ein Hund ist mir nach Hause gefolgt. Darf ich ihn behalten?«

»Die Hölle habe ich mir ein wenig anders vorgestellt«, gestand Harran.

»Ich auch.« Ischades Stimme klang fast fröhlich, als sie sie durch das Unterwelt-Abwind führte. Tatsächlich wirkte dieser Ort wenig höllenhaft. Abwind oder nicht, es sah erstaunlich gut aus: die Häuser waren weniger verwahrlost, die Hütten fester gebaut, die Leute ringsum zwar schattenhaft still, aber kräftig und von angenehmem Äußeren – und Staunen sprach aus ihren Mienen. Der Himmel hatte silbern zu leuchten begonnen, und sowohl Sivenis als auch Mrigas Gewandung war wieder von der gewohnten Farbe. Mriga blickte Siveni an und sah, daß selbst ihr ›übelriechendes Ziegenfell‹ furchterregend und bedrohlich schön aussah, statt zerlumpt. Ischades dunkle Schönheit brannte gefährlicher denn je. Und waren *ihre* Gewänder etwa nicht mehr ganz so schwarz wie sonst? Und Harran …

Aber nein. Harran sah so wundervoll aus wie immer, als Mriga wahnsinnig gewesen war. Sie lächelte ihn an. Die Aussicht auf ein Leben mit ihm, irgendeine Art von Leben – obwohl die Einzelheiten noch vage waren – leuchtete auf allem und von allem, als wäre die Welt überzogen mit Erwartung und Freude. Die Welt fing ganz von vorn an.

»Da ist ja gar kein Müll in den Gossen«, stellte Harran erstaunt fest, als Ischade sie durch eine schmale Abwindstraße zum Fluß führte.

»Stimmt«, bestätigte Mriga. Von Augenblick zu Augenblick sahen die alten baufälligen Häuser mehr wie Paläste aus, und jedes Wildkraut am Straßenrand blühte. »Es ist, wie sie gesagt hat. Man macht aus diesem Ort, was man selbst will. Die Hölle – oder etwas anderes. Und auf der Oberwelt ist es ebenso, nur ist die Veränderung nicht so einfach wie hier. Die Herausforderung ist größer.«

Sie stiegen vorsichtig die Böschung hinunter zum Ufer. Der Fluß hatte sich von schwarz zu zinngrau erhellt, obwohl in der Kälte vor dem Morgengrauen noch silberner Nebel davon aufstieg. Auf der anderen Seite ragte Freistatt empor, ein Freistatt, das keiner seiner Bürger erkannt hätte – ein Labyrinth von Palästen, schmucken Stadthäusern und Schenken am Schlangenweg, überall Licht, Zufriedenheit, Wohlhabenheit.

»So könnte die wirkliche Welt sein«, sagte Mriga, als Ischade sie am Fluß entlangführte. »Eines Tages wird es so sein … falls auch vielleicht erst, wenn die

Zeit stillsteht. Aber sie wird so, nicht wahr?« fragte sie Ischade, und ihre Augen glänzten im beginnenden Morgen.

»Da ich keine Göttin bin, möchte ich lieber nichts sagen.« Ischade blieb vor einem kleinen Tor stehen und öffnete es. »Hier ist die Barriere. Was *ist* – wird sich wieder einstellen. Wappnet euch für den Unterschied.«

»Aber dies *ist*, was ist«, entgegnete Mriga, als zunächst Siveni, dann Harran durch das Tor traten und der silberne Tag an ihnen vorbei in Ischades unkrautüberwucherten Garten flutete. Weiße Blüten öffneten sich an jedem Baum; die schwüle Luft am Fluß wurde warm und süß, als hätten sich Frühling und Sommer in diesem Garten eingenistet. Die schwarzen Vögel auf den Bäumen blickten hinunter, einer öffnete den Schnabel und fing mit einer Stimme, so tief und bittersüß wie Nacht und Liebe, zu singen an. Der kahle Rosenstrauch schüttelte sich, sproß Blätter, dann Rosen in jeder nur vorstellbaren Farbe – leuchtend weiß, rot wie die Abendliebe, und unvergleichliches Blau, silber und rosa und grün und violett, ja sogar schwarz.

»Das *ist!*« beharrte Mriga, als Ischade am Gartentor stehenblieb und mit kühlem Staunen hindurchblickte. »Die obere Welt muß nicht so sein, wie sie ist – nicht für immer. Dasselbe gilt für Euch. Ihr könntet mehr sein. Ihr könntet sein, was Ihr jetzt seid, und noch mehr ...«

Ischade blickte stumm auf das, was das Licht, der silberne Morgen, die unwiderstehliche Freude in der Luft aus ihr gemacht hatten. Lange schaute sie an sich hinunter, hob die Hände, starrte in die Handteller, als wären sie ein Spiegel. Schließlich senkte sie sie, ruhig wie immer. »Ich ziehe meine Weise vor.«

Mriga blickte sie einen langen Moment an. »Ja. Jedenfalls vielen Dank.«

»Glaubt mir, Ihr werdet gut für das bezahlen, was ich für Harran getan habe.«

Mriga schüttelte den Kopf. »Dort unten – Ihr wußtet alles, was geschehen würde, nicht wahr? Aber Ihr habt versucht, uns Unheil zu ersparen, uns und Freistatt. Natürlich, ohne daß es so aussah und es Eurem Ruf hätte schaden können.«

»Ich hätte nicht gern eine Göttin verloren, die in dieser Gegend in naher Zukunft so herrliche Veränderungen vor hat.« Ischades Stimme klang weich und gefährlich.

Mriga lächelte sie an. »Ihr seid nicht ganz so, wie Ihr wollt, daß andere Euch sehen, Lady Ischade. Aber Euer Ruf ist bei mir sicher.«

Die Nekromantin blickte sie an und lächelte spöttisch. »Der Tag ist noch nicht gekommen, an dem es mir etwas ausmacht, was irgend jemand von mir denkt oder nicht denkt, einschließlich der Götter.«

»Ich verstehe. Und wer sonst, als die Götter, erweckt die Toten? Gehen wir hinein.«

Ischade nickte und hielt das Tor auf. Mriga trat hindurch, und nun, da die echte Sonne aufging, schwand der Einfluß der Unterwelt, und der Tag setzte sich durch: Ein rußiger, fahler Morgen dämmerte über Freistatt, der nach Rauch mit einem Beigeschmack von Blut roch; ein Morgen mit Geistern, trostlos und bitterkalt, wie es sich für den ersten Wintertag geziemte. Hinter Ischades Rücken rauschte und stank der Schimmelfohlenfluß, und stellenweise bildeten sich bereits Eisschichten, doch die in der Luft hängende Freude weigerte sich, völlig zu verschwinden. Ischade schloß die Gartentür hinter sich und blickte zu den Eingangsstufen des Hauses. Haught und Stilcho standen dort, beide mit blanken Schwertern in der Hand. Ischade winkte ihnen zu, sich ins Haus zu begeben, dann drehte sie sich um und betrachtete den Rosenstrauch.

Stilcho ging folgsam ins Haus. Haught stand noch auf der Schwelle. Ischade achtete nicht auf ihn, falls es ihr überhaupt bewußt war, daß er dort war. Schließlich streckte sie die Hand nach dem Strauch aus. Und falls Haught auffiel, daß Ischade einen langen, nachdenklichen Blick auf die weißeste Rose warf, ehe sie die schwarze pflückte, erwähnte er es ihr gegenüber nicht, weder jetzt noch jemals.

Zalbar

Wenn der Geist dich bewegt

Robert Lynn Asprin

»Schläft er?«

»Ob er schläft? Pah! Er ist mal wieder sinnlos besoffen!«

Zalbar hörte die Stimmen der Nutten wie aus weiter Ferne und wollte sich diese Verdächtigungen verbitten. Er schlief nicht und war auch nicht sinnlos betrunken. Er konnte jedes Wort verstehen, das gesagt wurde. Seine Augen waren lediglich geschlossen, das war alles – und sie ließen sich verdammt schwer öffnen. Es lohnte sich auch gar nicht.

»Ich verstehe nicht, wie Madame ihn überhaupt aushält. So gut sieht er auch nicht aus, und reich ist er ebenfalls nicht.«

»Vielleicht hat sie eine Schwäche für ausgesetzte Hunde und Verlierer.«

»Wenn das so ist, fällt es mir zum erstenmal auf, seit ich hier bin.«

Ein Verlierer? Er? Wie konnten sie das sagen? War er nicht ein Höllenhund? Einer der gefürchtetsten Krieger in Freistatt?

Zalbar bemühte sich klar zu denken und wurde sich bewußt, daß er auf einem Stuhl saß oder vielmehr nach vorn gekippt war und mit dem Kopf auf einem harten Gegenstand lag – ein Tisch wahrscheinlich. Unter seinem Ohr war eine Lache klebriger Flüssigkeit. Er hoffte inbrünstig, daß es nur vergossener Wein war.

»Dann wird uns wohl nichts übrigbleiben, als ihn wieder zu seiner Kammer hochzuschleppen. Komm, hilf mir.«

Das wäre ja noch schöner! Ein Höllenhund, der wie ein gewöhnlicher Suffkopf durch ein Hurenhaus getragen wurde!

Zalbar sammelte sich, um aufzustehen und seine Meinung zu sagen …

Er fuhr erschrocken im Bett hoch, in dieser plötzlichen Klarheit, zu der es manchmal zwischen einem gewaltigen Rausch und dem unvermeidlichen Kater kommt.

Er hatte geschlafen! Nachdem er sich drei Tage lang gezwungen hatte, wach zu bleiben, war er so dumm gewesen zu trinken!

Angespannt ließ er den Blick um sich schweifen, voll Angst, weil er wußte, was er finden würde.

Nichts. Er war allein in der Kammer im Aphrodisiahaus, die durch Myrtis' Duldsamkeit und Großzügigkeit zu seiner Kammer geworden war. Es war nicht hier!

Er zwang sich, sich zu entspannen, und ließ sich von Erinnerungen wie von einer Schmutzwelle überspülen.

Er hatte nicht bloß getrunken, er hatte sich vollaufen lassen! Und nicht zum erstenmal, wie ihm bewußt wurde, als seine Erinnerung ihm zahllose Wiederholungen vors innere Auge rief. Die unzähligen Entschuldigungen, hinter denen er sich verkrochen hatte, wurden durch die erbarmungslose Hand der Selbstverachtung zur Seite gerissen. Es wurde zur Gewohnheit! War schon viel mehr die Wirklichkeit als das hehre Selbstbildnis, an das er sich zu klammern versuchte.

Fröstelnd in seinem Elend, bemühte sich Zalbar, diese zeitweilige Klarheit zu nutzen, um sich seine Lage durch den Kopf gehen zu lassen.

Was war aus ihm geworden?

Bei seiner Ankunft in Freistatt als Hauptmann der von Prinz Kadakithis' ausgewählten Leibwache waren er und seine Kameraden von Seiner Königlichen Hoheit eingesetzt worden, mit Verbrechen und Korruption in dieser verrufenen Stadt aufzuräumen. Es war harte und gefährliche Arbeit gewesen, aber eine ehrliche, auf die ein Soldat durchaus stolz sein konnte. Die Bürger hatten angefangen, sie Höllenhunde zu nennen – ein Titel, den sie selbstzufrieden hingenommen und dem gerecht zu werden, sie sich sogar besonders bemüht hatten.

Dann waren die Stiefsöhne erschienen, eine hochmütige Söldnertruppe, und einer der Höllenhunde, Tempus Thales, hatte seine Kameraden einfach verlassen, um diese Dahergelaufenen zu führen. Damit hatte der Niedergang der Höllenhunde begonnen. Sie waren von da an nur noch gewöhnliche Leibwächter, während ihre bisherigen Pflichten als Ordnungshüter den Stiefsöhnen übertragen wurde. Und dann waren auch noch die Beysiber aus einem fernen Land gekommen. Der Prinz hatte sich in die Beysa, ihre Kaiserin, verliebt und es ihr überlassen, die Höllenhunde durch fischäugige Gardisten ihrer eigenen Wahl zu ersetzen.

Da sie im Palast nicht mehr erwünscht waren, hatte man ihnen den Auftrag erteilt, ›die Freudenhäuser und Spielhöhlen im Norden der Stadt im Auge zu behalten‹. Wann immer sie versuchten, bei irgendwelchen Verbrechen in der Innenstadt einzugreifen oder etwas gegen das dortige Chaos zu unternehmen, wurden sie gerügt oder gar bestraft und mußten sich Anschuldigungen anhören, daß sie sich ›in Angelegenheiten außerhalb ihrer Zuständigkeit einmischten‹.

Anfangs waren die Höllenhunde zusammengeblieben, hatten weiterhin ihre Waffenübungen abgehalten und beim Wein Pläne geschmiedet, was sie tun würden, wenn die Stiefsöhne und Beysiber in Ungnade fielen und sie selbst wieder in den aktiven Dienst gerufen würden. Daß sie nicht am Krieg am Hexenwall hatten teilnehmen dürfen und schließlich das Attentat auf den Kaiser, hatte den Höllenhunden die letzte Hoffnung geraubt. Die Chance, wieder eingesetzt zu werden, war zunichte. In der Hauptstadt herrschte Chaos, und die Existenz von ein paar Veteranen, die zum Dienst in Freistatt abgestellt worden waren, hatte man zweifellos vergessen. Sie waren unter dem Befehl des Prinzen gestrandet, der sie nicht brauchte.

Sowohl die Waffenübungen als auch die Treffen beim Wein waren immer unregelmäßiger geworden, als die einzelnen Höllenhunde sich bereitwillig in den Schlund von Freistatts Lasterhöhlen ziehen ließen. Für einen Höllenhund gab es Wein und Mädchen immer kostenlos, selbst dann noch, als jeder in der Stadt erkannt hatte, daß sie keine offizielle Macht mehr hatten. Aber allein einen Höllenhund im Haus zu haben war eine Abschreckung für kleine Gauner, so daß Wirte und Puffmütter gern den Preis für ihr Wohlleben bezahlten.

Der Verlust von Ansehen war langsam aber unaufhaltsam gewesen. Das Gespräch der Freudenmädchen, das er mitgehört hatte, schien zu bestätigen, was er bereits einige Zeit vermutete – daß die Höllenhunde nicht nur in Ungnade gefallen waren, sondern sogar von jenen verachtet wurden, auf die sie früher hinabgeschaut hatten. Die einst stolzen Soldaten waren nun eine Meute armseliger Schmarotzer – und das hatte diese Stadt ihnen angetan!

Zalbar schüttelte den Kopf.

Nein, das stimmte nicht. Sein eigener Abstieg hatte angefangen, als er sich mit Jubal gegen Tempus zusammengetan hatte. Es hatte angefangen mit dem Tod von …

»Hilf mir, Zalbar!«

Ausnahmsweise hatte sich Zalbar im Griff. Er drehte sich nicht einmal um.

»Du kommst spät«, sagte er.

»Bitte! Hilf mir!«

Nun wandte sich Zalbar doch seinem Quälgeist zu.

Es war Razkuli. Er war sein bester Freund unter den Höllenhunden, oder vielmehr, er war es gewesen, bis Tempus ihn aus Rache wegen seiner Rolle im Jubal-Kurd-Unsinn getötet hatte. Was ihm gegenüberstand, war im Grunde genommen eine Erscheinung oder ein Geist, wie man es eben nennen wollte. Nach zahllosen Begegnungen wußte Zalbar, auch ohne daß er ihn anschaute, daß er den Boden nicht ganz berührte, wo er stand oder ging.

»Warum tust du mir das an?« fragte er heftig. »Ich dachte, du wärst mein Freund!«

»Du *bist* mein Freund«, versicherte ihm die Erscheinung mit dumpfer Stimme, die aus weiter Ferne zu kommen schien. »Ich habe sonst niemanden, an den ich mich wenden könnte. Deshalb mußt du mir helfen.«

»Hör zu, wir haben das hundertmal durchgekaut«, antwortete Zalbar und versuchte die Ruhe zu bewahren. »Ich brauche meinen Schlaf. Es geht nicht, daß du jedesmal mit deinem Ächzen und Stöhnen auftauchst, wenn ich die Augen zumache. Es war schlimm genug, als du dich nur hin und wieder hast sehen lassen, aber jetzt erscheinst du schon jede Nacht! Sag mir endlich, wie ich dir helfen kann, was du ja bisher nie getan hast, oder verschwinde und laß mir meine Ruhe!«

»Es ist so kalt, wo ich bin, Zalbar. Da gefällt es mir nicht. Du weißt, wie sehr ich immer gefroren habe.«

»Also hier ist es auch nicht gerade himmlisch«, schnaubte Zalbar und staunte über seine eigene Kühnheit. »Und was die Kälte betrifft – es ist Winter. Das bedeutet, daß es überall kalt ist.«

»Ich brauche deine Hilfe. Ohne deine Hilfe kann ich nicht auf die andere Seite übersetzen. Hilf mir, dann belästige ich dich nie wieder.«

Zalbar horchte auf. Das war mehr, als der Geist seines Freundes je gesagt hatte – aber vielleicht war er auch zu betrunken gewesen, es je mitzukriegen.

»Wohin willst du übersetzen? Wie kann ich dir helfen?«

»Das kann ich dir nicht sagen ...«

»O Vashanka!« entfuhr es Zalbar. Er warf hilflos die Hände hoch. »Wie soll ich dir helfen, wenn du mir nicht sagen willst, was ...«

»Sprich mit Ischade«, unterbrach ihn der Geist. »Sie kann dir sagen, was ich nicht vermag.«

»Mit wem?« Zalbar blinzelte. »Ischade? Meinst du die unheimliche Frau, die in Abwind wohnt? Diese Ischade?«

»Ischade ...«, wiederholte der Geist und verschwand.

»Aber ... O Vashanka! Ausgerechnet jetzt! Das einzige Mal, daß ich mit ihm sprechen will, und er verschwindet!«

Ihm kam ein plötzlicher Einfall. Zalbar sank auf die Kissen zurück und schloß die Augen. Wenn er wieder schlief, brachte es vielleicht den lästigen Geist lange genug für ein paar klärende Antworten zurück.

Doch wie zu erwarten gewesen war, schlief er den Rest der Nacht ungestört.

Zalbar erwachte gegen Mittag mit frischer Entschlossenheit. Razkuli hatte ihm endlich eine Auskunft gegeben, von der er ausgehen konnte, und er hatte vor, sich von dieser unirdischen Plage zu befreien, ehe er wieder schlafen ging.

Sein Unternehmen mußte er jedoch bis zum Abend verschieben. Der Kater, dem er durch seine nächtliche Besprechung mit dem Geist zeitweilig entgangen war, rächte sich nun, da seine Verbündete, die Sonne, hell schien. Folgedessen verbrachte er den größten Teil des Tages mit weichen Knien und Brummschädel im Bett, um zu warten, bis die übliche Strafe für maßloses Saufen überstanden war, ehe er aufbrach. Er hätte sich auch überreden können, damit bis zum nächsten Tag zu warten, doch während seines ganzen Katers hatte er sich an einen Gedanken geklammert, wie an eine Boje in stürmischer See.

Es ist fast vorbei. Sprich mit Ischade. Sprich mit Ischade, dann kannst du wieder ruhig schlafen!

So kam es, daß ein etwas wackeliger Zalbar in seinen Höllenhundharnisch schlüpfte und in die untergehende Sonne hinausschwankte, um sich von seinem nächtlichen Quälgeist zu befreien oder bei dem Versuch zu sterben – was ihm momentan als durchaus annehmbare Wahl erschien.

Er hatte vor, der Nordstraße, die um die Stadtmauer führte, zur Brücke am Schimmelfohlenfluß zu folgen, wodurch er die Straßen der Stadt meiden konnte. Er wußte, daß es nach der Entfernung der Höllenhunde aus der Stadt zu erbitterten Straßenkämpfen zwischen verschiedenen Faktionen gekommen war, und er wollte wahrhaftig nicht durch irgendeine Auseinandersetzung aufgehalten werden. Früher war er unerschrocken selbst durch das Labyrinth, das Herz von Freistatts Untergrund und Unterwelt, geschritten. Das war jetzt die Sache anderer, und er sah keinen Grund, weshalb er unnötige Risiken auf sich nehmen sollte.

Je weiter er kam, desto deutlicher wurde, daß er das Ausmaß der Straßenkämpfe unterschätzt hatte. Selbst hier, außerhalb der Stadtmauer, erkannte sein geschultes Auge, daß Vorbereitungen für Gewalttätigkeiten getroffen waren. Kisten und Fässer waren aufgestapelt, und ganz offensichtlich nicht zur Lagerung, sondern als Deckung, und an allen Ecken lungerten zahlreiche Bewaffnete herum. Zalbar verkrampfte sich immer mehr, während er dahinschritt und Dutzende von versteckten Augen auf sich spürte, die ihn beobachteten, ihn abschätzten. Vielleicht hätte er lieber den längeren Weg nehmen sollen – um die Straße herum nach Osten, dann südlich am Hafen entlang, wo Straßenkämpfe am unwahrscheinlichsten schienen. Doch jetzt war es bereits zu spät umzukehren. Er mußte scheinbar unbekümmert seinen Weg fortsetzen und hoffen, daß sein Hölllenhundharnisch noch soviel Respekt einflößte, daß er ungehindert passieren konnte.

Er legte eine Hand um den Schwertgriff und nahm die stolze, herausfordernde Haltung von früher an, während er sich verzweifelt an den Klatsch im Freudenhaus zu erinnern versuchte, welche Faktionen welche Viertel für sich beanspruchten. Er wurde tatsächlich nicht behindert und war schon dabei, sich zu dem ungebrochenen Ruf der Höllenhunde zu gratulieren, den aufzubauern er sich so sehr bemüht hatte, als ein Windstoß spöttisches Gelächter von einem der Wachtposten zu ihm trug. Das trieb ihn trotz der Kälte brennende Röte ins Gesicht, denn ihm wurde bewußt, daß es auch eine andere Erklärung geben konnte, weshalb er nicht angehalten wurde. Vielleicht war der Ruf der Höllenhunde so tief gesunken, daß man sie nicht einmal mehr der Beachtung wert fand – als keine ausreichende Bedrohung, um Mühe an sie zu verschwenden.

Ein gedemütigter und gar nicht mehr selbstbewußter Zalbar erreichte schließlich Ischades Haus. Er blieb kurz gedankenversunken vor der Tür stehen. Soldaten waren nie sonderlich beliebt, und er hatte seiner Uniform wegen schon so manches einstecken müssen. Doch heute war es das erste Mal gewesen, daß andere Waffenträger sich über ihn lustig machten. Aber eines Tages, wenn sein Schwert neugeschliffen und er selbst wieder in Form war, würde er sehen, was er tun konnte, damit einem Höllenhund in Uniform wieder der nötige Respekt gezollt wurde. Vielleicht konnte er auch Arman und Quag dafür gewinnen. Es war an der Zeit, daß sie ein wenig über ihre gemeinsame Zukunft als Höllenhunde nachdachten.

Doch zuerst mußte er erledigen, weshalb er hierhergekommen war – und in seiner gegenwärtigen

Verfassung war er nicht imstande, mehr als einen Plan gleichzeitig auszuführen. Er hob eine Faust, klopfte an Ischades Tür und wunderte sich über das ungewöhnliche Laubwerk in ihrem Garten.

Die Stille um das Haus war unheimlich, und er wollte bereits noch einmal klopfen, hauptsächlich, um irgend einen Laut zu hören, als die Tür einen Spalt geöffnet wurde und ein Männerauge ihn anfunkelte.

»Wer seid Ihr, und was wollt Ihr so früh am Morgen?«

»Ich bin Zalbar, einer von Prinz Kadakithis' Leibwächtern«, erwiderte er scharf, wie er es früher gewohnt gewesen war, »und bin hier, um …« Abrupt unterbrach er sich und warf einen verstohlenen Blick auf den nunmehr dunklen Himmel. »Früh am Morgen? Verzeiht, aber die Sonne ist erst vor kurzem untergegangen.«

»In diesem Haus wird lange geschlafen. Wir waren in letzter Zeit sehr beschäftigt«, kam die brummige Antwort. »Was wollt Ihr?«

»Ich möchte mit der Dame sprechen, die als Ischade bekannt ist.«

»Handelt es sich um eine dienstliche Angelegenheit oder um eine persönliche?«

Zalbar überlegte, ob er bluffen sollte, doch ihm fiel nichts ein, womit er seinen Fragen einen dienstlichen Anstrich geben könnte.

»Persönlich«, gestand er schließlich.

»Dann kommt zu einer passenderen Zeit wieder. Sie hat Besseres zu tun als …«

»Laß ihn schon ein, Haught«, erklang eine gebieterische Stimme. »Ich bin ohnehin bereits wach.«

Der Türwächter bedachte Zalbar mit einem letzten,

finsteren Blick, dann trat er zur Seite, um ihn einzulassen.

Der erste Gedanke, als Zalbar in Ischades Wohnzimmer trat, war, daß er schon ordentlichere Schlachtfelder gesehen hatte. Dann nahm er die verstreut herumliegenden Dinge richtig wahr und änderte seine Meinung. Er hatte einmal einen Angriff auf eine Bande Bergräuber geleitet, die dabei gewesen waren, eine reiche Karawane auszuplündern. Danach hatte es ähnlich ausgesehen wie hier: kostbare Ware war wirr verstreut worden, ohne Rücksicht auf ihren Wert. Ein fürstliches Vermögen war durch die Unachtsamkeit vernichtet worden …

Er sagte sich, daß er Ischade nicht mögen würde. Die viele Zeit, die er in Palästen und Freudenhäusern zugebracht hatte, hatte ihn gelehrt, Kostbarkeiten zu schätzen, die er sich selbst nie würde leisten können, und den nachlässigen Umgang mit ihnen als persönliche Kränkung zu empfinden. Edelleute kümmerten sich wenigstens um ihr Spielzeug – oder hatten Diener, die es für sie taten.

»Was kann ich für Euch tun, Hauptmann?«

Er drehte sich um und sah eine schwarzhaarige Frau eintreten, die dabei war, einen Gürtel um ihr schwarzes Gewand zu schnüren.

»Ischade?«

»Ja.«

Nun, da sie vor ihm stand, wußte Zalbar plötzlich nicht mehr so recht, was er sagen sollte.

»Ich wurde gebeten, mit Euch zu sprechen … von einem Geist.«

Der Mann an der Tür stöhnte abfällig. Ischade warf ihm einen Blick zu, der in der Armee als Waffe hätte benutzt werden können.

»Setzt Euch, Hauptmann. Es ist wohl das beste, Ihr erzählt mir Eure Geschichte von Anfang an.«

Zalbar ließ sich abwesend auf dem angebotenen Stuhl nieder, während er seine Gedanken zu ordnen versuchte.

»Ich hatte einen Freund ... Er wurde vor einigen Jahren getötet. Er sucht mich heim. Das erste Mal bald nach seinem Tod, doch dann erschien er lange nicht wieder, und ich dachte schon, es wäre ein böser Traum gewesen. In letzter Zeit aber kommt er sehr häufig – jedesmal, wenn ich schlafen will. Er sagt, er brauche meine Hilfe, um überzusetzen, was immer das bedeutet. Er riet mir, mit Euch zu reden – damit Ihr mir sagen könnt, wozu er anscheinend nicht in der Lage ist. Deshalb bin ich hier.«

Ischade hörte ihm mit geschürzten Lippen und abwesendem Blick zu.

»Euer Freund. Erzählt mir von ihm.«

»Er war ein Höllenhund wie ich. Er hieß Razkuli ...«

Zalbar hätte weitergesprochen, doch Ischade hob plötzlich eine Hand zur Stirn und massierte sie, während sie das Gesicht verzog.

»Razkuli. Daher kenne ich Eure Uniform. Aber er ist keiner von denen, die ich halte.«

Der Höllenhund runzelte die Stirn. »Ich verstehe nicht. Heißt das, daß Ihr ihn kennt?«

»Er hat mir hin und wieder – ausgeholfen.« Ischade zuckte die Schultern. »Also, was kann ich tun, Euch zu helfen?«

Zalbar bemühte sich zu begreifen, was Ischade sagte, aber sein Verstand kam nicht hinter den tieferen Sinn. Schließlich gab er es auf und kehrte zu seinen eigentlichen Fragen zurück.

»Könnt Ihr mir sagen, was vorgeht? Was meinte Razkuli, als er sagte, er könne nicht ›übersetzen‹?«

»Aus irgendeinem Grund sitzt sein Geist zwischen dem Reich der Lebenden und dem der Toten fest. Etwas hindert ihn daran, seine Ruhe zu finden, und er möchte, daß Ihr ihm auf der irdischen Ebene helft.«

»Aber wie? Was soll ich tun?«

»Das weiß ich nicht so genau. Es gibt mehrere Möglichkeiten, aber ich habe keine Ahnung, welche ihm nutzen würde. Das beste ist wohl, ihn selbst zu fragen.«

Zalbar richtete sich auf seinem Stuhl auf und schaute sich nervös in dem Gemach um. »Heißt das, daß Ihr seinen Geist beschwören wollt? Hier? Jetzt?«

Ischade schüttelte den Kopf. »Erstens geht es so nicht. Ich beschwöre keine Geister ... Ich schicke einen Beauftragten oder hole sie persönlich. In diesem Fall jedoch glaube ich, daß wir den Geist nicht behelligen, sondern anderen Methoden folgen sollten, um die nötige Auskunft zu erlangen. Wie Ihr vermutlich bemerkt habt, sind Geister nicht sonderlich wortgewandt. Außerdem bin ich eben erst von einem ähnlichen Unternehmen zurück, und ich will verdammt sein, wenn ich so rasch wieder zur Hölle gehe.«

»Wie bitte?« Der Höllenhund zog verständnislos die Brauen hoch.

»Schon gut, war nur ein kleiner Scherz. Ich meinte, daß wir mehr Glück haben, wenn wir ganz einfach seine Leiche beleben und fragen, was das Problem ist.«

»Seine Leiche?« echote Zalbar dumpf.

»... Natürlich wird jemand sie holen müssen. Wißt Ihr, wo Razkuli begraben wurde?«

»Im Gottesacker des Standorts, nördlich der Stadt – das Grab ist deutlich gekennzeichnet.«

»Gut. Dann werdet Ihr ja keine Schwierigkeiten haben, es zu finden. Sobald Ihr sie hierhergebracht habt, können wir ...«

»*Ich?*« rief Zalbar entsetzt. »Ihr könnt doch von mir nicht erwarten, daß ich ein Grab öffne.«

»Und warum nicht?«

Der Gedanke, eine verwesende Leiche auszugraben, entsetzte Zalbar. Trotzdem zögerte er erstaunlicherweise, seinen Ekel vor dieser Frau zu zeigen, die so gleichmütig von der Belebung von Leichen sprach und von Besuchen in der Hölle.

»Hm ... Ich bin ein Höllenhund und gehöre dadurch zum Gefolge des Prinzen«, sagte er statt dessen. »Ertappte man mich dabei, würde eine Anklage wegen Grabschändung zu einem Skandal führen.«

Haught, der in einer Ecke stand, schnaufte verächtlich. »Offene Straßenkämpfe, da sollte sich die Obrigkeit mit einer lächerlichen Graböffnung befassen? Ich bezweifle, daß überhaupt eine Gefahr der Entdekkung besteht!«

»Dann holt doch *Ihr* die Leiche, wenn Ihr so sicher seid, daß es risikolos ist!« brauste Zalbar auf.

»Ja, das ist eine gute Idee.« Ischade nickte. »Lauf schon los, Haught, und bring uns den Inhalt von Razkulis Grab. Mit ein bißchen Glück ist das Problem bis zum Morgengrauen behoben.«

»*Ich?*« Haught verzog finster das Gesicht. »Aber ...«

»Du!« befahl Ischade unerbittlich. »Sofort!«

Haught wollte aufbegehren, überlegte es sich dann aber offenbar und schmetterte ohne ein weiteres Wort die Tür von außen zu.

»Nun, Hauptmann«, schnurrte Ischade und richtete die verschleierten Augen auf Zalbar. »Während wir warten, könnt Ihr mir sagen, was Ihr von dem Bündnis zwischen Beysibern und Nisibisi haltet.«

In der folgenden Stunde, während er besorgt auf Haughts Rückkehr wartete, gewann Zalbar die feste Überzeugung, daß Ischade an Irrsinn litt. Die törichte Frau glaubte doch tatsächlich, daß die Ankunft der Beysiber in Freistatt zu einem Komplott der Nisibisi gehörte – diese Meinung beruhte offensichtlich auf der Beobachtung, daß beide Kulturen Schlangenkult betrieben. Zalbars Bemühung, ihr klarzumachen, daß die Beysiber kleine Vipern benutzten, während militärischen Berichten nach die Nisibisi mit mannsgroßen Riesenschlangen arbeiteten, stieß auf taube Ohren. Es hatte sogar den Anschein, als verstärkten seine Argumente Ischades Überzeugung, daß sie die einzige war, die den wahren Durchblick hatte, was die Geschehnisse in Freistatt betraf.

Zalbar vermutete, daß ihre geistige Umnachtung eine Folge ihres Berufs war. Wenn sie tatsächlich eine Nekromantin war, mußte die ständige Beschäftigung mit Tod und Leichen ja zu so etwas führen. Er wußte aus eigener Erfahrung, was für eine Wirkung ein *einziger* Toter schon auf jemanden haben konnte.

Obwohl ihm davor graute, sich die sterblichen Überreste seines Freundes anzusehen, war seine Unterhaltung mit Ischade so beunruhigend, daß er geradezu erleichtert war, als Schritte vor dem Eingang hallten, und Haught eintrat.

»Ich mußte eine Schubkarre stehlen«, sagte der

Helfer der Nekromantin fast anklagend. »Es lagen zwei Leichen in dem Grab.«

»Zwei?« Zalbar runzelte die Stirn.

Einen Moment später kehrte Haught mit der ersten zerfallenden Leiche zurück, legte sie auf den Boden und machte sich daran, die zweite zu holen.

Ischade beugte sich über sie und winkte Zalbar zu, sie sich anzusehen.

»Ist das Euer Freund?«

Zalbar schüttelte immer noch ungläubig den Kopf. »Ich verstehe es nicht! Wie konnten zwei Leichen im selben Grab liegen?«

»Das ist nicht ungewöhnlich.« Ischade zuckte die Schultern. »Totengräber werden nach Leichen bezahlt, und wenn man nicht auf sie aufpaßt, werfen sie einfach zwei oder mehr Leichen in ein Grab, statt daß sie sich die Mühe machen, mehrere Gräber auszuschaufeln – vor allem, wenn sie es in verschiedenen Friedhöfen tun müßten und sie keine Lust haben, die zweite Leiche quer durch die Stadt zu schleppen. Euer Freund wurde vermutlich mit jemanden beerdigt, der etwa zur selben Zeit starb. Die Frage ist, war das hier Euer Freund?«

Die Leiche war bereits fast unkenntlich. Was an Haut und Fleisch noch übrig war, war mumifiziert; an manchen Stellen waren die Knochen entblößt. Im Bauch klaffte ein Loch, doch es waren keine inneren Organe zu sehen.

»N-nein, nein«, sagte Zalbar stockend. »Ich bin sicher, das ist jemand anderes – Kurd, vielleicht.«

»Wer?«

»Kurd. Er war ein Schlächter – ›medizinischer Forscher‹ nannte er sich selbst, aber er betrieb seine Forschungen an den Leibern lebender Sklaven. Er starb am selben Tag wie Razkuli* Ich sah seine Überreste im Leichenhaus, als ich dort meinen Freund identifizierte. Es befanden sich zu der Zeit nur zwei Tote in der Halle. Also wenn Ihr recht habt, was die Faulheit der Totengräber betrifft, ließe sich folgern, daß er die zweite Leiche ist.«

Er redete hauptsächlich, um zu vermeiden, die Leiche näher betrachten zu müssen.

»Interessant«, murmelte Ischade. »Ich könnte jemanden wie ihn brauchen. Ihr seid also ganz sicher, daß es nicht Euer Freund ist?«

»Ganz sicher! Razkuli war nämlich ...«

»Hier ist der andere«, meldete Haught an der Tür. »Wenn Ihr nichts dagegen habt, ziehe ich mich für die Nacht zurück. So eine Arbeit ist sehr anstrengend.«

»Ja, das ist er!« Zalbar deutete auf die zweite Leiche.

»Ich verstehe jetzt das Problem.« Ischade seufzte. »Ihr hättet uns allen viel Mühe ersparen können, wenn Ihr etwas genauer gewesen wärt. Warum habt Ihr nicht gleich gesagt, daß er enthauptet wurde?«

Tatsächlich fehlte dieser Leiche, die Haught gegen die Wand gelehnt hatte, der Kopf.

»Ich hielt es nicht für wichtig. Ist es das denn?«

»Natürlich. Ein Geist bleibt immer im Limbus, wenn sein sterblicher Körper zerstückelt wurde ... vor allem wenn ein wichtiger Teil, wie sein Kopf, nicht mitbeerdigt wurde.«

»Was? Soll das heißen, daß sein Kopf nicht beerdigt wurde?«

»Offenbar. Wie ich bereits sagte, sind Totengräber

* *Ein Mensch und sein Gott* von Janet Morris in Geschichten aus der Diebeswelt: *Die Götter von Freistatt,* Bastei-Lübbe 20098

für ihre Faulheit bekannt, also bezweifle ich, daß sie ein eigenes Loch nur für den Kopf gegraben haben. Nein, ich vermute, daß dieser Körperteil Eures Freundes irgendwie verlorenging. Der Geist konnte Euch keine genaueren Anweisungen geben, weil er nicht in der Lage ist, Euch zu sagen, welcher Teil fehlt, geschweige denn, wo er ist.«

Sie wandte sich Zalbar lächelnd zu. »Das ist einfacher, als ich dachte. Bringt mir Razkulis Kopf, dann kann ich seinem Geist für Euch den Frieden geben. Habt Ihr eine Ahnung, wo er nach dieser langen Zeit sein könnte?«

»Nein«, entgegnete der Höllenhund grimmig. »Aber ich kenne jemanden, der es wissen könnte. Legt Euch gar nicht erst wieder schlafen. Wenn ich recht habe, bin ich rasch zurück.«

Innos, einer von mehreren Knechten, die in der Standortkaserne und den Stallungen nach dem Rechten sahen, erwachte aus festem Schlaf und fand nicht nur die Fackeln angezündet, sondern auch eine Schwertspitze an der Kehle.

»Denk gut nach, Innos!«

Es war Zalbar. Innos hatte seinen Niedergang vom Hauptmann der Höllenhunde zum Säufer mit nur soviel Interesse verfolgt, als daß er eine Pritsche weniger richten mußte. Jetzt jedoch blitzten die Augen des Höllenhunds mit einer Wildheit wie in alter Zeit. Innos beschloß, nicht zu lügen, welche Frage Zalbar ihm auch stellen mochte – genau wie die Beobachter auf der Straße entschieden hatten, den Höllenhund nicht mehr auszulachen, als er von Ischade zurückkehrte.

»A-aber, Hauptmann! Ich habe nichts getan!«

»Denk gut nach!« befahl Zalbar erneut. »Erinnere dich, es ist ein paar Jahre her. Ich kam von einer Audienz beim Prinzen zurück – so verstört, daß ich fast außer mir war. Ich gab dir etwas und befahl dir, dich seiner geziemend zu entledigen. Erinnerst du dich?«

»Ja-a ... Es war der Kopf Eures Freundes Razkuli.«

»Wo ist er?«

»Ich habe ihn natürlich begraben. Genau, wie Ihr es befohlen hattet.«

Die Schwertspitze drückte, und Blutstropfen sickerten Innos Hals hinunter.

»Lüg mich nicht an! Ich weiß genau, daß er nicht beerdigt wurde!«

»Aber – wenn Ihr es gewußt habt ...«

»Ich habe es erst heute abend erfahren. Also, wo ist er?«

»Bitte, tötet mich nicht! Ich hätte nie ...«

»Wo ist er? Es ist wichtig, Mann!«

»Ich habe ihn verkauft ... ans Haus der Peitschen und Ketten. Sie benutzen Totenschädel als Zierat.«

Innos wurde zurückgeschmettert und schloß die Augen, als Zalbar das Schwert zum Hieb hob.

Nach einem kurzen Moment wagte er ein Lid ganz leicht zu heben.

»Nein, ich kann dich nicht umbringen, Innos«, sagte Zalbar leise. »Ich hätte wissen müssen, daß ich in dieser Stadt niemandem trauen kann. Ich hätte mich selbst um den Kopf kümmern müssen.«

Er fixierte Innos mit einem harten Blick, und der Knecht sah, daß er freudlos lächelte.

»Trotzdem«, fuhr er ruhigen Tones fort, »rate ich dir, deine Sachen zu packen und die Stadt zu verlassen – heute nacht noch. Ich bin vielleicht nicht mehr so verständnisvoll, wenn ich dich das nächstemal sehe.«

Zalbar klopfte nicht einmal, sondern stürmte durch die Tür des Hauses der Peitschen und Ketten. Es war sein erster Besuch in diesem besonderen Hurenhaus, in das Kunden mit Gelüsten kamen, die selbst für Freistatt abartig waren, aber sein Zorn überwog seine Neugier. Als die Besitzerin empört auf ihn zurannte, um ihm ihre Meinung zu sagen, erklärte er knapp und bündig:

»Ihr habt einen Totenschädel als Teil Eurer Ausstattung hier. Ich will ihn haben!«

»Aber Hauptmann, wir verkaufen unseren Zierat nie. Diese Dinge sind zu schwierig zu ersetzen …«

»Ich sagte nicht, daß ich ihn kaufen möchte«, grollte Zalbar. »Ich nehme ihn mit – und ich rate Euch, mir nicht den Weg zu verstellen!«

Sein Blick schweifte durch die Halle, ohne auf die Mädchen zu achten, die ihn aus halbverborgenen Nischen beobachteten.

»Diese Kohlenschale mit den glühenden Eisen – ist feuergefährlich. Ich könnte Euer Haus sogleich schließen, Madame, und ich bezweifle, daß Ihr die Gesetzwidrigkeiten so rasch beheben könntet, wie ich sie finde, wenn Ihr das Haus je wieder öffnen wollt.«

»Aber … Oh, nehmt das dumme Ding! Nehmt sie alle oder sucht Euch einen aus. Es ist mir egal.«

»Alle?«

Zalbar wurde jetzt erst bewußt, daß mindestens

ein Dutzend Totenschädel von Simsen und Wandbrettern rings um die Halle auf ihn herabstarrten.

»Ihr seid zu gütig, Madame.« Er seufzte schwer. »Wenn ich euch vielleicht auch noch um einen Sack bitten dürfte?«

Der Rest der Nacht war gnädigerweise verschwommen für Zalbar, da Erschöpfung und Schock seine Sinne betäubten. Ischade hatte, bis Zalbar zurückkam, Kurd wiederbelebt, was sich als glücklicher Umstand erwies, denn der Vivisezierer war von unschätzbarer Hilfe, als sie sich der makaberen Aufgabe gegenübersahen, aus den vielen Totenschädel den zu finden, der zu Razkulis gehörte.

Zalbar begrub dann die vollständige Leiche seines Freundes selbst, da er nicht wußte, ob er der Nekromantin trauen konnte. Er schaufelte das Grab weit entfernt von den Friedhöfen unter einem Baum, den sie beide kannten. Als seine Aufgabe erledigt war, taumelte er ins Aphrodisiahaus zurück und schlief ungestört mehr als einen Tag.

Als er erwachte, schienen ihm die Ereignisse so vage und bizarr, daß er sie als Fiebertraum hätte abtun können, wenn nicht zweierlei gewesen wäre: Erstens riß sein Plagegeist Razkuli ihn nie wieder aus dem Schlaf; und zweitens warf Myrtis ihn aus dem Aphrodisiahaus, nachdem sie erfuhr, daß er das Haus der Peitschen und Ketten besucht hatte. (Sie vergab ihm jedoch bald, wie immer schwand ihr Ärger auf fast magische Weise.)

Die einzige andere Folge dieser ganzen Episode war, daß Zalbar eine Woche später eine Rüge erhielt. Er hatte eine Waffenübung mit seinen Kameraden unterbrochen und einen Zuschauer zusammengeschlagen. Verläßliche Zeugen sagten aus, daß der Bedauernswerte lediglich eine harmlose Bemerkung gemacht hatte: »Ein guter Höllenhund darf niemals den Kopf verlieren!«

Lalo

Die Farbe des Zaubers

Diana L. Paxson

Der Himmel weinte, als habe ein Maler alle Farben der Welt mit schlammigem Grau überstrichen, damit sie sich darunter auflösten. Wasser troff von der Krempe des Schlapphuts, den Lalo heute trug, und rann seinen Hals hinunter. Er versuchte fluchend, den Umhang höher zu ziehen. Spöttisch sagte man, daß es in Freistatt zwei Jahreszeiten gab: eine, in der es heiß war, und die andere, in der es nicht heiß war – und die schlimmste war die, die man gerade erdulden mußte. Es war kein heftiger Regen, eher ein andauerndes Nieseln, das der Stadt einen trügerischen Frieden auferlegte, indem es selbst die Heißsporne der etwa ein Dutzend einander bekriegenden Faktionen verlockte, in ihren trockenen Unterschlupfen zu bleiben.

Ich hätte auch zu Haus bleiben sollen, dachte Lalo. Doch noch eine Stunde in der engen Wohnung voll Kinder und dem allgegenwärtigen Geruch von nasser Kleidung, und er hätte Streit mit Gilla angefangen, was er nie wieder tun wollte. Im Wilden Einhorn hatte er Hausverbot, doch soviel er wußte, gab es die Grüne Traube an der Ecke Statthalter- und Landweg immer noch. Er würde sich dort in aller Ruhe einen Schluck gönnen oder auch mehr und überlegen, was er tun sollte …

Lalo tauchte rasch unter den Überhang, wo das verwitterte Schild mit den gemalten Weintrauben gegen die Wand schlug. Das einzige Zeichen von Leben war der struppige graue Hund, der sich zitternd an die Tür drückte. Lalo öffnete sie. Der höchstwillkommene Geruch von Glühwein, der ihm entgegenschlug, überlagerte den hier üblicheren von Muff und verstopften Abflüssen.

Lalo nahm seinen Umhang ab und schüttelte ihn. Das Halsband des Hundes klingelte, als auch er sich schüttelte. Dann nieste er und folgte Lalo in die Gaststube.

Der Maler setzte sich in die Nähe des Herdes und hängte seinen bereits dampfenden Umhang über einen Stuhl. Ein dünner Schankbursche brachte ihm Glühwein, und Lalo schlang die farbbefleckten Finger um den Krug, um sie zu wärmen, ehe er den heißen, süßen Trunk durch die Kehle rinnen ließ. Als er den Krug absetzte, sah er sein unscheinbares Abbild in einem fast blinden Spiegel an der Wand und wandte rasch den Blick ab.

Er hatte einst in einen Spiegel geschaut, und ein Gott hatte zurückgeblickt.* War das ein Traum gewesen? Und er hatte gesehen, wie all das Schlechte in ihm an der Wand im Wilden Einhorn lebendig wurde. Das war ein Alptraum gewesen, in den zu viele andere mit hineingezogen worden waren.**

Die Gabe, den inneren Menschen zu malen, verdankte er Enas Yorl. Jetzt wünschte er sich fast, er

* *Das Spiegelbild* von Diana L. Paxson in Geschichten aus der Diebeswelt: *Hexennacht*, Bastei-Lübbe 20113

** *Ein Hauch Macht* von Diana L. Paxson in Geschichten aus der Diebeswelt: *Sturm über Freistatt*, Bastei-Lübbe 20122 hätte sie von dem Zauberer zurücknehmen lassen, wie dieser ihm angeboten hatte.* In letzter Zeit folgten Enas Yorls Verwandlungen viel zu rasch hintereinander, und er war deshalb kaum fähig, überhaupt etwas zu tun. Es hatte fast den Anschein, als paßten sich diese unfreiwilligen Verwandlungen in ihrer Unerträglichkeit der immer schlimmer werdenden Situation in Freistatt an.

Aber da Enas Yorl nicht dazu in der Lage war und Lythande sich nicht in der Stadt aufhielt, wer sollte ihn da lehren, seine Gabe richtig anzuwenden? Die Tempel konnten es nicht, und der Gestank der Magiergilde drehte ihm den Magen um.

Jemand nieste ganz in seiner Nähe. Lalo fuhr zusammen, daß sein Krug auf dem Tisch wackelte, und griff hastig danach.

»Dürfte ich Euren Umhang ausleihen?«

Lalo blinzelte, dann starrte er den dünnen jungen Mann an, der nur ein Hundehalsband trug und bereits dabei war, nach dem Kleidungsstück zu greifen, das Lalo über den Stuhl drapiert hatte.

»Er ist noch naß ...«, sagte Lalo verwirrt.

»Das ist das einzige Problem bei diesen Verwandlungen.« Der Fremde schauderte, als er sich in den Umhang wickelte. »Vor allem bei einem solchen Wetter. Aber manchmal ist es in anderer Gestalt sicherer.«

Lalo bemerkte nun den blauen Schein der Macht. Ein fast welpenhafter Eifer dämpfte den Stolz im Gesicht des Fremden, der auch die Spur Wehmut nicht ganz verbergen konnte – verriet sie, daß seine

* *Nashorn und Einhorn* von Diana L. Paxson in Geschichten aus der Diebeswelt: *Die Götter von Freistatt*, Bastei-Lübbe 20098

ganze Magie ihm nicht das bringen konnte, was er sich am meisten ersehnte?

»Was wollt Ihr von mir, *Magier*?«

»Oh, nennt mich doch einfach Randal, Meister Maler …« Der Zauberer grinste. Er strich sein nasses Haar zurück, als wolle er seine Ohren verstecken. »Und was ich will, seid *Ihr*, oder vielmehr Freistatt will Euch …«

Lalo versuchte seiner Verwirrung durch einen weiteren Schluck Glühwein Herr zu werden. Er hatte von diesem Zauberer der Hasardklasse gehört, der mit den Stiefsöhnen zusammenarbeitete, doch während der Wochen, da Lalo sich bemüht hatte, Magie von den Priestern Savankalas zu lernen, war der tysianische Magier nicht auffindbar gewesen.* Er hatte ihn nie zuvor gesehen.

Randal fummelte an seinem Halsband und brachte eine eng zusammengerollte Leinwand zum Vorschein.

Mit diesem selbstsicheren Grinsen, das bereits anfing, Lalo auf die Nerven zu gehen, breitete er sie auf dem Tisch aus.

»Erkennt Ihr diese Zeichnung?« Es war das Bild von dem Söldner Niko, hinter dem zwei weitere Gesichter so unerwartet erschienen waren.**

Lalo schnitt eine Grimasse. Er kannte es nur zu gut und wünschte sich, nicht zum ersten Mal, er hätte nie zugelassen, daß Molin Fackelhalter das verdammte Ding nahm. Seither hatte er deshalb jeden-

* *Blut und Rache* von Janet Morris in Geschichten aus der Diebeswelt: *Armeen der Nacht*, Bastei-Lübbe 20140

** *Der Gotterkorene* von Lynn Abbey in Geschichten aus der Diebeswelt: *Armeen der Nacht*, Bastei-Lübbe 20240

falls keine Ruhe mehr gehabt. Diese Tatsache sowie die Erkenntnis, daß die Tempellehrer gar nicht *wußten*, wie sie ihn ausbilden sollten, hatte ihn wieder heimgetrieben.

»Wo habt Ihr es her?« erkundigte er sich verärgert. »Ich dachte, Seine Hochnäsigkeit hütete es besser als ein Goldstück.«

»Ich borgte es aus«, antwortete Randal. »Seht es Euch an!« Er hielt die Zeichnung vor Lalos Nase. »Ist Euch bewußt, was Ihr da getan habt?«

»Das hat Molin mich auch ständig gefragt – sprecht doch mit ihm!«

»Vielleicht kann ich Eure Antworten besser verstehen, als er.«

»Die Antworten sind alle *nein!*« sagte Lalo barsch. »Ich *weiß* nicht, was geschieht, wenn man eines meiner Porträts vernichtet. Ich habe nie versucht, ein Bild zu beleben, und ich habe nicht vor, herumzuexperimentieren. Nicht nach dem schwarzen Einhorn ... Ihr seid Magier – sagt mir, was ich tun kann!«

»Das werde ich vielleicht«, entgegnete Randal gewinnend. »Wenn Ihr uns dafür helft.«

»Uns? Wer ist ›uns‹?« Lalo beäugte ihn mißtrauisch. Zwar brauchte er dringend Kenntnisse, aber er hatte entsetzliche Angst, benutzt zu werden.

Diesmal war es Randal, der mit der Antwort zögerte. »Jeder, der möchte, daß die Ordnung in Freistatt wieder hergestellt wird«, sagte er schließlich.

»Indem die Fischäugigen verjagt werden? Meine Tochter dient bei einer der Damen im Palast. Sie sind nicht *alle* schlecht ...«

Randal zuckte die Schultern. »Wer ist das schon?« Dann runzelte er die Stirn. »Wir wollen nur nicht, daß sie über uns herrschen, das ist alles. Aber die Beysiber sind nicht das größte Problem …« Sein langer Finger tippte auf das Frauengesicht auf dem Bild, dieses aufwühlend schöne Gesicht, dessen Augen denen des schwarzen Einhorns glichen.

»*Sie* …«, zischte der Zauberer. »*Sie* steckt hinter allem! Wenn wir sie vernichten – ja auch nur im Zaum halten können, läßt sich alles andere vielleicht in Ordnung bringen!«

»Tut es, wenn Ihr wollt«, schnaubte Lalo. »Es war schon schlimm genug, ihr Bild zu zeichnen. Führt Eure Kriege allein – sie gehen mich nichts an!«

Randal seufzte. »Ich kann Euch nicht zwingen, aber andere werden es möglicherweise versuchen. Dann werdet Ihr wünschen, daß Ihr Verbündete habt.«

Lalo starrte verdrossen in seinen Wein. »Auch Drohungen richten bei mir nichts aus, Magier!«

Ein kurzes Schweigen setzte ein. Randal fummelte wieder an seinem Halsband.

»Ich drohe Euch nicht«, sagte er schließlich. »Das ist nicht nötig. Nehmt dies …« Aus dem scheinbar unerschöpflichen Fach in seinem Hundehalsband kramte er nach einem zusammengelegten Tuch. Es öffnete sich, als er es herauszog, und Lalo sah einen schreienden Regenbogen in Rot und Blau und Gelb und Schwarz und Grün. »Damit könnt Ihr die Stadt durchqueren, falls Ihr doch gern *meine* Hilfe hättet. Fragt im Palast nach mir …«

Er machte eine Pause, aber Lalo wich seinem Blick aus. Randal stand auf, und als seine Bewegung das Bild bewegte, hoben sich Schatten wie dunkle Schwingen in den Ecken der Wirtsstube. *Wie die geflügelten Schatten im Bild,* dachte Lalo schaudernd.

Behutsam rollte der Magier die Zeichnung wieder zusammen, und Lalo erhob keine Einwände. Er wollte sie ebensowenig wie den Magier je wiedersehen. Seine Sicht verschleierte sich, und vage Bilder bewegten sich unmittelbar am Rand seines Blickfelds. Wieder schauderte er.

»Danke, daß Ihr mir Euren Umhang geborgt habt …« Die Worte verloren sich auf seltsame Weise.

Lalo blickte auf und sah gerade noch seinen Umhang zusammenfallen wie ein Ballon, von dem man die Luft ausläßt. Etwas wand sich unter ihm, nieste und befreite sich davon. Ein hagerer Wolfshund stand auf, schüttelte sich und stellte fragend ein Ohr auf.

Selbst als Hund sind seine Ohren zu groß, dachte Lalo. Fasziniert wider Willen beobachtete er das Tier, das aufs neue nieste und durch die Wirtsstube trottete. Die Tür öffnete sich zuvorkommend von selbst vor ihm und schloß sich klickend. Und dann waren die einzigen Geräusche das Prasseln des Feuers und das Trommeln des Regens am Fenster.

Ich habe es nur geträumt, dachte der Maler, doch die Armbinde mit den Streifen in allen Farben der Faktionen, die die Kontolle über die verschiedenen Stadteile an sich gerissen hatten, lag vor ihm. *Und was ist meine Farbe?* fragte sich Lalo? Die Farbe des Zaubers? Doch niemand antwortete.

Er legte ein paar Münzen auf den Tisch, schob die Binde in seinen Beutel, stülpte sich den Schlapphut über den Kopf und wickelte sich in den feuchten Umhang, der nicht wie zuvor nur nach nasser Wolle stank, sondern jetzt auch noch nach Hund.

Und so, wie dieser Geruch daran haftete, hafteten die Worte des Zauberers in Lalos Gedächtnis. Sein Schritt wurde zunehmend schneller, als er zur Tür ging. Er mußte Gilla warnen – er mußte nach Hause!

»Sag schon, Wedemir – du kommst mehr in der Stadt herum als ich. Besteht wirklich Grund für die Angst deines Vaters?« Gilla hörte auf zu kehren und stützte sich auf den Besen, während sie ihren Ältesten anblickte. Die beiden Jüngeren saßen am Küchentisch und malten mit Lalos Kreidestummeln auf ihren Schiefertafeln. Kreide quietschte, und Wedemir schnitt eine Grimasse.

»Na ja, man braucht immer noch einen Passierschein«, antwortete er. »Und wer gegen wen kämpft und warum scheint sich von Tag zu Tag zu ändern. Aber die Beysiber halten sich jedenfalls zurück, seit die echten Stiefsöhne wieder da sind.«

Plötzlich schrie Latilla auf und langte nach dem Arm ihres kleinen Bruders. Alfies Tafel fiel auf den Boden, und er fing zu weinen an.

»Mama, er hat mir die Kreide aus der Hand gerissen!« beklagte sich Latilla.

»*Rote* Kreide!« schluchzte Alfi tränenvoll, als erkläre das alles. Er funkelte seine Schwester an. »Ich zeichne einen roten Drachen, der dich frißt!«

Gilla versetzte ihm einen Klaps und zog ihn hoch. »Du wirst *gar nichts* zeichnen, ehe du nicht Selbstbeherrschung lernst!« Sie schaute rasch zur verschlossenen Tür von Lalos Atelier. Er hatte gesagt, er würde malen, doch als sie vor einer Viertelstunde nach ihm gesehen hatte, lag er schlafend auf der Couch.

»Ihr geht beide in eure Kammer!« befahl sie den beiden Jüngsten. »Euer Vater braucht seine Ruhe, also spielt leise!«

Nachdem die beiden gegangen waren, bückte sie sich nach der Tafel und den Kreidestücken, dann wandte sie sich wieder Wedemir zu, der während der Auseinandersetzung still dagesessen und getan hatte, als hätte er weder seinen Bruder noch seine Schwester je zuvor gesehen.

»Das war es nicht, was ich meinte, und das weißt du«, sagte sie leise. »Lalo hat keine Angst vor den Beysibern, sondern vor Magie!«

»Bei Ils, Mutter – der kleine Zauberer der Stiefsöhne versucht ihn anzuwerben.« Wedemir zog die Brauen zusammen. »Was erwartest du, daß *ich* tue?«

»Bleib in seiner Nähe! Beschütze ihn!« entgegnete Gilla scharf. Mit heftigen Bewegungen fegte sie weiter, als könnte sie dadurch ihre eigenen Ängste vertreiben.

»Es wird ihm nicht gefallen, wenn ich hinter ihm herstiefle ...«

»Es wird euch beiden nicht gefallen, wenn er ohne Beistand in Gefahr gerät ...« Plötzlich war die Luft drückend. Gilla hörte einen gedämpften Knall und drehte sich um.

Über dem Küchentisch schwebte eine dunkle Kugel, in der kobaltblaue Blitze zuckten. Als sie darauf starrte, erzitterte die Kugel. Sie fing zu wachsen an und segelte auf die Ateliertür zu. Auch Gilla stürmte vorwärts.

»Nicht, Mutter!« Wedemirs Stuhl kippte krachend nach hinten, als er versuchte, um den Tisch herumzukommen, doch Gilla stand bereits zwischen der Kugel und der Tür.

»Verschwinde aus meiner Küche, du Ausgeburt der Hölle!« Sie schlug mit dem Besen nach der Finsternis, und die Kugel wich zurück. »Bilde dir bloß nicht ein, daß du meinen Lalo kriegst! Na warte, dir werde ich's zeigen!« Die Kugel wuchs plötzlich gewaltig. Gilla blinzelte, als plötzlich Farben schwindelerregend über die glatte Oberfläche wirbelten.

»Bei Sivenis Speer, heb dich hinweg!« Gilla faßte sich wieder und schlug aufs neue mit dem Besen auf die Kugel ein. Das steife Stroh schwand, als hätte sie den Besen in einen trüben Teich gestoßen, dann begann auch noch der Stiel zu verschwinden. Ihr Entrüstungsschrei wurde verschluckt, als die Finsternis sie umschlang. Sie hörte den zweiten Knall verdrängter Luft und wußte nicht mehr, wo sie war.

»Papa, bleiben wir lange hier?« Latilla schaute sich auf dem Hof des Palasts um, dessen Pracht durch den Regen gedämpft wurde, und schmiegte sich fest an Lalo.

»Ich hoffe nicht, Liebes«, antwortete er, während er die Bögen des Kreuzgangs betrachtete.

»Ich habe Angst«, gestand Alfi,. »Ich will zu Mama! Ich will heim. Papa, kommt Mama bald zurück?«

»Ich hoffe es ...«, flüsterte Lalo. Seine Augen waren naß und nicht nur vom Regen, als er sich bückte, um beide Kinder an sich zu drücken. Er und Gilla hatten diese Kinder hervorgebracht. Sie konnte doch nicht einfach weg sein!

»Vater, Wedemir hat mir erzählt, was passiert ist. Was können wir tun?«

Vanda eilte auf sie zu, dichtauf gefolgt von ihrem Bruder. Ihr blondes Haar löste sich aus der beysibischen Frisur.

»Ich hole Gilla zurück«, antwortete Lalo rauh. »Aber du wirst dich um die Kleinen kümmern müssen.«

»Hier?« Sie schaute sich zweifelnd um.

Wedemir räusperte sich. »Zu Hause sind sie vielleicht nicht sicher.«

Vanda runzelte überlegend die Stirn. »Wir haben bereits einige Kinder in den Kellerunterkünften: dieses Kind aus dem Tempel, das sie Gyskouras nennen, und Illyras kleinen Jungen – es ist eine regelrechte Kinderstube. Vielleicht kann ich was machen ... Oh, natürlich, nehme ich sie!« Sie hob Alfi auf den Arm. »Suche du Mutter!« Sie blickte Lalo über Alfis dunklen Kopf hinweg mit ihren grauen Augen an, die so sehr denen Gillas glichen, daß sich sein Herz verkrampfte.

»Das werde ich ...« Mehr brachte er nicht hervor.

Vanda nickte, schob Alfi auf die Hüfte und langte nach Latillas Hand. »Kommt, ihr zwei, ich zeige euch ein paar hübsche Dinge.«

»Spielzeug?« erkundigte sich Alfi.

»Spielzeug und andere Kinder und mehr ...« Vandas Stimme verklang, als sie den Kreuzgang betrat. Dann bog sie um eine Ecke und war verschwunden.

»Zumindest ersparten wir uns noch einen anderen Weg, indem wir sie hierherbrachten«, sagte Vedemir trocken. »Was sagte der Zauberer? Wo solltest du im Palast nach ihm suchen?«

»Ich werde an der Pforte nach ihm fragen müssen. Der Palast ist ein wahres Labyrinth.« Lalo seufzte und stapfte durch den Hof. An der Pforte befand sich eine Stube, wo zu Zeiten, da der Prinz wenigstens noch so tat, als regiere er, die Parteien eines Rechtsstreits hatten warten müssen, ehe sie in den Gerichtssaal gerufen wurden. Lalo setzte sich auf eine der nur dünn geposlterten Bänke und schloß die Augen. Instinktiv suchte er nach dem Bewußtseinsstrom, der ihn mit Gilla verband, doch da war nichts. Er hatte nie auch nur geahnt, wie wesentlich ihre Gegenwart für ihn war.

Gilla! Gilla! schrie sein Herz, aber ihm war nicht bewußt, daß er laut gestöhnt hatte, bis Wedemir beruhigend seinen Arm tätschelte.

»Ihr habt also doch beschlossen, zu uns zu kommen! Was ist geschehen?«

Lalos Augen weiteten sich. Der Zauberer Randal war in eigener, voller Kleidung weit beeindruckender als der Mann, der sich in der Weinstube seinen Umhang ausgeliehen hatte. In dieser Umgebung waren selbst seine Sommersprossen weniger auffällig.

»Etwas versuchte, ihn zu holen und nahm versehentlich statt dessen meine Mutter!« sagte Wedemir anklagend. »Etwas wie eine schwarze Kugel – es erschien plötzlich in unserer Küche, und Mama verschwand!«

»Etwas wie eine Seifenblase, in der blaue Blitze zucken?« fragte Randal. Wedemir nickte. Der Magier kaute flüchtig an seiner Unterlippe, dann verzog er das Gesicht. »Es könnte Roxane sein. Sie entführt gern Leute auf diese Weise. Und momentan ist sie versessen auf Rache an jedem, der auch nur das geringste mit Molin Fackelhalter oder Niko zu tun hat ...«

Randals Stimme war beim Namen des Söldners weicher geworden, und Lalo spürte die Mischung aus frustrierter Liebe, Sehnsucht und Treue, die erklärte, weshalb der Magier Nikos Bild so ehrfürchtig behandelt hatte. Doch Lalo konnte jetzt keine Rücksicht auf Randals Gefühle nehmen, zu viel hatte er über Roxane gehört ...

»Aber weshalb holt sie meine Mutter, wenn sie meinen Vater haben will?« fragte Wedemir.

Randal blickte den Maler mitfühlend an. »Die Hexe

erwartete nicht, daß Ihr Schwierigkeiten machen würdet, sonst wäre sie selbst gekommen. Die Kugel war ein Träger, der auf Euch angesetzt war. Und Euer Weib rief Euren Namen ...«

»Aber sie muß die Verwechslung doch inzwischen bemerkt haben! Warum ließ sie Gilla nicht gehen?«

»Roxane spielt um Punkte«, antwortete Randal leise. »Solange die Frau ihr keine Schwierigkeiten macht, behält sie sie – vielleicht, um sie als Geisel zu benutzen und Euch so zu zwingen!«

Niemand brauchte auszusprechen, was geschehen mochte, falls Roxane die Gefangene lästig wurde. Lalo sprang auf, doch Randal schob ihn mit überraschender Kraft auf die Bank zurück.

»Nein, Lalo – Roxane hat keine Ehre. Ihr könntet nicht sicher sein, daß Ihr Euer Weib rettet, selbst wenn Ihr Euch an ihrer Stelle anbietet. Es gibt nur die Möglichkeit, gegen die Hexe vorzugehen!«

Lalo sackte auf der Bank zusammen und schlug die Hände vors Gesicht.

»Schließt Ihr Euch uns an, Maler?« fragte Randal sanft.

»*Ich* mache mit!« rief Wedemir heftig, »wenn Ihr mir zu kämpfen beibringt!«

»Das läßt sich machen«, versicherte ihm Randal. Er wartete auf Lalos Antwort.

»Helft mir Gilla zu befreien und zeigt mir, wie ich meine Familie beschützen kann«, sagte Lalo schleppend. »Dann tue ich mein bestes, Euch zu helfen.«

Gilla nieste, richtete sich auf und nieste aufs neue. Etwas Rundes, Hartes drückte in ihre Seite. Sie blickte hinunter, sah einen Totenschädel und zuckte zurück. Es war also nichts mit ihrer beruhigenden Einbildung, daß sie nur geträumt hatte. Sie umklammerte zwar immer noch den Besenstiel, aber sie war nicht zu Hause, und hier hatte schon längere Zeit niemand mehr saubergemacht.

»Ah, fette Dame ist jetzt wach? Fette Dame hat fest geschlafen. Schnapper Jo war langweilig!«

Gilla riß die Augen auf. Die Stimme, die diese Willkommensworte geäußert hatte, war ungemein tief und von einer Art, die sie verrückterweise an die unterste Lage in einem Gemüsebehälter denken ließ, der zu lange unbeachtet gestanden hatte. Einen Moment plagten sich ihre Augen damit festzustellen, von woher die Stimme in diesem Durcheinander von aufgestapelten Kisten und verstaubten Behängen kam, da entdeckte sie eine hochgewachsene, hagere – graue Gestalt. Diese – Kreatur gab ein gurgelndes Geräusch von sich, das alles mögliche bedeuten mochte, und zündete eine Lampe an.

Gilla blinzelte. Das Grau dieses Geschöpfes wurde durch ein purpurnes Beinkleid und eine Fülle orangenfarbenes Haares mehr denn wettgemacht. Es bedachte sie mit einem Lächeln, das Zahnstümpfe entblößte.

»Fette Dame spricht jetzt mit Schnapper Jo?«

Gilla räusperte sich. »Ist das Euer Haus?«

»O nei-ein …« Die Warzen auf der grauen Haut schienen zu kriechen, als Jo bang über die Schulter schaute. »Große Gebieterin herrscht hier! Große Dame, sehr schön, sehr *mächtig* …« Er zog den Kopf in ängstlicher Ehrerbietung ein.

Gilla fand, daß er übertrieb, doch es war offensichtlich, daß wer immer sie hierher geschafft hatte, tatsächlich über Macht verfügte. Der Staubgeruch vermochte den unverkennbaren fauligen Gestank des Schimmelfohlenflusses nicht völlig zu überlagern, deshalb zweifelte sie nicht, daß sie sich noch in Freistatt befand – und hier gab es nur zwei Zauberinnen mit dieser Art von Macht. Eine Gänsehaut lief ihr den Rücken hinab, als sie darüber nachdachte. Es war wie das Frage-und-Antwort-Spiel ihrer Kindheit: *Möchtest du lieber von einem Panter oder einem Tiger aufgefressen werden? Von Ischade oder Roxane?*

Plötzlich wirkten der Staub und die Unordnung um sie drückend. Gilla stand auf und bahnte sich einen Weg zwischen einem staubbedeckten, geschnitzten Tisch und einer hohen, grünspanigen Messingvase mit Silberverzierung hindurch zur Tür. Die Vase kippte um, als Schnapper Jo tolpatschig sprang, um ihr den Weg zu versperren.

»Fette Dame darf nicht gehen«, sagte der graue Dämon vorwurfsvoll. »Befehl – Gebieterin sagt, Ihr müßt hierbleiben! Und mit Schnapper Jo unterhalten!« fügte er mit schielendem Blick hinzu.

Gilla unterhielt sich mit ihm. Sie hätte nicht zu sagen vermocht, ob stundenlang, oder ob es ihr nur so endlos erschien. Der Dämon wiederholte sich überraschend häufig, und nur ihre lange Übung, die Fragen ihrer kleinen Kinder zu beantworten, während sie mit anderen Dingen beschäftigt war, half ihr, es zu überstehen, ohne daß sie durchdrehte. Das Licht, das gedämpft durch die Vorhänge drang, war jedoch zweifellos schwächer, als sich etwas an der Tür bewegte und Schnapper Jos Gequassel abrupt verstummte.

Das Gemach wurde scheinbar heller, was an der Schönheit liegen mochte, die diese Frau ausstrahlte. Die Gerüchte in der Stadt sprachen davon, wie schrecklich Roxane war, sagten jedoch nichts über ihre Schönheit. Ganz bestimmt war es Roxane, denn jeder wußte, daß die Zauberin Ischade bleich wie eine Nachtschattenblume war, während Roxanes Haut wie eine Rose glühte.

»Ah, Ihr genießt also die Unterhaltung?« Roxanes Lächeln spiegelte sich nicht in ihren Augen.

Du Luder, wie kannst du es wagen …, dachte Gilla. Da begegnete sie diesem Blick und spürte, wie sich erneut eine Gänsehaut ausbreitete. Sie unterdrückte die Antwort, die ihr auf der Zunge lag.

»Mein Träger war auf jemanden wie Euch nicht vorbereitet.« Roxane musterte Gilla von Kopf bis Fuß. »Ihr könnt Euch glücklich schätzen, daß Euer Gewicht die Kugel nicht platzen und Euch als geistloses Stück Fleisch zwischen den Ebenen fallen ließ.«

Die Nisibisihexe lachte. Diese Frau strömte etwas Böses aus wie ein tödliches Parfüm.

Gilla spürte, wie sie sich in die Festung ihrer Fleischmassen zurückzog. Körperlich hatte ihre Masse ihr Respekt verschafft, und für ihren Geist war sie ein Bollwerk gegen alle, außer die stärksten Persönlichkeiten gewesen. Roxane aber war pure Macht, und Gilla hatte Angst.

»Hohe Dame, dafür bin ich dankbar«, preßte sie hervor. »Aber gewiß könnt Ihr mich hier nicht brauchen …«

»Meint Ihr? Nun, wir werden sehen. Wir wollen doch nicht voreilig sein!« Roxane lachte kehlig wie über einen ganz persönlichen Witz. »Ich behalte Euch eine Weile hier, als Gesellschaft für meinen Diener. Aber in diesem Fall werde ich wohl für Essen für Euch sorgen müssen.« Wieder musterte sie Gilla lachend. »Obwohl es Euch wahrhaftig nicht schaden würde, eine Weile zu hungern. Schnapper, laß eine der Schlangen als Wächter hier und besorge etwas zu essen für die Dame.«

»Und auch für Schnapper, Gebieterin? Köstliches Essen – rot, noch zuckend?« Der Dämon griff nach leerer Luft, seine Augen glänzten, und er schmatzte laut.

Gilla beobachtete ihn und schauderte. Sie mahnte sich, seiner scheinbaren Freundlichkeit nicht zu trauen.

»Schnapper, still!« Roxane schnippte mit den Fingern. Der Dämon erstarrte und rollte die Augen.

»Mächtige Dame, bitte laßt mich nach Hause zurückkehren«, flehte Gilla und verbeugte sich so tief, daß Roxane ihre Augen nicht sehen konnte.

»Oh, Ihr wollt gar nicht wirklich heim.« Roxane lächelte süß. »Euer Zuhause wird bald sehr feucht und ungemütlich werden. Glaubt mir, bei mir seid Ihr viel sicherer. Hört Ihr den Regen?« Sie hielt kurz inne, und Gilla vernahm das gleichmäßige, weiche Trommeln am Fenster.

»Ihr werdet bald noch stärkeren Regen hören. Aber habt keine Angst, meine Schutzzauber werden das Wasser von *meinem* Haus fernhalten. Dem übrigen Freistatt wird es nicht so gut ergehen. Ein Hochwasser steht bevor. Ein ganz *gewaltiges!*« Roxane hob die Arme, daß ihre seidenen Ärmel wogten. »Oh, es wird *ihnen* leid tun, wenn die Überschwemmung ihre prächtigen Tempel und Paläste hinwegreißt! Ich werde die gewaltigen Wassermassen des Nordens in einer solchen Flut herbeiholen, wie sie diese Stadt noch nicht erlebt hat!«

Gilla wurde ganz still. Wenn es zur Überschwemmung kam, würden ihre Kinder in Gefahr geraten.

Sie mußte sich etwas einfallen lassen, um von hier wegzukommen. Aber sie hatte immer am besten überlegen können, während sie arbeitete. Ihr Blick fiel auf den Besen, der mit ihr durch das Nichts gekommen war.

»Wenn ich bleiben soll, Herrin, dann erlaubt mir, für Euch zu arbeiten.« Sie bemühte sich, Unterwürfigkeit vorzutäuschen. Sie selbst fand es nicht sehr überzeugend, aber sie vermutete, daß die Nisibisihexe zuviel Zeit mit dem Studium von Männern und anderen Geschöpfen verbracht hatte, und mit der Verhaltensweise von Geschlechtsgenossinnen nicht so vertraut war.

»Ich bin sehr tüchtig«, fuhr Gilla fort. »Möchtet Ihr, daß ich hier saubermache?«

Roxane kicherte. »Hausputz? O ja – ich werde Freistatt mit meinem Wasser säubern und Ihr mit Eurem Besen!« Immer noch lachend, nickte sie Schnapper Jo zu. »Du läßt sie ungehindert saubermachen, hörst du?« Bunte Röcke wirbelten, als sie sich umdrehte und so rasch verschwand, wie sie erschienen war.

Einen langen Moment blieb Gilla völlig still stehen. Dann nahm sie den Besen, das einzige, was ihr von zu Hause geblieben war, und begann wie wild zu kehren.

In ihrer Zauberkammer drehte Roxane ihre nisibisische Machtkugel in der Luft vor sich, so daß die Edelsteine in dem Ton vom Hochgipfel das Licht der Kerzen ringsum einfingen und schimmernd auf die Wasserschale vor ihr warfen.

Durch Luft und Wasser zog sie geheime Zeichen, sog tief den Rauch ein, der von der Schale in der

Kammerecke aufstieg, und hauchte die angereicherte Luft in das Wasser, bis es zu dampfen anfing. Dann wisperte sie in einer Sprache, die niemand in Freistatt, außer Niko und Randal, erkannt hätte.

Das Licht wurde wässerig und schwach; die Stimme der Zauberin wurde tiefer. Die Kugel, die sich vor ihr drehte, sammelte ihr Bewußtsein, verstärkte und veränderte es und leitete es auf jene Ebene der Anderswelt, auf der die Wasserdämonen hausten. Indem sie ihre geheimen Namen rief, machte sie sich diese Geister untertan, und das Wasser in ihrer silbernen Schale verdampfte.

Doch über den Ebenen, nördlich von Freistatt setzten sich gewaltige Regenwolken in Bewegung, zögernd zunächst, dann rascher, als witterten sie die wartende See. Und als sie auf die wärmere Luft an der Küste stießen, gaben sie ihre schwere Regenlast frei, und die Stimme des Schimmelfohlenflusses veränderte sich.

»Hört – Magie hat ihre Regeln«, wiederholte Randal. »Wenn Ihr sie versteht, beherrscht Ihr sie. Vorstellung ist alles! Ganz sicher wißt Ihr, wie man das macht – wenn Ihr ein Bild malt, seht Ihr es dann nicht vor Eurem inneren Auge, bevor Ihr noch nach dem Pinsel greift? Benutzt Zeichen oder was immer Ihr braucht, um Euer Bewußtsein auf jenen Teil der Anderswelt auszurichten, mit dem Ihr arbeitet, und dann wirkt Eure Magie!«

Lalo nickte. Fast verstand er den Sinn dahinter, aber es fiel ihm so schwer, sich zu konzentrieren, da der Wind am Fensterrahmen rüttelte und der Regen gegen die dicken Scheiben hämmerte. Schon seit dem vergangenen Nachmittag goß es in Strömen.

»Wenn Ihr Euch einen Schild um Euch vorstellt, der nur bestimmte Dinge hindurchläßt, dann könnt Ihr ungestört malen, richtig?« fuhr der tysianische Magier fort. Er setzte sich zurück und blickte Lalo erwartungsvoll an.

Der Maler nickte. »Ich glaube, ich verstehe es. Ich weiß zwar nicht, ob ich imstand bin, es selbst zu tun, aber ich bin Euch für den Unterricht dankbar. Es ist nur, daß die Sorge mich zu einem schlechten Schüler macht. *Wann* gehen wir gegen Roxane vor?«

»Wir sind noch nicht soweit – *Ihr* seid es nicht, Meister Maler. Sie würde Euch zerquetschen wie eine lästige Fliege. Selbst ich ...« Er unterbrach sich, und Lalo fragte sich, ob etwa sogar der Magier diese Hexe fürchtete, als schwere Schritte auf der Turmtreppe dröhnten. Die Tür schwang heftig auf, und sie sahen Straton, den Stiefsohnbefehlshaber vor sich stehen.

»Bei Vashankas Schwanz, Mann, *hier* bist du also! Ich habe in der ganzen Stadt nach dir gesucht, verdammt!« Er brachte es fertig, mit dem klatschnassen Haar und dem Wasser, das von seinem durchweichten Lederharnisch und der Klinge troff, noch furchteinflößender zu wirken als sonst.

»Schwierigkeiten?« Der Zauberer stand auf. Seine Sommersprossen hoben sich plötzlich dunkel von seiner Blässe ab.

»Benutzt du deine Schlappohren bloß, um das Gleichgewicht zu halten?« schnaubte Straton. »Hörst du denn den Regen nicht? Der Fluß hat schon den Sumpf der nächtlichen Geheimnisse überschwemmt, und bald wird die ganze südöstliche Landzunge unter Wasser stehen. Meldungen gingen ein, daß der Oberlauf bereits zum See wird und der Ziegenbach ist schon über die Ufer getreten.

Die Beysa bleibt – ihre Gemächer befinden sich ja auch im ersten Stock –, doch der Rest des Fischvolks hastet in Schwärmen zu seinen Schiffen! Für die Kaserne oder Abwind können wir nicht viel tun, aber wenn wir nicht rasch etwas unternehmen, verlieren wir die ganze Stadt. Ich habe alle Männer eingesetzt, Deiche oberhalb der Brücke zu errichten, aber ich brauche mehr!«

»Kann jemand Zip eine Nachricht zukommen lassen?« fragte Randal rasch. »Teil ihm mit, wenn wir die Flut lenken können, wird sie vielleicht die Fischäugigen weit hinaus aufs Meer treiben – das dürfte uns seine Hilfe sichern. Laß Jubal das gleiche ausrichten.«

Straton öffnete den Mund, als wolle er widersprechen, doch dann schloß er ihn wortlos wieder. Einen Augenblick lächelte er fast. »Es würde tatsächlich ein paar Probleme lösen«, sagte er nachdenklich. Dann schüttelte er sich und funkelte den Zauberer an.

»Gut. Ich weiß deinen Rat zu schätzen! Aber was ich von dir wirklich will, ist magische Hilfe. Also sieh zu, daß du dich mit deinen Zaubersprüchen da hinausbegibst und etwas gegen diese Wolken unternimmst!«

Randal zog eine Braue hoch. »Wenn es möglich ist, werde ich es. Aber du weißt genau, daß ich das Gleichgewicht nicht stören darf, wenn es sich um einen natürlichen Regen handelt.«

»Und wenn nicht? Hast du bereits an diese Möglichkeit gedacht?«

Der Magier runzelte noch die Stirn, als Straton sich umdrehte und die Stufen hinunterstapfte. Dann seufzte er tief und griff nach der Klinke der Balkontür.

Schon ein geringer Druck genügte. Die Tür krachte gegen die Wand, und ein feuchter Windstoß wirbelte Schriftstücke durch die Turmkammer. Randal achtete nicht darauf, sondern trat hinaus, und Lalo folgte ihm.

Der Wind toste aus dem Nordosten. Reihen von Wolkenbänken trieben unaufhaltsam seewärts, als würden sie von unsichtbaren Händen geschoben. Randal schloß die Augen, hob das Gesicht in den Wind, dann murmelte er etwas und malte ein Zeichen in die Luft. Lalo veränderte seine Sicht, wie der Magier es ihn gelehrt hatte, und sah Linien violetten Feuers, die flüchtig schwankten und schließlich vom Sturm zerrissen wurden. Dann wurde sein Blick hoch, geradewegs in die Wolken gezogen, und er sah, wie er im Reich der Götter GESEHEN hatte.

Etwas bewegte sich dort mit den Wolken, etwas, das nicht Teil von ihnen war – Formen, die nicht dazu paßten, Geister, denen es ein boshaftes Vergnügen bereitete, die Elemente zu dirigieren. Sie tobten umher, ohne auf ihn zu achten – es hätte einer gebieterischeren Persönlichkeit als Lalo bedurft, sie zu beunruhigen. Aber waren es Dämonen? Lalo hatte noch nie zuvor Sturmgeister gesehen; er wußte nur, daß er diese nicht mochte.

Mit einem Ruck riß sich Lalo los, und seine normale Sicht kehrte zurück – das zumindest hatte er bereits aus Randals Unterricht gelernt. Er schaute rasch auf Randal. Die Augen des Magiers waren geschlossen, das Gesicht verzerrt, seine Hände bewegten sich, aber es war offensichtlich, daß es nicht genügte, was er tat. Nach einer kurzen Weile erschauerte er und sank zurück.

Er öffnete die Augen. »Hexerei ...«, murmelte er.

»Schwärzeste Hexerei, und ich glaube, ich weiß auch wessen. Diesen Dämonen haftet ein Nisigestank an. Das Luder wirkt ihre Teufeleien, und ihre Schutzzauber halten. Ich glaube, nicht einmal Ischade könnte jetzt an sie heran!«

Lalo schluckte. Wenn es nicht möglich war, in Roxanes Haus einzudringen, war Gilla verloren. Sein Blick wanderte benommen über regenglänzende, hinter Schleiern verborgene Dächer zum schlammigen Band des Flusses. Nebel verbarg das Ufer jenseits der Brücke, wo Roxanes Haus lag, wo sich Gilla jetzt befand ...

»Was werdet Ihr tun?« fragte er den Zauberer.

»Ich habe ebenfalls eine Machtkugel«, antwortete Randal nachdenklich. »Vielleicht kann ich mit ihr Roxanes Zauber aufheben. Ich werde es jedenfalls versuchen.« Er blickte Lalo an.

»Ich sehe keine Möglichkeit, Euch dabei zu helfen«, beantwortete der Maler die Frage, die er in den Augen des Zauberers sah. »Aber wenn meine Hände schon nicht für Magie taugen, können sie doch Deiche ebensogut errichten wie andere es fertigbringen. Ihr werdet mich dort unten finden.« Er deutete auf den Fluß. Wenn er schon nichts tun konnte, Gilla zu helfen, wollte er doch zumindest in ihrer Nähe sein, wenn der Fluß alles mit sich riß.

Durch den Fluß bestand für Gilla jedenfalls keine Gefahr. Die Zauberblase, in die Roxane ihr Haus gehüllt hatte, wies das Wasser ebenso ab wie jegliche andere Zauberei. Mit den Bewohnern des Hauses sah es allerdings anders aus. Bisher hatte Schnapper Jo ihr die grünen Hausschlangen ferngehalten – sechs

Fuß lange Kreaturen mit starrem Blick, der beunruhigender war als das drohende Funkeln der beysibischen Schlangen. Außerdem gab es noch Untote mit leeren Augen und dem Verwesungsgeruch unbegrabenen Fleisches; und verschiedene Sklaven, deren Körper zwar noch atmeten, deren Seelen jedoch geflohen waren oder schlimmer noch in einer schrecklichen Wirklichkeit gefangen waren, aus der sie in flüchtigen Augenblicken des Bewußtseins Gilla um Erlösung von ihren Qualen anflehten.

Selbst eine Stube voll Kinder einen ganzen verregneten Monat im Haus zu haben – was bisher Gillas Vorstellung des Fegefeuers gewesen war –, war damit verglichen der Himmel. Und natürlich hatte Gilla nie zugelassen, daß ihr Zuhause so verwahrloste, nicht einmal, als sie in tiefster Armut am Rand des Labyrinths gelebt hatte.

Gegen ihren Willen leistete sie der Zauberin gute Dienste. Zwei Tage lang hatte sie Hausputz gemacht – Ordnung geschaffen, geschrubbt, die dicken Staubschichten beseitigt. Mehrere Körbe voll Unrat warteten vor Roxanes Küchentür bereits darauf, weggeschafft zu werden.

Doch das war bedauerlicherweise alles, was Gilla gelungen war. Sie hatte so heftig überlegt wie gearbeitet, doch immer noch keinen Plan. Nun lehnte sie sich auf ihren Besen, atmete schwer und blickte durch das noch schmutzige Fenster und den öligen Schimmer des Schutzschirms hinaus auf den unaufhaltsamen Regen.

»Regen fällt oben und unten in der Stadt«, sagte Schnapper Jo vergnügt, »schwemmt alles fort – Hütten, Paläste, alles. Das ganze frische Fleisch treibt vorbei ...«, fügte er seufzend hinzu.

»Freu dich nicht über die Überschwemmung!« fauchte Gilla. »Meine Kinder sind in der Stadt.« Sie unterdrückte ihren instinktiven Appell an das nicht vorhandene Mitgefühl des Dämons. Als einzige Entgegnung auf ihr Flehen, ihr die Flucht zu ermöglichen, hatte er lediglich Roxanes Befehl, sie zu bewachen, wiederholt.

»Fette Dame ist Mama? Schnapper Jo hatte nie Mama – armer Schnapper Jo ...« Er blickte sie nachdenklich mit seinen verschiedenfarbigen Augen an. »Fette Dame soll Schnapper Jos Mama werden!« rief er schließlich begeistert.

Gilla blickte auf dieses geistlose Grinsen und schauderte. Sie dachte an ihre Kinder. Wedemir war seltsamerweise ein Krieger geworden, und Vanda erblühte zu einer Schönheit, wie sie ihr selbst versagt geblieben war – diese beiden zumindest konnten sich selbst durchbringen. Ihr nächstältester Sohn, Ganner, war noch bei Herewick, dem Goldschmied, in der Lehre, und da es auf den Straßen so gefährlich war, sah sie ihn nur ganz selten. Sie konnte hoffen, daß er sich in Sicherheit befand, auch er war dabei, auf eigenen Füßen zu stehen. Doch die beiden Kleinen brauchten sie. Wie kam Lalo allein mit ihnen zurecht? Gilla richtete sich mit einer Bewegung auf, die so unaufhaltsam war, wie eine Flutwelle, die gegen die Küste brandet. Sie mußte nach Hause!

Ein Untoter stapfte die Kellerstiege hinauf und wischte sich die schmutzigen Hände an den Fetzen seines Kittels ab. Gilla fragte sich, ob Roxanes Schutzzauber auch unter die Erde reichte. Doch sie wäre nicht imstande, sich freiwillig da hinunterzubegeben, nicht einmal, um zu fliehen.

Der Untote prallte gegen Schnapper Jo, der knurrte und ihn zur Seite stieß.

»Totes Ding, marsch in die Erde zurück!« Der Dämon deutete auf die Stiege.

»Es ist naß in der Erde«, sagte der Untote stumpf. »Laß mich hinausgehen.«

»Nein, nicht hinaus ...« Schnapper Jo schüttelte den Kopf. »*Sie* sagt, nichts darf jetzt durch den Hausschirm. Wenn totes Ding es versucht, wird *sie* einen schlimmeren Ort finden als *dort!*«

Der verwesende Kopf drehte sich um, und Gilla vermeinte eine Gefühlsregung in den leeren Augen zu erkennen. Dann ließ der Tote die Schultern hängen und schleppte sich langsam die knarrende Stiege wieder hinunter.

Als er verschwunden war, stieß Gilla heftig den Atem aus, um ihre Nase von dem Verwesungsgestank zu befreien. Sie hatte fast vergessen gehabt, daß es in diesem Haus noch unerfreulichere Gesellschaft gab als Schnapper Jo.

»Ihr möchtet also, daß ich Eure Mama bin?« fragte sie grimmig.

»Mama gibt Sohn frisches *Fleisch*.« Der Dämon lächelte albern, und Gilla schluckte. Schnapper Jos Tischmanieren drehten ihr den Magen um. Sobald Blut floß, stopfte er sich voll und vergaß dabei seine Umwelt.

Gilla spürte, daß sich tief in ihr etwas zu regen begann. Sie blickte Schnapper Jo nachdenklich an und schwang wieder den Besen.

Der Schimmelfohlenfluß regte sich wie ein erwachendes Tier, breitete sich durch die Bäume zu beiden Seiten der oberen Furt aus, bis sich seine glänzenden Fühler über die Straße der Generale zur Straße der

Roten Laternen tasteten. Die Gassen von Abwind waren bereits überschwemmt und der Sumpf der Nächtlichen Geheimnisse zu einem riesigen Teich geworden.

Wasser gurgelte über das morastige Stück oberhalb des Fischerviertels und zerrte wie ein Dieb aus dem Meer an den Kähnen, die am Strand vertäut waren. Kaufleute in der Hafengegend plagten sich verzweifelt, ihre Waren zu schützen, oder kämpften um die Fuhrwerke und Karren, die sie auf höhergelegenen Grund befördern konnten. Auf dem Karawanenplatz stand das Wasser in schlammigen Lachen. Doch wo die hohen Uferböschungen den Fluß einengten, toste er frustriert und nagte wütend an den Brückenpfeilern.

Auch in den anderen Teilen der Stadt sah es nicht viel besser aus. Wasser warf sich mit Urgewalt gegen Ziegel und Schindeln, und weniger feste Dächer verwandelten sich in Siebe. Es rann an den Wänden hinunter, und die aus Lehm errichteten begannen zusammenzusacken. Es sammelte sich auf den Straßen und schwemmte den angesammelten Müll und Dreck von Jahren davon. Block um Block spülte das Wasser, riß den eingesammelten Unrat zu den klaffenden Rachen der Kanäle, deren dumpfes Tosen bald zur stetigen Begleitmusik des Regentrommelns wurde.

Ertrunkene Ratten trieben dahin: Leichen, die man längst für begraben gehalten hatte, Stücke verrottenden Holzes, Wagenräder, zerbrochenes Geschirr, die Schwertscheide eines Söldners, den kostbaren Haufen gesammelter Lumpen eines Bettlers – all das und mehr wurde zum Teil des Flusses. Wo bleiche Wasserpflanzen sich eingewurzelt hatten oder wo Ziegel alter Fassaden in die Abwasserkanäle gefallen waren, verfing sich alsbald alles mögliche und hielt es fest, bis selbst die Gewalt des Wassers es nicht mehr loszureißen vermochte, so daß es sich schließlich in die Stadt zurückstaute.

Von den Kanälen unter dem Labyrinth aufsteigendes Wasser floß in einen Tunnel unterhalb des Palasts. Zur selben Zeit fand überquellendes Wasser einen Abfluß, der in der Nähe der Furt endete. Diese Wasser prallten schäumend gegeneinander. Ein Teil der Fluten rann in die Katakomben unter der Straße der Roten Laternen, doch nicht alles, so kam es, daß im Lauf des Tages Wasser langsam, aber unaufhaltsam den Tunnel hochdrängte, dessen Eingang sich im Keller des Palasts befand.

Wasser drang in die Verliese ein – unbemerkt, außer von den paar Bedauernswerten, die dort noch eingekerkert waren. Doch als es sich in jenen Teil des unteren Palasts vordrängte, der zu einer Kinderstube für das Tempelkind Gyskouras, sowie für Arton und ihre Spielgefährten umgebaut worden war, sah die Sache anders aus. Ein durch fremde Zauberei verursachter Sturm und eine Überschwemmung in ihren eigenen Gemächern war nicht nur eine Bedrohung, sondern auch eine Beleidung.

Gyskouras brüllte. Arton, dessen Gesicht sich verdunkelte, als seine eigene wütende Gottheit in ihm erwachte, schrie noch lauter. Die anderen Kinder, welche die zweifelhafte Ehre hatten, ihre Gefährten zu sein, weinten oder verkrochen sich. Alfi verlor völlig seine Überlegenheit, über die er als zwei Jahre älterer eigentlich hätte verfügen können, und klammerte sich wie ein Äffchen an Vanda. Latilla verbarg das Gesicht hinter den Händen und drückte jedesmal, wenn der Lärmpegel aufs neue anstieg, die Finger zusammen.

Seylalha erteilte verzweifelt Anweisungen, und Vanda und die Kindermädchen hasteten, um Kinder und Bettsachen in das Spielgemach neben dem Dachgarten zu schaffen, während der Himmel über dem Palast mit der Wut der Kinder um die Wette tobte. Gyskouras packte eine Vase – das Geschenk eines hochgeborenen Botschafters – und warf sie; Arton griff nach einem Schaukelpferd und schmiß es nach ihm. Blitze zuckten und sausten zischelnd an Häuserseiten hinunter, die glücklicherweise zu naß waren, um Feuer zu fangen.

Winde aus allen Richtungen zerfetzten die regelmäßigen Wolkenbänke, zerrten an den verankerten beysibischen Schiffen, lösten Dachziegel, entwurzelten Bäume, und die Leute, die mit nagender Besorgnis das Anschwellen des Wassers beobacht hatten, zitterten nun vor unverhohlener Angst.

Und Roxane, die dieses Chaos am Himmel ahnte, lachte schallend, denn dies war mehr, als sie zu hoffen gewagt hatte. Sie änderte ihre Taktik und benutzte ihre Macht über die Naturgeister, um das Wasser zurückzuhalten und seitwärts in die Stadt zu lenken.

Sogar durch den Schutzschirm der Hexe spürte Gilla die Gewalt des Windes. Roxane hatte sich nach wie vor in ihrer Zauberkammer eingeschlossen, doch obwohl ihre Knechte keine Einzelheiten kannten, teilten sie Roxanes Gefühle, und die Atmosphäre wachsender boshafter Freude erschreckte Gilla. Was tat sich in Freistatt?

Sie beugte sich über eine Kiste, in die sie die Scherben eines teueren Eßgeschirrs geworfen hatte – sie war hinter Säcken verrottender Rüben in der Vorratskammer darauf gestoßen – und schob sie durch das Gemach. Dieses Haus brauchte keinen Besen, sondern eine Schaufel! Noch vornübergebeugt schaute sie sich um.

Die zwei Hausschlangen lagen zufrieden zusammengeringelt in ihren Körben vor dem Herd. Drei versklavte Seelen saßen am Tisch und wiegten sich nachdenklich. Schnapper Jo stand zwischen ihr und der Küchentür und saugte abwesend an einem alten Knochen.

Er spürte ihren Blick und grinste. »Hübsch und sauber. Gebieterin wird sich freuen. Fette Dame macht Haus hübsch und sauber, und Herrin wäscht die Stadt!« Begeistert über den Witz seiner Bemerkung fing er zu lachen an. »Wäscht alle Kinder weg, dann ist Schnapper Jo Sohn von fetter Dame!«

Gilla verkrampfte die Hände in ihrer Schürze, um zu verhindern, daß sie sich nicht von selbst um den dünnen Hals des Dämons legten und ihm die Gurgel zudrehten. Zu Hause hätte sie mit etwas geworfen – wenn sie daheim gewesen wäre, hätte sie längst mit allem möglichen geschmissen! Sie spürte, wie die Wut in ihrem Bauch brodelte; sie war wie ein Kessel mit dichtem Deckel kurz vor dem Explodieren. Zitternd vor Zorn hob sie die Kiste mit den Geschirrscherben und marschierte damit zur Tür.

»Fette Dame darf nicht hinaus ...«, begann Schnapper Jo.

»Große Gebieterin sagte, ich darf Hausputz machen – und das tue ich, du warzenbedeckter Schwachkopf, also geh mir aus dem Weg!« knirschte Gilla durch die Zähne.

Der graue Dämon runzelte die Stirn, machte unentschlossen einen halben Schritt und bemühte sich, die Widersprüche auf einen Nenner und Sinn in die ihm unbekannten Worte zu bringen. Gilla rempelte ihn zur Seite, verlagerte ihre Last und stieß die Tür mit dem Fuß auf. Wässeriges Licht filterte durch die schimmernde Innenseite der Schutzblase um das Haus. Gilla holte tief Luft, spannte sich und schmetterte die Kiste mit aller Kraft ihrer angestauten Wut dagegen.

Sie flog dabei einen Bogen, daß Scherben herausfielen und ihr wie ein Kometenschweif folgten, dann barst sie hindurch.

Gilla drehte sich bereits um, um eine neue Ladung hinterher zu schmeißen, als sie ein Reißen wie von einem Bettuch hörte und ein Windstoß sie ins Schwanken brachte. Über die Schulter sah sie, wie die letzten Fetzen der Schutzblase im Sturm davonwirbelten.

Der Wind fegte durch die Küche, kippte den Tisch um, so daß Schnapper Jo zur Seite springen mußte. Gilla packte einen Mülleimer, hieb ihn auf einen Sklaven, leerte einen anderen über die Schlangen aus, sah, wie der Dämon sich fing und auf sie zukam, und schnappte sich ihren Besen. Ein Sklave taumelte vorwärts. Der Besenstiel krachte auf seinen Kopf und warf ihn blutend in Schnapper Jos Arme.

Gilla stemmte die Füße auf den Boden und schwang den Besen erneut, doch der Dämon starrte auf das bißchen Blut, das über die Haut des Sklaven rann. Knochige Finger spannten sich, und der untote Sklave wehrte sich. Schnapper Jo zog die dünnen Lippen von den rasiermesserscharfen Zähnen zurück.

»Frisches *Fleisch*«, sagte er mit dicker Stimme.

Ohne auf den Tumult ringsum zu achten, machte er sich daran zu fressen.

Bevor noch etwas sie aufhalten konnte, stieß Gilla den Rest der Müllkisten um, stapfte durch die Tür und schmetterte sie von außen zu. Dann plagte sie sich keuchend durch eine schlammige Unkrautwildnis. Vor ihr ragten die regendunklen Mauern der Lagerhäuser empor, und dahinter war die Brücke, die sie überqueren mußte, um nach Hause zu gelangen.

Lalo bückte sich fröstelnd, faßte das Ende des Stammes und nickte Wedemir zu. Unter dem Gewicht taumelnd, schleppten sie ihn zum Rand des Flusses, wo ein Stiefsohn, vier stämmige Soldaten vom 3. Kommando und zwei schlaksige Burschen von Zips Trupp versuchten, einen Damm zu errichten. Es war ein buntes Durcheinander aus Holz von den Viehpferchen in der Nähe, Stämmen entwurzelter Bäume, die sie aus dem Fluß gefischt hatten, und alles mögliche, was sich für den Deichbau verwenden ließ.

Schon jetzt spülte Wasser über die hohe Uferböschung. Den niedrigen Grund unterhalb der Brücke zu schützen war unmöglich, doch wenn sie nördlich davon, von der Brücke bis zum Ende der alten Stadtmauer, einen Deich errichten konnten, ließe sich vielleicht der mittlere Teil der Stadt retten.

Als andere ihnen den Baumstamm abnahmen, richtete sich Lalo auf und rieb sich den Rücken. Sogar Wedemir keuchte, und er war wahrhaftig noch jung. Lalo fragte sich, wie lange er das durchhalten konnte – seit einer Ewigkeit hatte er seine Muskeln nicht mehr als unbedingt nötig beansprucht, und er befürchtete nun, daß sie ihn im Stich lassen würden.

Trübsinnig starrte er auf den Fluß, diese schlammige Schlange, die sich unheildrohend aufbäumte, während sie verdaute, was sie bereits verschlungen hatte, und sich überlegte, was sie als nächstes in sich hineinstopfen könnte. Er wunderte sich, daß das Wasser nicht stärker floß, da wurde ihm bewußt, daß der Südwind es dämmte und auszuscheren zwang, statt es harmlos ins Meer strömen zu lassen.

Hexerei, dachte er grimmig und fragte sich, was Randal wohl unternahm. Aber es gehörte mehr als ein tysianischer Hasard dazu, diese Katastrophe aufzuhalten. Seine Schultern hingen müde vornüber. Im Augenblick wäre ihm sogar die Einmischung eines rankanischen Sturmgotts willkommen gewesen.

»Vater – schau auf die Brücke!« Wedemir schüttelte ihn am Arm und brüllte über den Sturm hinweg.

Lalo drehte sich um. Er hörte das Ächzen und Knarren überbeanspruchten Holzes und sah die Brücke wanken, als eine besonders gewaltige Woge sich gegen sie warf. Das Wasser hatte inzwischen fast die Straße erreicht. Wieder zupfte Wedemir an seinem Ärmel.

»Es ist jemand darauf – er will sie überqueren!«

Lalo spähte in den Regen. Wedemir mußte sich täuschen. Jeder Abwinder, der nicht bereits wie eine Ratte im Loch ertrunken war, hatte sich inzwischen auf höheren Grund gerettet. Doch es bewegte sich dort tatsächlich jemand!

Etwas regte sich in ihm wie eine aufflackernde Flamme. Er machte ein paar Schritte auf die Brücke zu. Die Bewegung wärmte ihn, daß er schneller gehen konnte. Wedemir wollte ihn aufhalten, doch dann watete er hinter ihm her.

»Es ist eine Frau ...«, keuchte der Junge.

Lalo nickte und fing zu laufen an. Ganz deutlich hörte er jetzt das Ächzen des gequälten Holzes. Die Brücke bebte, und die Frau stolperte, dann stapfte sie weiter und benützte den Besen, den sie bei sich trug, als Stock. Ihr klatschnasses Gewand klebte an ihrem Körper, der die erstaunliche Kraft einer Urgöttin hatte; fast konnte man glauben, daß nicht die sich dagegenwerfenden Wassermassen die Brücke erbeben ließen, sondern ihr Schritt.

Seine äußere und innere Sicht waren plötzlich gleich, und Lalo vergaß seine Erschöpfung. Er eilte vorwärts, schneller als sein Sohn, und obwohl es ihm unmöglich erschien, wußte er, wer diese Frau war.

Und dann hasteten seine Füße über die Brücke, seine Hand schloß sich um Gillas Hand, und neue Kraft durchströmte sie beide. Schnaufend stolperte Gilla die letzten Schritte hinter ihm her ans Ufer, und Wedemir zog sie beide die Böschung hoch.

Und als wäre der Wille, der ihn gehalten hatte, plötzlich abgelenkt, löste der Wind sich in unzählige Strudel auf. Der nun nicht mehr behinderte Fluß toste durch sein Bett, nur wenige Zoll unterhalb des Brückenaufgangs, und durch Freistatts Hafen, wo er die verankerten Schiffe auf seinem Weg ins Meer in einer gewaltigen Woge fast mit sich gerissen hätte.

Als die Flut die Brücke hinter sich gelassen hatte, breitete sie sich über den tiefer gelegenen Grund unterhalb aus. Gischt und Holzstücke wurden immer noch von den Wogen hochgeworfen, doch durch das Chaos glaubte Lalo zu sehen, wie sich hinter den Lagerhäusern eine ölig schwarze Kugel hob und in der Luft schwankend auf die Berge zutrieb.

Doch das war nur eine flüchtige Ablenkung, denn er hielt Gilla fest. Gilla, deren Wärme er durch ihre nasse Kleidung spürte, als strahle eine winzige, unlöschbare Sonne aus ihr. Durch den Schlamm spürte er die feste Erde unter den Füßen, die ihm Kraft gegen das heftige Zerren von Wasser und Wind verlieh.

Sie achteten nicht auf das Durcheinander von Fragen um sie, während sie sich arg mitgenommen aneinanderklammerten und in den Wind lachten.

Da verdunkelte sich Gillas Miene besorgt. Sie krallte die Finger in Lalos Arm und brüllte in sein Ohr: »Wo sind die Kinder?«

»Mit Vanda im Palast«, schrie er zurück. »Sie sind sicher.«

»Bei diesem Wetter?« Gilla blinzelte stirnrunzelnd zum Himmel. »Ich will zu ihnen. Komm!«

Lalo nickte. Er hatte hier seinen Teil beigetragen und er sah, daß der Fluß bereits anfing sich zu beruhigen. Aber am Himmel herrschte noch Chaos, und plötzlich verstand er Gillas Eile. Wedemir folgte ihnen dichtauf, als sie um den See herumrannten, der der Karawanenplatz gewesen war, und an den verlassenen Buden im Basar vorbeiwateten.

Als Lalo und Gilla das Palasttor erreichten, drohten die durch Angst verursachten Wutanfälle der beiden zweijährigen zukünftigen Sturmgötter im Herzen Freistatts mehr Schaden anzurichten als Roxanes sämtliche Wasserdämonen. Blitze zuckten jetzt fast unentwegt, und ein starker Ozongeruch füllte die Luft. Lachen waren über den gesamten riesigen Innenhof verstreut, und die Türen im Erdgeschoß standen offen, da beysibische Dienstboten sich bemühten, das Wasser hinauszufegen.

Lalo blieb abrupt stehen und blickte sich bestürzt um, während Gilla ihn mit einem unmißverkennlichen Ich-habe-es-dir-doch-gesagt!-Blick bedachte.

»Die Kinderstube war im Keller. Ich weiß nicht, wohin sie die Kinder jetzt gebracht haben.«

»Zumindest steht der Palast noch«, meinte Wedemir.

Gilla schnaufte abfällig, schnappte sich eine fischäugige Beysiberin, die mit Scheuerlappen und Eimer vorbeieilen wollte, um ihr Fragen zu stellen. Ihre beschränkten Kenntnisse der Sprache waren kein Hindernis – kaum hatte Gilla Kinder erwähnt, deutete die Dienerin zum ersten Stock und glitt aus Gillas Griff.

Oben war es nicht nötig, nach dem Weg zu fragen. Als sie die Treppe hochstiegen, die Lalo aus der Zeit wohlvertraut war, als er den Dachgarten als Atelier benutzt hatte, hörten sie von grollendem Donner übertöntes Gebrüll und verzweifelte Frauenstimmen.

Gilla riß die Tür zum Wohngemach auf und ließ kurz den Blick durch den Raum schweifen. Dann stapfte sie hinein und machte sich daran, Klapse auf die kleinen Hintern zu verteilen. Lalo riß die Augen weit auf, aber dann dachte er, daß nicht einmal *diese* Kinder jemandem Angst machen konnte, dem es gelungen war, Roxane zu entkommen.

Ein kurzes, lähmendes Schweigen setzte ein. Dann ließ sich Gilla zwischen den zwei Sturmkindern nieder und hob sie auf ihren üppigen Schoß. Gyskouras holte tief Atem und bekam einen heftigen Schluckauf, aber Arton weinte noch große, sturmfarbene Tränen. Illyra und Seylalha gingen auf Gilla zu, gerade als sich Alfi von seiner Schwester losriß.

Gilla bedeutete den beiden anderen Müttern, sich

dicht neben sie zu setzen, und ließ die zwei Kinder behutsam auf den Schoß ihrer eigenen Mütter rutschen, gerade als Alfi und Lalita sie erreichten. Sie murmelte immer noch beruhigende Worte, doch der Himmel hörte nicht mit seinem Donnern auf.

»Ruhig – ruhig, meine Kleinen – seht doch, eure Mamas sind da! Wir sorgen dafür, daß euch nichts geschieht, ihr braucht also nicht mehr diesen schrecklichen Krach zu machen ...«

»Kann nicht aufhören!« sagte Gyskouras zwischen Schluckaufs. Sein blondes Haar klebte am Kopf, und seine Wangen waren tränenüberströmt.

»Angst ...«, wimmerte das dunkelhaarige Kind in Illyras Armen.

Beide Kinder zitterten noch, als hielte nur Gillas beruhigende Stimme sie davon ab, ihrer Panik wieder durch Toben Luft zu machen. Verhältnismäßige Ruhe war in das Gemach eingekehrt, wodurch der Krach im Freien noch lauter wirkte.

Lalo schaute sich verzweifelt um und fragte sich, ob es helfen würde, sie auf irgendeine Weise abzulenken.

Spielzeug lag wirr durcheinander auf dem Boden, während Bauklötze, Spiele, Malkreiden und Schiefertafeln in Wandregalen lagen. Plötzlich erinnerte er sich, wieviel Spaß Alfi an seinen bunten Fliegen gehabt hatte.*

Lalo spürte nun den Schmerz, den er sich im Kampf gegen den Sturm zugezogen hatte, in allen Knochen, als er sich zu den Regalen schleppte und nach einer Schiefertafel und einem Korb mit farbigen

* *Ein Hauch Macht* von Diana L. Paxson in Geschichten aus der Diebeswelt: *Sturm über Freistatt*, Bastei-Lübbe 20122

Kreiden langte. Er hielt sie, als befürchtete er, sie würden ihn beißen, und setzte sich damit zu der kleinen Gruppe in der Mitte des Gemachs.

»Mögt ihr hübsche Bilder? Was würde euch denn gefallen? Schmetterlinge?« Ein flinker Kreidestrich zauberte einen roten Flügel, ein anderer den schmalen Körper und helle Augen.

Ein Blitz am Fenster blendete ihn. Also Lalo wieder sehen konnte, wischte Artons Patschhand das Bild auf der Tafel ab.

»*Nicht*! Böse helle Dinge draußen ...« Sein düsterer Blick bannte den Maler, und Lalo sah die eckigen feinen Formen der Dämonen, die sich von der Kraft des Sturmes nährten. »Mach, daß sie weggehen!«

Ich werde sie nicht zeichnen! dachte Lalo heftig. *Sie sind ohnehin schon zu lebendig!* Er nahm sanft die Hand des Kindes und besann sich, wie er seine eigenen Kinder getröstet hatte, wenn sie ihre Milch ausgeschüttet oder ein Lieblingsspielzeug zerbrochen hatten, weil sie ihre eigene Kraft nicht kannten.

Jetzt spürte er auch Gyskouras Blick auf sich, der ihm alles über die Mächte in dem Sturm sagte. Auch andere Bilder drängten sich ihm auf: Gefühle, noch ungeformtes Verlangen, Charaktereigenschaften, die dabei waren, zu einer Persönlichkeit zu verschmelzen, die das Potential zum Guten oder Bösen in den Kindern vor ihm einschloß. Er erkannte das Gefühl – er selbst empfand es, wenn er ein neues Bild in Angriff nahm, wenn sich Farben und Formen und Bilder in sein Bewußtsein drängten, und er sich um die Form und das Gleichgewicht bemühte, das sie zu einer abgewogenen Einheit zusammenfügen würde.

Doch wenn ihm das nicht gelungen war, war sein einziger Verlust eine unbrauchbare Leinwand gewesen. Gelang es dagegen den Kindern nicht, könnten sie Freistadt zerstören.

Über dem Palast klatschte der Donner in seine Riesenpranken, und ein von plötzlichem Windstoß gepeitschter Regen riß ein Fenster auf. Gyskouras wimmerte, und Lalo griff nach seiner Hand. *Genau wie ich brauchen sie einen Magier, der sie ausbildet*, dachte der Maler. *Aber es muß doch etwas geben, was wir tun können!* Er schloß die Augen, und nicht Furcht oder der Druck eines stärkeren Geistes, sondern Mitleid trieb ihn dazu, den Teil seines Ichs zu suchen, der ein Gott gewesen war.

Als er sie wieder öffnete, schlug das Fenster immer noch gegen die Wand. Draußen wirbelten Wolken in zahllosen Grautönen – Grau, nichts als Grau! Ihr Götter, er war diese farblose Welt so leid! Lalo blickte hinunter und sah, daß die Kreide zwischen seinen Fingern und Gyskouras Patschhändchen einen gelben Streifen auf der Tafel zurückgelassen hatte. Einen Moment starrte er darauf, dann griff er nach orangefarbener Kreide und drückte sie in Artons kleinere Hand.

»Da«, flüsterte er. »Zeichne einen Strich neben den anderen – ja, genau so ...« Eine farbige Kreide nach der anderen gab er den Kindern und führte ihre tolpatschigen Händchen. Gelb, orange, rot und purpur, blau und türkis und grün hoben sich die Kreidestriche von dem dunklen Schiefer ab. Und als alle Farben verwendet waren, stand Lalo auf und hielt die Tafel vorsichtig in der Hand.

»Jetzt wollen wir etwas Hübsches machen – allein kann ich es nicht. Kommt beide her zu mir ...« Lalo streckte die Hand aus und zog zuerst Arton, dann Gyskouras aus den Armen ihrer Mütter. »Kommt zum Fenster, habt keine Angst ...«

Lalo wurde bewußt, daß es hinter ihm im Gemach sehr still geworden war, doch seine ganze Aufmerksamkeit galt den Kindern neben ihm und dem Sturm draußen. Sie erreichten das Fenster. Lalo kniete sich nieder, daß seine ergrauender rothaariger Kopf den dunklen und den blonden der Kinder berührte.

»Jetzt blast«, sagte er sanft. »Blast auf das Bild, dann lassen wir diese häßlichen Wolken alle verschwinden.«

Er spürte den Atem der Kinder warm auf seinen Fingern. Dann senkte er den Kopf und stieß seinen eigenen, angehaltenen Atem aus und sah Kreidestaub die feuchte Luft verschleiern. Sein Blick verschwamm, so sehr konzentrierte er sich – oder stimmte etwas mit seinen Augen nicht? Ganz sicher war nun mehr Farbe in der Luft, als sie hineingeblasen hatten, und die Farben schimmerten. Stille dröhnte in seinen Ohren.

Lalo sank auf seine Fersen zurück, drückte die beiden Sturmkinder an sich, und gemeinsam sahen sie zu, wie der Regenbogen eine Brücke über Freistatt bildete.

Tempus

Machtspiel

Janet Morris

Tempus, ein Söldnergeneral im Dienst des neuen rankanischen Kaisers, steckte bis zu den Knien in den blutigen Säuberungsaktionen, die bezeichnend für den ersten Winter von Therons Thronbesteigung waren, als der Himmel über der befestigten Stadt begann, schwarze Tränen zu weinen.

Als der Morgen hätte dämmern sollen, belagerten aschgraue Wolken das Himmelsgewölbe, so daß nicht einmal die goldenen Strahlenspeere des Sonnengottes die angetretenen Armeen der Nacht treffen konnten. Die Stadt Ranke, einst das glitzerndste Kleinod des Rankanischen Reiches, zitterte im Dunkeln und des Sturmes schwarze, schreckliche Macht verfinsterte ihre ockerfarbenen Mauern.

Donner grollte, der Wind heulte. Schwarze Hagelkörner trommelten auf Therons Palast, zersplitterten Fenster und hämmerten an Türen. Auf den Tempel- und Prunkstraßen hüpften die Schlossen, die scharf wie Diamanten und zum Teil groß wie Köpfe waren. Geizige Edle griffen plötzlich tief in die Beutel, und unfromme Priester sanken in den schmutzigen Matsch, der zu Eis gefror, so schwarz wie Therons Herz, wie einige zu sagen pflegten.

Denn alle wußten, daß Theron durch einen Staatsstreich der Armeen an die Macht gekommen war – er war eine blutdurstige Kreatur, eine Bestie der Schlachtfelder. Beweis dafür waren die Verbündeten, die er mit ins Kaiserschloß gebracht hatte: Nisibisihexen, Dämonen der Finsternis, gräßliche Teufel, ja sogar einige der gefürchteten fast Unsterblichen der Blutkulte – Askelon, der Traumgott, und sein Schwager Tempus, Halbgott und Lieblingssohn Vashankas, des rankanischen Kriegsgottes, unterstützten Theron.

War Tempus nicht immer noch dabei, mit den Unzuverlässigen aufzuräumen – mit all jenen, die Einfluß unter Abakithis gehabt hatten? Wachten nicht immer noch Frauen auf und fanden das Bett neben ihnen leer, dafür an die Tür ihrer Gemächer genagelt einen Beutel aus Menschenhaut, mit dreißig Goldsoldats (der rankanische Preis für ein Menschenleben) gefüllt? Schlichen nicht immer noch einige überlebende Anhänger des ehemaligen Kaisers Abakithis (nun tot, ungerächt und vielfach verflucht) mit prallen Taschen zur Söldnergildenhalle, um dort am Empfang ihr Vermögen abzugeben, mit bekritzelten Pergamenten, auf denen stand: ›Zur freien Verfügung für Tempus von der ihn bewundernden und getreuen Familie Soundso?‹ Brachten nicht immer noch getreue Dienstboten Edelfrauen und ihre Kinder verstohlen in Lumpen durch Hintertüren in Elendsvierteln aus der Stadt?

So munkelte man, als der Sturm auch am zweiten Tag noch ungemindert tobte, daß Theron und Tempus für diesen schwarzen Hagelsturm geradewegs aus der Hölle verantwortlich waren.

Das flüsterte auch eine Frau Critias zu, Tempus' Adjutanten und bestem Geheimbeauftragten, dem es gelungen war, in der obersten Gesellschaftsschicht der Stadt Eingang zu finden.

Crit verzog die Lippen, strich mit der Schwerthand

durch das feine dunkle Haar und antwortete der Statthaltergemahlin, mit der im Bett lag: »Niemand befiehlt dem Sonnenaufgang. Jedenfalls kein *Mensch*. Und Theron ist nichts weiter. Und wenn Götter Wutanfälle bekommen, verhält sich sogar Tempus still.«

Crit hatte in den Hexenkriegen im Norden gekämpft, das wußte die Frau. Seine Tarnung hier war die eines unzufriedenen Offiziers, der nach dem Anschlag auf Abakithis während des Festes der Menschheit sein Offizierspatent hingeworfen hatte und jetzt, wie so viele andere der alten Garde, auf Suche nach Sicherheit von einem Dienstherrn zum anderen wechselte.

Die Gemahlin des Statthalters strich mit einem Finger über sein Kinn und lächelte mitfühlend, als sie sagte: »Ihr Krieger seid doch – alle gleich. ich vermute, du willst mir damit sagen, daß das gut ist? Dieses Unwetter, dieser höllenschwarze Hagelsturm? Daß es ein Zeichen ist, das wir armen Frauen nur nicht lesen können?«

Crit dachte an die Glücksbringer – Haarsträhnen, Silber, Knöchelchen und Amulette – in seinem Beutel am Gürtel, der mit seiner Kleidung am Fuß des Bettes eines anderen lag, und antwortete in Hofrankene: »Wenn der Sturmgott zu den Armeen zurückkehrt, können Kriege gewonnen werden – nicht nur endlos geführt. Ohne ihn geschieht nichts. Wenn er erzürnt ist, wird er uns wissen lassen, weshalb. Und ich wette, nicht wegen Theron – oder Tempus. Der eine ist ein General, den die Soldaten eben deshalb wählten, weil der Gott uns während Abakithis' Herrschaft verließ; der andere ist …«

Nicht die Hand der Frau, die tief wanderte, ließ ihn innehalten. Sie wollte Crits Schutz, während er von ihr Information begehrte. Er hatte von dieser Frau erhalten, wozu er gekommen war, und mehr – alles, was eine rankanische Edle zu geben hatte. Und so drängte es ihn in einem Augenblick ungewohnter Zärtlichkeit für eine Frau, die auf seine Veranlassung hin wahrscheinlich die Massen an den Richtstätten unterhalten würde, sobald das Wetter besser wurde, ihr von Tempus zu erzählen. Was und wer dieser Mann war oder nicht war, dem Crit den Treueid geleistet hatte.

Er erklärte es so: »Tempus ist, was Vater Enlil – Sturmgott der Armeen – bestimmt, und er ist mehr verflucht als Ranke und seine sämtlichen Feinde zusammen. Von Göttern und Menschen, von Magie und Magiern. Wenn es Therons Herrschaft wegen Ärger gibt, wird er es sein, der an unser aller Stelle darunter leidet, das darfst du mir glauben.«

Der Miene und den hungrigen Lippen der Rankanerin nach zu schließen, hatte sie das Interesse an diesem Thema bereits verloren. Crit dagegen nicht. Als er sie verließ, markierte er die Tür mit einem Zeichen für die Staatspolizei, ohne auch nur einen Gedanken daran zu vergeuden, daß der gut gewachsene Körper dahinter bald leblos sein würde.

Der Himmel war immer noch schwarz, und der Wind sang vielstimmig sein Richtlied, das Crit schon mehrmals auf dem Schlachtfeld gehört hatte, wenn Tempus' nichtmenschliche Verbündete am Kampf teilnahmen. Es war wie beim Hexenwetter in Freistatt, wo sich jetzt Crits Partner und seine Brüder von den Heiligen Trupps aufhielten, tief südlich im verkommensten, gräßlichsten Zipfel des Reiches.

Während Crit sein Pferd holte, spielten seine Finger mit den Glücksbringern in seinem Gürtelbeutel.

Normalerweise hätte er sie herausgeholt, sich niedergekauert, sie geschüttelt und auf das Stroh geworfen, um in ihrem Fall Rat zu suchen.

Doch der Sturm sagte ihm genug; er brauchte keine Frage zu stellen, deren Antwort ihm ohnehin nicht gefallen würde. Wäre sein Partner Strat heute an seiner Seite gewesen, er hätte um jede Summe mit ihm gewettet, daß Tempus, sobald das Unwetter nachließ, Crit ohne Erklärung auffordern würde, ihn in den Süden zu begleiten, nach Freistatt, wo der Heilige Trupp den Winter zubrachte.

Nicht, daß er Strat nicht wiedersehen wollte – nichts wünschte er sich mehr. Nicht, daß er sich nicht freute, daß der Sturmgott Vashanka, Gott der Armeen, der Gewalt und Plünderung, des Blutdursts, des blinden Zornes und der Totenpforte, sich bemerkbar machte – er war froh darüber. Was er der Rankanerin erzählt hatte, stimmte wirklich – ohne seinen Gott konnte man keinen Krieg gewinnen. Aber Vashanka, der rankanische Sturmgott, hatte die Stiefsöhne, Crits Einheit, in ihrer Not im Stich gelassen. Also hatten sie sich einem anderen, vielleicht sogar größeren Gott verschworen: Vater Enlil.

Und die schwarzen, wallenden Wolken, die Stimmen, die über dem Krieger donnerten, verrieten dem Mann, der Götter nicht viel mehr mochte als Magie und doch Adjutant eines Halbgottes war, der sich mit beiden einließ, daß Vashanka vielleicht nicht sehr erfreut über die wankelmütigen Krieger war, die einst in seinem Namen Blut vergossen hatten und es nun im Namen eines anderen taten.

Die Dinge waren so verdammt kompliziert, wann immer Tempus damit zu tun hatte.

Crit langte nach einer Strähne der Mähne, schwang sich auf sein Streitroß, drehte es so unsanft um, daß es sich halb aufbäumte und dann, als es bemerkte, daß es den Kopf in Richtung der Söldnergilde und seiner eigenen Box, Sicherheit vor dem Sturm und Bequemlichkeit hatte, nur so durch die glatten, matschigen Straßen von Ranke galoppierte.

Trotz der dunklen Straßen und dem trügerischen Boden unter den Hufen, ließ Crit dem jungen Tier seinen Willen; er verließ sich darauf, daß Fußgänger auswichen, falls es bei diesem Wetter welche gab, und Streifen ihn erkannten. Das Pferd hatte ein Recht auf das bißchen Bequemlichkeit seines Stalles. Crit wußte hingegen nicht, wo es welche für ihn geben könnte, nun da die Götter eingegriffen hatten; er konnte nichts weiter tun, als abzuwarten, bis auch Tempus eingriff.

Der Sturm hörte zwar nicht ganz auf, wurde jedoch am vierten Tag etwas erträglicher.

Theron und Tempus hatten inzwischen Brachis, den Hohenpriester der Kriegsgötter Rankes, gerufen und sich eine glaubhafte Geschichte für die Bevölkerung ausgedacht.

Hinrichtungen, die während der drei ersten Sturmtage aufgeschoben werden mußten, wurden nun fortgesetzt. »Weitere Strafmaßnahmen, Eure Majestät«, hatte Brachis vorgeschlagen, »werden die hungrigen Götter besänftigen.«

Und Theron, alt und so grau wie die Schatten in diesem von ihm beschlagnahmten, aber noch nicht völlig eroberten Schloß, bedachte Brachis mit einem Blick, der so finster war wie der tobende Himmel, und sagte: »Stimmt, Priester. Lassen wir ein Dutzend Eurer schlimmsten Feinde noch vor Mittag auf dem Richtplatz verbluten.«

Tempus unterdrückte den Impuls, unter dem Tisch das Knie seines alten Freundes Theron anzustoßen.

Aber Brachis schnappte nicht nach Therons Köder. Er verbeugte sich und verließ den Saal mit einem Rascheln seiner mit Kupferperlen verzierten Gewänder.

»Bei den Nüssen des Gottes, Tempus«, sagte der alternde General zu dem nie alternden. »Glaubst *du*, daß wir die Götter erzürnten? Genauer gesagt, glaubst du, daß wir überhaupt einen zum Erzürnen haben?«

Therons vorspringendes Kinn war vom Alter so verwittert, daß man dabei an eine Walnußschale dachte oder an die räudige Schnauze eines alten Löwen. Er war immer noch ein stämmiger Mann, dessen Kraft nicht nur Erinnerung, sondern in seinen stahlharten Muskeln und lederzähen Sehnen gegenwärtig war. Ja, groß und mächtig erschien er in seiner alternden Mannesblüte, außer wenn man ihn neben Tempus stehen sah, der Verkörperung der Sturmgötter auf Erden, dessen honigfarbenes Haar und faltenloses Gesicht dem der Statuen Vashankas glich, vor denen in Ranke immer noch gebetet wurde. Tempus' Augen blitzten vor List, sein Körper war der eines Helden, sein Aussehen das eines Mannes in der Blüte seiner Jahre, obgleich er den Aufstieg und Untergang ganzer Reiche gesehen hatte, und auch das Ende des gegenwärtigen erleben und Theron, wie so viele andere Männer vor ihm, mit allem Prunk bestatten würde. Und Theron wußte es. Er kannte Tempus, seit sie beide scheinbar gleich alt gewesen waren. Sie hatten gemeinsam gegen die Verteidiger des Hexenwalls gekämpft, als das Rankanische Reich noch in seinen Anfängen steckte. Die beiden waren ehrlich zueinander, wann immer es möglich war, und wenn nicht, waren sie behutsam.

»Ob wir einen Gott zum Erzürnen haben? Wir haben *etwas*, das rasend vor Wut ist, daran besteht kein Zweifel«, entgegnete Tempus. Er wußte, daß jetzt nicht die richtige Zeit war, falsche Hoffnung zu wecken, daß Vashanka, der verschwundene Gott, wiederkehrte – nicht bei einem Mann, der willig einen Thron übernommen hatte, obwohl er wußte, daß diese Bürde sein Tod bedeuten würde. »Falls Vashanka dahintersteckt, dann ist es eine Sache zwischen ihm und Enlil. Theomachie fordert mehr Opfer unter den Menschen als unter den Göttern. Also vermeide es, große Hoffnung bei den Armeen zu wekken – der Krieg gegen Mygdonien wird nicht durch den Willen der Götter enden, aber ebensowenig durch Nisibisimagie.«

»Du glaubst also, daß diese höllische Dunkelheit Zauberei ist? Von deiner Nemesis vielleicht, der Nisibisihexe?«

»Oder deiner, den Nisibisihexern. Was macht es schon für einen Unterschied, ob Götter oder Zauberei. Wenn ich dächte, daß er dazu imstande ist, würde ich sagen, daß Brachis dahintersteckt. Er käme sehr gut ohne dich und mich aus!«

»Wir kämen auch sehr gut ohne ihn aus. Aber im Augenblick müssen wir es miteinander aushalten. Außer dir fällt etwas ein, wie du mich von allen lästigen Priestern befreien kannst.«

Die beiden fochten nur mit Worten, ohne das wahre Problem anzugehen. Der Sturm wurde als böses Omen angesehen, das Therons Herrschaft betraf.

Der alternde General drehte ein mit Edelsteinen besetztes Trinkgefäß zwischen den Fingern, dessen Kelch von einem geflügelten Löwen getragen wurde, und seufzte tief, fast zur gleichen Zeit, als Tempus rasselnd lachte. »Ein Omen, alter Löwe? Ist es das, was du *wirklich* möchtest – ein Omen, daß dies auf Geheiß der Götter geschieht und keine Mißbilligung ist?«

»Was *ich* möchte?« donnerte Theron als Entgegnung. Zornig warf er den kunstvollen Kaiserkelch so heftig an die hintere Wand, daß er zurückprallend in die Lache fiel, die sich durch den verschütteten Wein gebildet hatte, und gespenstisch, mitten auf dem Boden, in einem Kreis hin und her rollte. Es hörte sich an wie Wagenräder auf dem Steinboden, ein Geräusch, das lauter wurde, mit dem Donner draußen und dem neu einsetzenden Hagel verschmolz, der wie Hufklappern klang, als galoppiere ein Gespann aus dem dunklen Himmel herab.

Tempus spürte, wie sich ihm die Härchen auf den Armen aufstellten und die Haut unter seinem Bart kribbelte, als die Weinlache auf dem Boden zu rauchen und dampfen anfing und der eingebeulte Kelch zu schimmern begann, während in seinem Kopf ein Rauschen erklang, als ein Gott ihn besuchte.

Er haßte es zutiefst, wenn Götter in seinen Kopf eindrangen.

»Raus! Raus aus meinem Kopf!« gelang es ihm zu murmeln, ehe ihm bewußt wurde, daß es weder der tiefe Uratem von Vater Enlil, des Sturmgottes, war noch das leidenschaftliche und fordernde Brausen von Vashanka, dem Plünderer. Es war nicht die

Stimme von einem der beiden Götter, sondern von beiden zusammen.

Beide! Das war zu viel! Sein Zorn wallte auf. Er haßte es, wenn man in seinen Kopf eindrang! Er haßte es, jemandes Werkzeug zu sein, der Lakai eines Mördergottes und Bursche eines anderen.

Er kämpfte gegen die Schwere in seinen Gliedern an, die ihn zwingen wollte, sitzen zu bleiben und sich unterwürfig jeglicher Erscheinung zu beugen, die dabei war, sich vor ihm zu bilden. Er knurrte und verfluchte die pure Existenz von Göttern, und es gelang ihm, die Hände um die Kante der schweren Tischplatte zu legen.

Er drückte das Holz so stark, daß es nachgab und sich wie Ton unter seinen Fingern formte, doch er konnte nicht aufstehen, ebensowenig vermochte er, dieses Geplappere göttlicher Eindringlinge aus seinem Kopf zu vertreiben.

Und vor ihm, wo der Kelch gerollt war, drehten sich nun Räder mit goldenen Felgen – die Räder eines Streitwagens, der von rauchfarbenen Trôspferden gezogen wurde, deren Hufe Funken auf den Steinen des Saalbodens schlugen. Aus dem Mahlstrom kräuselnden Rauches kam er, und Tempus war so gebannt von dem Wiehern der Pferde und dem Kreischen unirdischer Spannung um den Riß in Zeit und Raum, durch den sich der Streitwagen näherte, daß er kaum bemerkte, wie Theron beide Hände vors Gesicht geschlagen hatte und sich wie ein gealtertes Kind an seinem eigenen Tisch zusammenkauerte.

Das rote Zaumzeug der Pferde glänzte, Hände lagen um die Zügel, und die Arme, zu denen sie gehörten, waren wohlgeformt und kräftig. Der Wagenlenker steckte in einem Harnisch aus emailiertem Metall, der auf die Weise vergüldet war, welche der Heilige Trupp bei seiner Gründung erkor.

Tempus brauchte das Gesicht nicht zu sehen, denn inzwischen wußte er, daß nicht ein Gott ihn besuchte, auch kein Erzmagier, ebensowenig ein Dämon, sondern ein noch fremdartigeres Geschöpf. Als der Streitwagen sich ganz aus dem Miasma um ihn löste, die Pferde schnaubten und auf dem Fleck tänzelten, und die Räder quietschend zum Halt kamen, sah Tempus, wie sich eine Hand zum Gruß zwischen Gleichgestellten an die Stirn hob.

Der Gruß galt ihm, nicht Theron, der sich mit weit aufgerissenen Augen noch tiefer duckte. Der Mann im Streitwagen lächelte sanft. Die Augen, die voll Zuneigung auf Tempus ruhten, waren so bleich und klar wie kühles Wasser. Und als die Erscheinung den Mund zum Sprechen öffnete, minderte der Gottlärm in Tempus' Kopf sich zu einem Rascheln, dann zu Wispern, schließlich zu zufriedenen Seufzern, die verstummten, als Abarsis, der tote Schlächterpriester und Schutzgeist der Heiligen Trupps, die blutroten Zügel um die Bremse des Streitwagens wickelte, ehe er ausstieg, die Arme ausbreitete, um Tempus zu umarmen, den Abarsis mehr als das Leben geliebt hatte, als er noch Mensch und nicht Geist gewesen war.

Tempus war klar, daß er nichts anderes tun konnte, als zu versuchen, das Beste aus dieser Situation zu machen, obwohl es ihm das Herz umdrehte, als er die Erscheinung des Jünglings sah, der einen ehrenhaften Tod in Tempus' Dienst gesucht hatte.*

* *Hochmond* von Janet Morris in Geschichten aus der Diebeswelt: *Der Krieg der Diebe,* Bastei-Lübbe 20107

Der Junge war nun selbst eine Macht – zwar eine von jenseits der Pforte des Todes, aber dennoch eine Macht.

»Befehlshaber«, sagte der Geist mit der samtweichen Stimme. »Ich sehe dir an, daß dein Herz mich noch liebt. Darüber bin ich sehr froh. Diese Reise war nicht leicht.«

Die beiden umarmten sich. Abarsis' war noch stark – das heißt, der Geist war es. Tempus machte einen Schritt zurück, um etwas zu sagen, doch Schwermut schnürte ihm die Kehle zu. Was sagte man zu einem Toten? Doch bestimmt nicht ›Leben!‹ – der Gruß der Stiefsöhne untereinander ...

Doch Abarsis sagte es zu Tempus, wie er es vor langer Zeit in Freistatt zu ihm gesagt hatte, wohin er zum Sterben gekommen war. »Leben, Geheimnisvoller, und immerwährender Ruhm. Und dein Freund – *unser* Freund –, Theron von Ranke, sei gegrüßt.«

Daß er seinen Namen hörte, riß Theron aus seiner Angst. Doch der alte Recke brachte keinen Laut hervor und zitterte merklich.

Als Tempus das erkannte, fing er sich. »Du hast uns halb zu Tode erschreckt. Ist dies *deine* Finsternis?« Tempus deutete auf den Himmel. »Wenn ja, kommen wir sehr gut ohne sie zurecht. Sie erschreckt die Hiesigen. Wir versuchen hier eine Militärherrschaft zu errichten, nicht einen Bruderkrieg auszulösen.«

Ein Schatten huschte über das schöne Gesicht des Schlächterpriesters, und Tempus, der es sah, wollte fragen: »Bist du wirklich? Bist du wiedergeboren? Bist du gekommen, um zu bleiben?«

Der Geist sah ihm fest in die Augen, und dieser Blick drang in seine Seele und erschütterte sie.

»Nein, nichts dergleichen, Geheimnisvoller. Ich bin gekommen, um eine Botschaft zu bringen und um einen Gefallen zu bitten – für bereits getane und doch noch zu geschehende Gefallen.«

»Ah, Tempus, würdest du uns bekannt machen? Schließlich ist dies mein Palast«, knurrte der Kaiser. Er täuschte Ärger vor, bemühte sich um seine Fassung und warf verstohlene Blicke auf die Pferde, die still in ihrem Zaumzeug standen und die Ohren nach vorn gelegt hatten, während Dampf von ihren Nüstern aufstieg.

»Gefallen«, wiederholte Theron, »bereits getan und doch noch zu tun ...«

»Theron, Kaiser von Ranke, General der Armeen, dies ist Abarsis, Schlächterpriester, ehemals Hoherpriester Vashankas, ehemals ...«

»Ehemals lebender Verbündeter«, unterbrach ihn Abarsis glatt wie eine gewetzte Klinge, »und immer noch Verbündeter, Theron. Wir haben ein Problem, und dieses Problem liegt in Freistatt. Durch Priester zu sprechen ist etwas für Götter, mein Auftrag ist anders. Tempus, den wir beide lieben, muß auf Götter hören, doch in diesem Fall bin ich – nun, imstande ...« Sein Lächeln blitzte wie einst im Leben. »... zu dolmetschen.« Dann wandte er sich an Tempus und blickte ihn eindringlich an. »Die Botschaft lautet: Die Kugeln der Nisibisi Macht müssen zerstört werden; die Götter werden frohlocken, wenn das vollbracht ist. Zerstört in Freistatt, wo gemarterte Seelen deiner und meiner Leute befreit werden müssen. Der Gefallen ist: Erfülle Nikos Wunsch, was die Kinder betrifft – deiner und UNSERER.«

Unserer? Der tote Hohepriester Vashankas war so weit gekommen, dieses Wort auszusprechen! Tempus, dem die Dinge immer weniger gefielen, setzte sich auf die Tischkante und dachte: *Deshalb kommt er zu mir? Großartig! Und was jetzt?*

Denn Tempus, der nein zu einem Gott sagen und einem Erzmagier Steine in den Weg legen konnte, wußte, als er Abarsis anblickte, daß er nicht imstande war, ihm etwas abzuschlagen. Es war eine alte Schuld, eine gemeinsame Verantwortung, die weit über Leben und Tod hinausreichte. Es hatte mit Seelen zu tun, und Tempus' Seele war sehr alt. So alt, daß sich der Mann, den man den Geheimnisvollen nannte, plötzlich sehr müde fühlte, als er Abarsis auf eine Weise noch jung, noch unbefleckt im Geist und in seiner Ehre vor sich sah, wie Tempus selbst es nicht mehr war.

Und Tempus, der nie schlief – der nicht mehr schlief, seit er vor drei Jahrhunderten von einem Erzmagier verflucht worden war und Trost im Schutz eines Gottes gefunden hatte –, begann sich schläfrig zu fühlen. Seine Lider wurden schwer und Abarsis' Worte laut und auf unverständliche Weise hallend, als unterhielten sich Theron und Abarsis in einem weit entfernten Gemach.

Kurz ehe Tempus auf den Tisch sackte und in einen tiefen Schlaf fiel, der dauern würde, bis das Wetter sich am nächsten Tag änderte, hörte er Abarsis ganz deutlich sagen: »Und für dich, Tempus, den ich mehr als alle anderen Menschen liebe, habe ich dieses besondere Geschenk – es ist nichts Großes, nur eine Aufmerksamkeit –, für diesen einen Abend konnte ich den Göttern eine angenehme Ruhe für dich entringen. Schlaf denn nun und träume von mir.«

So schlief Tempus, und als er erwachte, war Abarsis längst fort, und es wurden bereits Vorbereitungen getroffen, daß Theron, Tempus und ein ausgesuchter Trupp nach Freistatt aufbrechen konnten.

Es würde zu Schwierigkeiten in Freistatt kommen, das spürte Roxane. Die Vorahnung bohrte sich wie ein Messer in die Nisibisihexe, die einst Todeskönigin genannt worden war und nun in ihrer verborgenen Elendshütte am Schimmelfohlenfluß kauerte, bedrängt von außen wie von innen.

Einst war sie nahezu allmächtig gewesen; einst war sie Jäger gewesen, nicht Opfer; einst hatte sie Leid und Schmerz auf das menschliche Vieh beschworen, von Freistatts Landspitze bis zu den schroffsten Gipfeln des Hexenwalls.

Doch das war gewesen, ehe sie sich in einen Sterblichen verliebte und den uralten Preis dafür bezahlen mußte. Vielleicht, wenn dieser Sterbliche nicht Nikodemos gewesen wäre, ein Angehöriger der Heiligen Trupps und im Kader von Tempus' blutgetränkten Stiefsöhnen, wäre es möglicherweise jetzt nicht so töricht erschienen, die Unsterblichkeit für die Fähigkeit einzutauschen, Tränen zu weinen und die flüchtigen Freuden einer Frau zu empfinden.

Aber Niko hatte sie betrogen. Das hätte sie wissen müssen; eine Menschenfrau hätte es auch gewußt – kein Mann und schon gar kein Krieger mit dem Eid der Heiligen Trupps würde sich einer Frau gegenüber der Treue oder Ehre verpflichtet fühlen.

Sie hätte es wissen müssen, aber sie hatte es nicht einmal geahnt. Denn Niko war die sanfteste Seele, soweit es Frauen betraf; er liebte sie so, wie er edle Pferde und kleine Kinder liebte – nicht etwa lüstern, sondern ehrlich und offen. Nun, da sie das verstand, erkannte sie es als Beleidigung. Sie war keine arme Waise, kein wirrköpfiges Dummerchen, kein unbedeutendes Flittchen. Und zur Beleidigung kam nie wieder gutzumachendes Leid. Roxane hatte ihre Unsterblichkeit aufgegeben, um einen Sterblichen zu lieben, der gar nicht fähig war, ein solches Opfer zu schätzen.

Sie war von ihrem Geliebten einer Sache wegen verraten worden, die nur in ihrer Geringfügigkeit groß war. Es war um das ›Leben‹ eines unbedeutenden Zauberers namens Randal gegangen, eines sommersprossigen Toren, der sich jetzt mit Kräften versuchte, die im Griff zu behalten er gar nicht imstande sein würde.

Ja, Niko hatte gewagt, Roxane hereinzulegen, sie mit seiner Liebenswürdigkeit abzulenken, während sich sein kleiner Magier, den sie als Abendschmaus vorgesehen hatte, davonmachte.

Und jetzt trieb sich Niko in Verstecken, Palästen und fürstlichen Schlafgemächern herum, geschützt von Randal, der ebenfalls eine Zauberkugel besaß und durch eine zauberabweisende Rüstung, welche die Entelechie der Träume Niko geschenkt hatte. Nicht ein einziges Mal begab sich Niko zum Fluß, obwohl sein Truppführer, der Stiefsohn Straton, des Abends in diese Gegend ritt, um eine andere Hexe zu besuchen.

Auch diese andere Hexe war Roxane feindlich gesinnt – sie war Ischade, die Nekromantin. Die Stiefsöhne hätten sie von Rechts wegen noch mehr hassen müssen als Roxane und sie in ihren Nachtgebeten verdammen, wie sie es mit der Todeskönigin taten.

Roxane empfand es als Ironie. Ischade, eine leichtfertige Seelenfresserin mit beschränkten Kräften und unbeschränkten Lüsten, war mit den Stiefsöhnen befreundet und mit der Söldnerarmee verbündet, die das einzige waren, was noch zwischen Freistatt und dem völligen Chaos stand, seit die Herrschaft des Rankanischen Reiches immer schwächer wurde und der rankanische Prinz Kadakithis sich mit einer fischäugigen beysibischen Schlampe in seinem Palast verbarrikadierte.

Und Roxane, die Todeskönigin vom Hexenwall, die den Ton angegeben hatte und Herrscherin über alles gewesen war, wurde nun von den Stiefsöhnen gemieden, ja sogar von den unbedeutenderen Faktionen in der Stadt – von allen außer ihren eigenen Todestrupps, einigen wahrhaft Toten, die sie aus Grüften gerufen hatte, und ein paar anderen, die schon fast den Fuß im Grab hatten, wie Eindaumen, der Wirt des Wilden Einhorns und Zip, der Anführer der VFBF (Volksfront für die Befreiung Freistatts).

Und selbstverständlich Schnapper Jo, der einzige Dämon, der ihr geblieben war – eine schielende Kreatur mit grauer, warziger Haut, die sie aus einer nahen Hölle beschworen hatte, um ihr zu dienen. Schnapper hatte sie noch, sie hatte ihn tagsüber als Schankburschen im Wilden Einhorn untergebracht, wo er für sie Augen und Ohren offenhalten sollte, doch seit einiger Zeit nahm er seinen Job zu ernst und biederte sich den Menschen an.

Dann hatte sie natürlich auch noch ihre Schlangen, die sie zeitweilig in Menschen verwandeln konnte (obgleich sich die Freistätter Schlangen nicht besonders dafür eigneten, denn sie waren klein, bei kaltem Wetter schläfrig, und geistig sogar noch schwerfälliger als die Schlangen des Nordens).

Aber es gab ein Paar, dem sie befehlen konnte, Feuer in ihrem Zaubergemach zu machen, ihr die Wasserschale aus Chalzedon zu bringen und sie auf einen Porphyrständer beim Herd zu stellen und dann zu bleiben und zuzusehen und zu warten, während sie Salz in das Wasser schüttete und Worte sprach, die das Salz zu ihrem Willen und die Wasserschale zu den offenen Wunden in Freistatt machte. Keine Wunden des Körpers, sondern Wunden des Geistes – die Kaltschnäuzigkeit von geschworener und nicht gehaltener Treue, das Gift der Habgier, die Verletzungen durch Liebe, die sich im Herzen von Leuten wie Straton einnisteten, wie Randal, wie Kadakithis, des Statthalters, wie seiner fischäugigen Geliebten Shupansea, sogar in Nikos Herzen, durch seine verzehrende Liebe zu zwei Kindern, die er hegte und pflegte wie eine rankanische Amme.

Das Wasser in der Schale wallte auf, als sie das Salz hineinschüttete, dann trübte es sich und blubberte schließlich, daß man glauben konnte, das Salz hätte sich in den Herzen aller in der Stadt in ätzende Säure verwandelt. Das Wasser wurde grauer, undurchsichtiger, und vor ihren hautbespannten Fenstern fing es in großen Flocken zu schneien an.

»Geht, Schlangen«, singsangte sie, »besucht eure Brüder im Palast des Prinzen und freßt sie, dann macht ein Ende mit dem Frieden zwischen der Beysa und ihrem rankanischen Gastgeber. Und findet diese Kinder, beißt sie beide mit euren Giftzähnen, damit der Tod mit schwarzen Schwingen herabstößt und Niko keine andere Wahl hat, als zu mir zu kommen – zu mir, um sie zu retten.« Fast brachte sie die letzten Worte nicht mehr heraus, weil ein Kichern sie unterdrückte – vor allem das Wort ›retten‹.

Denn als sie in die Schale blickte, hatte sie ein Bild gesehen, dann ein anderes. Das erste hatte ihr Reiter gezeigt und ein Schiff mit einem sprungbereiten Löwen als Galionsfigur. Ein Reiter war ihr Erzfeind Tempus, der Schlaflose genannt, Verkörperung des Gottes der Bosheit; ein zweiter war Jihan Frosttochter, eine gefährlichere Gegnerin, Prinzessin der endlosen See, eine kupferfarbene Nymphe von unvergleichlicher Leidenschaft, ein Naturgeist mit der Kraft von Mond und Gezeiten zwischen ihren Knien; ein dritter war Critias, Strats Partner, der kälteste und verwegendste aller Stiefsöhne und der einzige unter ihnen, der für seine Arbeit nicht die Hilfe Überirdischer brauchte. Und auf dem Schiff, das mit seiner Vergoldung und den leuchtend bunten Segeln wie ein Hochzeitsgeschenk aufgetakelt war, befand sich ein Mann, dem sie geholfen hatte, Herrscher zu werden und der in unbegleichbarer Schuld der Todeskönigin stand – Theron, Kaiser von Ranke, der so versessen darauf war, Roxanes Preis zu bezahlen, daß er nach Freistatt zur Senkgrube des Reiches pilgerte, um sich auf die Knie zu werfen.

O ja, dachte sie da, sollen die Unruhen nur kommen. Denn nachdem sie die Bilder im Salzwasser mit einer ungeduldigen, dunklen Hand aufgelöst hatte, war Roxane eine Idee gekommen, ein Vorhaben, mit dem sie sich für alle Widrigkeiten rächen konnte, die ehemalige und gegenwärtige Bürger Freistatts ihr angetan hatten. Sie erkannte, was sie falsch gemacht hatte, und sah nun eine neue Lösung. Zu viel hatte sie für Nikodemus aufgegeben, der sich gegen sie gewandt und sie abgewiesen hatte. Sie würde diesen Haufen armer Seelen gegen die eine eintauschen, die sie so törichterweise eines Mannes wegen aufgegeben hatte.

Dann brauchte sie nur noch die Schlangen wegzuschicken, das Wasser in der Schale zu trinken und sich mit gespreizten Beinen in die Mitte ihrer Beschwörungskammer zu legen und auf die Dämonen teuflischer Päkte zu warten, auf die Unterhändler der Nekromantie, damit sie nach dem Köder schnappten, den eine Hexe anzubieten hatte. Und dann, wenn sie satt waren, ließen sie sich leichter überlisten, Roxane die Unsterblichkeit im Austausch für den Tod von zwei Kindern zurückzugeben, die zu Göttern werden mochten, wenn sie älter würden, und als Dreingabe den Tod von Nikodemus – er hatte es nicht anders verdient, wenn er sich einbildete, er könne die Hexe verschmähen, die ihn liebte, und mit dem Leben davonkommen. Natürlich würde sie auch noch Tempus draufgeben, nur so zum Spaß. Er würde als Untoter großartig sein, wenn sie ihn des Nachts zum Plündern und Frauenschänden durch die Straßen Freistatts schickte, die so drückend von Haß waren und so gerötet von Blut, daß niemand sich Illusionen darüber machte, welche Art von Tod ihm beschieden war.

Freistätter sorgten sich nur um dieses Leben, nicht um das nächste. Sie dachten nicht an die Wahl, die jenseits des Grabes getroffen wurde, dachten auch nicht daran, das Heute für Nichtigkeiten aufzugeben. Sie wußten nicht, oder es kümmerte sie nicht, daß eine Ewigkeit der Hölle billig zu haben war oder daß die Götter einen anderen Ausweg boten.

Deshalb gefiel es Roxane hier. Selbst wenn sie Niko und mit etwas Glück seine Bruderschaft geopfert hatte, würde sie hierbleiben. Wenn sich erst einmal keine Ischade und keine törichten Priester mehr einmischen konnten, wie dieser Fackelhalter, der versuchte, den Kult eines toten Gottes wiederzubeleben, konnte sie hier unbehindert walten.

Nachdem dies entschieden war, schnippte sie mit den Fingern. Ein Laut wie das Knarren der Höllenpforte war aus dem Nichts zu hören, eine Nichttür schwang auf, und eine Kugel der Macht war zu sehen, die sich sanft um ihre Achse aus goldenen Glypten drehte. Ihre Steine fingen zu glühen an, als ihr Zaubergesang lauter wurde, und aus Höllen, mit denen sich Freistatt üblicherweise nicht einließ, erschallte ein Dämonenchor.

So war es immer getan worden, auf die alte Weise: Böses für Böses, zehnfach. Und sie hatte geschworen, daß die Hölle los sein, daß diese Stadt für die ihr angetanen Kränkungen bezahlen würde!

Nun brauchte sie nur noch die sich drehende, größer werdende Kugel mit Fleisch und Nagel zu berühren. Sie griff danach und wappnete sich, denn bei der Berührung würde ein dämonischer Geliebter erscheinen. Man mußte eben für alles bezahlen, selbst wenn man eine der größten Hexen der Nisibisi war.

Ihr Nagel kratzte in die oberste Schicht, und zwischen ihren Knien verstofflichte sich kreischend ein Dämon. Ein höllischer Sturm, wie er im ganzen Land als Hexenwetter bekannt war, heulte von Freistatts südlichster Landspitze die rankanische Küste entlang, wo sich das kaiserliche Schiff näherte.

Und überall bemerkten die Menschen, daß der Sturm selbst für ein Hexenwetter ungewöhnlich heftig war und voll von Lauten, als würde einer Göttin in irgendeinem vergessenen Liebesspiel Gewalt angetan.

Nichts dergleichen versprach Freistatt Critias, der in schier unirdischer Geschwindigkeit querfeldein geritten war, und zwar mit Tempus und seiner überirdischen Gefährtin Jihan, Tochter jener Urgewalt, die von den Menschen Sturmbringer genannt wurde.

Der Ritt war nicht die Art von Reise, die Crit zugesagt hätte. Sie war zu schnell gewesen, zu leicht, von zuviel Magie begleitet – oder wie immer man es nennen mochte, wenn nicht Menschen Zauber wirkten, sondern Jihan, Tochter Sturmbringers, des Herrn über Wind und Wellen.

Nun, da sie die Stadt schon fast erreicht hatten, war es zu spät für Crit, seinem Befehlshaber Fragen zu stellen – ob, wie man munkelte, Abarsis dem Geheimnisvollen wahrhaftig in Therons Schloß erschienen war; weshalb, selbst wenn das stimmte, Tempus seine Kräfte aufgeteilt hatte; sie drei leisteten mehr als die zwanzig Krieger, die Theron auf seiner Seereise begleiteten.

Aber ehrliche Antworten waren zu dieser Zeit im Rankanischen Reich selten. Und mit Jihan an seiner Seite war Tempus noch geheimnisvoller denn sonst.

So kam es schließlich, daß sich Tempus auf der Straße der Generale zum Fort am Schimmelfohlenfluß an Crit wandte. »Wir trennen uns nun. Begib dich unter die Schweine in ihren Suhlen, Stiefsohn. Finde Straton und ruft eure Männer im Untergrund zusammen; ich muß noch vor Mitternacht wissen, wo sich Roxane und ihre Machtkugel aufhalten.«

»Ist das *alles*?« fragte Crit sarkastisch. Das war nicht respektlos gedacht, aber die Götter flüsterten in des Geheimnisvollen Ohr, nie jedoch sprachen sie zu Crit. Deshalb erschienen ihm solche Befehle, da sie so unerwartet kamen, immer undurchführbar. Trotzdem hatte er den Geheimnisvollen noch nie enttäuscht, so vage seine Anweisungen auch sein mochten.

Doch diesmal, während sein Fuchs durch den Schlamm des Schimmelfohlenflusses stapfte und Jihans blaue Mähre mit lüsternen Blicken bedachte, war Crit grimmiger als üblich. Denn in Freistatt, irgendwo jenseits des Schimmelfohlenflusses befand sich Kama, Tempus' Tochter, die Crit geschwängert hatte, und zwar während der Hexerkriege und keineswegs mit Tempus' Billigung. Es war für keinen Beteiligten Gutes dabei herausgekommen. Er hatte bis zu diesem Augenblick nicht mehr an sie gedacht, doch jetzt, während er über den Fluß blickte, wo die Lichter der Straße der Roten Laternen glitzerten, vermochte er an nichts anderes mehr zu denken.

Und Tempus, der zu oft zu viel verstand, der das Vertrauen von Göttern und Geistern genoß, sagte mit einer Stimme, die so sanft wie der Fluß war, der über Kies spült: »Nein, nicht alles, nur der Anfang. Wähl die Männer selbst aus, such Straton, benutz, was er hat, vernichte Roxanes Machtkugel vor dem Morgengrauen, dann melde dich bei mir im Statthalterpalast.«

»Und ist *das* alles?« erkundigte sich Crit nun lakonisch, als wäre es ein einfacher Auftrag, kein Todesurteil oder eine Einladung zur Meuterei.

Crit sah, daß sich sogar Jihans Augen weiteten. Die Frosttochter, die in ihrem schwarzen, glänzenden Schuppenpanzer das Herz jedes Kriegers höher schlagen ließ, blickte von einem zum andern, ehe sie dem Geheimnisvollen etwas zuflüsterte und dann wieder Crit anblickte.

Tempus sah ihn nicht an, er tätschelte nur den

geschwungenen Nacken seines Grauen. »Es genügt«, entgegnete der Mann schließlich, dem Crit diente und von dem er oft gedacht hatte, daß er mit Freuden für ihn sterben würde.

Später an diesem Abend, als er allein und auf Suche nach Straton durch das Tor ritt, war sich Critias nicht mehr so sicher, ob ein ehrenhafter Tod wünschenswert wäre – vor allem, wenn er ihn hier ereilen sollte.

Freistatt hatte sich nicht verändert. Überall befanden sich Kontrollpunkte, und Crit mußte sich in zweien umsehen und beweisen, daß mit ihm nicht zu spaßen war, bis er einen Soldaten fand, den er kannte – einen mit der Armbinde der gesuchten Einheit.

Inzwischen war er am Palast vorbeigekommen und gelangte in den Basar, in dessen Straßen, obwohl es ungesetzlich war, offen Rauschgift, Mädchen und Knaben, ja sogar Leben feilgeboten wurden.

Zwar war sein Rücken ungeschützt und sein Fuchs tänzelte nervös, aber er wollte in das Labyrinth, eine noch verrufenere, gefährlichere Gegend als der Basar, in der Hoffnung, seinen Partner dort zu finden, obwohl er befürchtete, daß er sich ganz woanders aufhielt – bei der Vampirfrau, deren Revier die Schlachthausgegend war.

Zwischen zwei Verkaufsbuden vernahm Crit ein Zischen und einen leisen Pfiff – das alte Erkennungszeichen aus dem Krieg im Norden. Er zupfte seine Armbinde zurecht (ein schmutziger Stoffstreifen in allen Regenbogenfarben und mit alten Blutflecken) und schaute sich um: Rechts befand sich eine Wahrsagebude – Illyra, eine S'danzo arbeitete dort. Sie stand am Eingang.

Sie hatten sich nie persönlich kennengelernt, aber

sie winkte ihm zu; es war eine zögernde Geste, halb Schutzzeichen, halb Segen.

Sich die Zukunft vorhersagen zu lassen war das letzte, was Crit wollte. Er ahnte sie auch so, spürte sie in seinem Beutel, in dem die Amulette schwer wurden, in seinen Eingeweiden, die sich verkrampft hatten, als Tempus ihn ungerührt mit einer durchsichtigen Ausrede in den Tod befahl. Crit hatte nie gedacht, daß der Geheimnisvolle seiner Tochter und des Kindes wegen böse auf ihn war. Aber es konnte keinen anderen Grund dafür geben, daß er Stiefsöhne auf eine Hexe wie Roxane ansetzte.

War Abarsis deshalb zu ihm gekommen? Um ihm zu sagen, daß es an der Zeit war, noch einige von den Heiligen Trupps zu ihm zu schicken? Konnte es sein, daß Abarsis Sehnsucht nach seinen Jungs hatte? Ehe Tempus den Befehl über die Heiligen Trupps übernahm, hatte Crit für den Schlächterpriester gekämpft. Doch damals war Abarsis aus Fleisch und Blut gewesen, allerdings besessen von Aufgaben für die Götter.

»Psst! Crit! Ich bin *hier!*«

Zwischen den Ständen, gegenüber der Wahrsagebude, waren zu viele Schatten. Crit hielt sein Pferd an, schlang den Arm um den Sattelknauf und wartete, während die Ohren seines Fuchses wie Wünschelruten hochzuckten.

Eine Hand streckte sich aus der Düsternis – weiß und lang, und trotz des ledernen Armschutzes zweifellos die einer Frau.

Crit drückte seinem Fuchs das linke Knie in die Seite, und das Tier machte einen, dann einen zweiten Schritt vorwärts. »Hallo, Kama«, sagte Crit schließlich. »Wen hast du da bei dir? Freund oder Gefangenen?«

Neben der Frau, halb in den Schatten, sah er einen verwahrlosten Burschen mit plattem Gesicht, Mandelaugen und borstigem Bart und einem schwarzen Stoffstreifen um die Stirn.

Das Bürschchen war unwichtig. Von größerer Bedeutung, als ihm lieb war, war die Frau, die eine Armbrust so angelegt hatte, daß der Bolzen, falls sie abzog, Crits Bauch durchbohren mußte.

Tempus' Tochter öffnete die Lippen zu dem kehligen Lachen, das Crit vor so langer Zeit in Schwierigkeiten gebracht hatte. »Suchst du jemanden?« Kama beantwortete dumme Fragen nie. Sie war auf ihre Weise so klug wie ihr Vater. Doch weniger moralisch.

»Strat«, erwiderte er wahrheitsgemäß.

»Unser ›amtierender‹ Militärstatthalter, seit Kadakithis nur noch Zeit für die Beysa hat. Der Führer der Militias und ihrer Ratskomitees. Der Liebste der Vampirfrau. Du kannst ihn bei ihr am Schimmelfohlenfluß finden. Aber um alter Zeiten willen rate ich dir, nimm ein oder zwei arme Teufel mit, um ihren Hunger zu stillen.«

Crit ging nicht auf Kamas bissige Bemerkungen über Strats ›amtliche‹ Eigenschaften ein, denn sie mochten wahr sein. Nein, er würde ihr nie zeigen, daß sie ihn noch aufwühlen oder gar verletzen konnte. »Wie wär's mit dem Bürschchen bei dir? Würde er genügen?« fragte er boshaft, denn es war unverkennbar, daß die Frau und der Straßenlümmel ein Paar waren – Hüften streiften sich, obwohl Kama die Armbrust hielt; flüsternd, mit fast unbewegten Lippen, wechselten die beiden Worte.

Und der Bursche war bewaffnet – er trug eine Schleuder am Handgelenk und einen Dolch an der Hüfte. Die Schleuder war arrogant zwischen Crits

Augen gerichtet, als Kama sagte: »Mach nicht den Fehler, dir einzubilden, daß du verstehst, was du siehst, Krieger. Du brauchst Hilfe. Wenn du schlau bist, wirst du dich erinnern, wo und wie du sie bekommen kannst – Strat ist Teil von Freistatts Problem, nicht seine Lösung!«

Im Krieg suchte jeder Trost, wo er ihn finden konnte, und Freistatt war ein Hexenkessel des Krieges. Und nun, da Faktionen Kontrollpunkte und Militias Häuserblocks hielten, war es noch schlimmer. Die Vorstellung, daß Strat ein Teil von Freistatts Problem war, hätte ihn fast seine eigene Armbrust spannen lassen. Crit kannte Kama gut genug, um zu wissen, daß sein Bolzen vor ihrem sein Ziel treffen würde.

Und er hätte vielleicht sogar geschossen, ohne Rücksicht auf ihre Abstammung, wenn dieses Bürschchen nicht gewesen wäre, das ihn nicht kannte und Reiter aus dem Norden offenbar nicht mochte, schon gar nicht, wenn sie mit *seiner* Freundin redeten. Die Schleuder straffte sich, und die Augen des Jungen wurden hart.

Das war es dann wohl – ein tödliches Patt, das erst gebrochen wurde, als ein Besoffener aus einer nahen Tür torkelte und auf die Knie ging, um sich zu übergeben.

Da räusperte sich Crit und sagte: »Wenn du noch zur Stiefsohneinheit gehörst, Weib, dann fordere ich dich auf, dich zwei Stunden vor dem Morgengrauen an der Schimmelfohlenbrücke einzufinden. Gib auch im 3. Kommando Bescheid; ich brauche zusätzliche Unterstützung – *falls* Sync noch der Führer des 3. ist und *falls* er nicht der Freistätter Seuche anheimgefallen ist, erwarte ich sie von ihm und seinen Leuten.

»Alte Schulden? Ehrenwort?« Spott schwang in

Kamas Stimme. »Ehre ist in der Diebeswelt billig. Am billigsten in dieser Jahreszeit, in der jeder am Machtspiel teilnimmt.«

»Wirst du meine Botschaft übermitteln, Soldat?« Er gab ihr, was sie wollte – Anerkennung, obwohl er sie lieber Hure genannt und übers Knie gelegt hätte.

»Für dich, Crit, tue ich alles.« Zähne blitzten, sie lachte leicht, dann hörte er sie murmeln: »Beruhige dich, Zip, er ist einer von uns.« Der Bursche hinter ihr brummelte etwas, dann lehnte er sich an die verputzte Wand aus Flechtwerk. »Wir werden vor dem Morgengrauen dort sein ... Wie viele wirst du brauchen?«

Da wurde Crit klar, daß er es nicht wußte. Er hatte noch nicht einmal einen Plan. Was war erforderlich, der Nisibisihexe die Machtkugel zu entringen? »Randal wird es wissen – falls er noch unserer Kriegszauberer ist. Stell keine Fragen, Weib – nicht hier! Das müßtest du doch wissen! Und Niko, schicke ihn ebenfalls!«

Der junge Hitzkopf fluchte. »Er weiß ja nicht einmal, wovon er spricht, Kama! *Niko?* Genausogut könnte er ...«

»Psst, Zip!« Die Frau trat einen Schritt aus den Schatten und lächelte wie ihr Vater – mit blitzenden Zähne, doch ohne jeglichen Humor. »Critias ... Freund, du warst zu lange weg und hast wohl getan, was hochgeborene Offiziere in rankanischen Städten tun. Wenn nicht – vergangene Fehler zwischen uns wären – würde ich mit dir reiten und zu erklären versuchen. Aber du wirst ohnehin bald alles von deinem geliebten Partner erfahren. Was Niko betrifft, wenn du was von ihm willst, er hält sich im Palast auf und spielt Kindermädchen für zwei kleine Knaben, an denen die Priesterschaft interessiert ist.«

Ehe sein Entsetzen zum Zorn anwachsen konnte, ehe er daran dachte, sein Pferd näher heranzulenken, sie an der Kehle zu fassen und zu schütteln, weil sie Spielchen mit ihm trieb, wich sie in die Schatten zurück. Ein Scharren, gefolgt von einem weicheren Schaben war zu hören, dann leuchtete flüchtig ein Rechteck auf, und als sein Pferd vorwärts tänzelte, waren Kama und der Bursche, den sie Zip genannte hatte, verschwunden – falls sie je dagewesen waren.

Während er auf seinem plötzlich nervösen Pferd Richtung Labyrinth ritt, verfluchte er sich, weil er so leichtgläubig gewesen war. Es gab überhaupt keinen Beweis, daß es *wahrhaftig* Kama war! Was er gesehen hatte, mochte genausogut ein Trugbild gewesen sein, ja sogar die Hexe Roxane in Kamas Gestalt. Er hatte sie nicht berührt, nur etwas gesehen, das er für Kama *gehalten* hatte! Es gab Untote in Freistatt, die noch beinah so aussahen wie im Leben, und einige davon waren Roxanes Sklaven. Allerdings, wenn Kama etwas zugestoßen wäre, hätte Strat es ihn durch einen Kurier wissen lassen. Nun, zumindest hätte der Strat das getan, den er gekannt hatte. Inzwischen konnte Critias die Dinge, deren er sicher war, an den Fingern einer Hand abzählen.

Aber er würde zum Haus der Vampirfrau reiten, um seinen Partner zu finden. Kamas Behauptungen nagten bereits an seiner Seele. Er mußte die Wahrheit erfahren!

In Kadakithis' Palast wimmelte es von fischäugigen Beysibern: beysibische Männer, die aufgeputzter als Rankanerinnen aus der Oberstadt oder als ilsiger Huren waren; weibliche beysibische Soldaten vom

Sturmtrupp mit entblößten, bemalten Brüsten und Giftschlangen um Hals oder Arme. Ihre starren Augen riefen bei Tempus Gänsehaut hervor.

Kadakithis wollte Tempus und Jihan mit Shupansea, seiner beysibischen Liebsten, bekannt machen. Ehe Tempus murmeln konnte, daß er nicht noch mehr Frauen in seinem Leben brauchte, hatte der rankanische Prinz die Frau bereits geholt.

Jihan, die neben ihm stand, drückte Tempus' Arm, denn sie spürte, was beim ersten Blick zwischen ihrem geliebten Geheimnisvollen und der Herrscherin der Beysiber vor sich ging.

Für Tempus dämpften sich alle Laute, die Welt verschwamm, eine Leidenschaft erwuchs in seinem Herzen, und in seinem Kopf vernahm er eine Stimme, die er seit Jahren nicht mehr so deutlich gehört hatte: *Nimm sie! Für mich! Wirf dich hier und jetzt auf die Schlampe!*

Die Fischaugen der Frau weiteten sich; eine Schlange glitt ihren Arm hinunter. Ihre schönen Brüste waren vergoldet, sie starrten ihn mit ihren Reizen auffordernd an. Prinz oder nicht, es war allein Jihan, die ihn davon abhielt, zu tun, was Vashanka forderte.

Was *Vashanka* forderte? Tempus, der keinem Kampf aus dem Weg ging, wich drei Schritte zurück, als Jihan wisperte: »Geheimnisvoller, mein Geliebter, was ist los? Hat sie dich behext? Ich werde ihr ein Bein nach dem anderen ausreißen ...«

»Nein, Jihan« murmelte er durch zusammengebissene Zähne in Nisibisisch, der Sprache, die weder der Prinz noch seine Gefährtin verstand. Er befreite sich aus Jihans Griff und rieb die Eindrücke ihrer Finger auf seinem Arm. Die Frosttochter war ihm an Kraft nahezu ebenbürtig. Doch weder er noch sie konnte es mit Vashanka aufnehmen, von dessen Rückkehr Tempus nun überzeugt war. Er war hier – kindischer und unbeherrschter denn je, aber ohne Zweifel anwesend.

Was das für einen bedeutete, der den Plünderer aufgegeben und sich Enlil unterstellt hatte, um einen Fluch auszugleichen, dessen Wirksamkeit gar nicht mehr so sicher war, vermochte Tempus nicht zu sagen. Kein Zweifel bestand jedoch, daß er bald irgendeine Frau nehmen – diese, falls sich Vashanka durchsetzte – und geweiht in den Dienst des Gottes stellen würde.

Er trat nun mit seinen besten Manieren vor, wo der Prinz ihn beobachten konnte, und nahm die Hand der Beysa. »Lady Shupansea, man nennt mich Tempus ...«

Sie unterbrach ihn. »Und den Geheimnisvollen. Wir haben von Euch gehört.«

Da stürmte Isambard, Akoluth und Unterpriester von Molin Fackelhalter, ohne auf seine priesterliche Würde zu achten, durch einen Vorhang herein und rief: »Schnell! Meine Lady! Mein Lord! Im Palast sind tote Schlangen! Es sind mehr Schlangen da, als da sein dürften. Und in der Kinderstube, wo Nikodemus ist – er hat einer der heiligen Schlangen den Schädel abgeschlagen!«

Eine Armlänge vor Tempus' hielt Isambard erst inne, fiel in panikerfülltes Schweigen, bis sein Herr und Meister das Gemach betrat. Molin Fackelhalter, der stets auf die Würde seiner Stellung und seines Benehmens achtete, dachte gar nicht daran, die Behauptungen seines Akoluthen sogleich zu erklären, sondern musterte die Anwesenden, als wären sie, nicht er, die atemlosen Eindringlinge.

»Ah, Tempus, endlich wieder in der Stadt?« fragte Freistatts Hierarch mit betont ruhiger Stimme, um die vielfältige Besorgnis zu verbergen, die die unerwartete Anwesenheit dieses Mannes in ihm weckte.

»Wie Ihr seht.« Tempus empfand nur Verachtung für Priester, vor allem für Fackelhalter. So grinste er und dachte, daß Brachis, sobald er mit Therons Schiff ankam, diesen unerfreulichen, dunkelhäutigen Priester an seinen geeigneten Platz verweisen würde. »Nun, Fackel, Euer Knecht hat offenbar ein Problem. Gewiß gilt das für Euch ebenso, oder?« Er hatte inzwischen sein Schwert gezogen, und auch Jihan hatte ihre Waffe gezückt.

Kadakithis strich über sein schönes, aber leeres Gesicht, als er fragte: »Was hat das zu bedeuten, Molin? Tote Schlangen? Ist Euch Euer Kult wieder aus der Hand geglitten? Ich sagte Euch doch, daß Nikodemus kein geeigneter Hüter für diese Kinder ist. Ich ...«

Die Beysa unterbrach ihn. »Zeigt mir diese toten Schlangen, Priester. Und bedenkt, daß ich immer in Betracht ziehe, ob diese Schwierigkeiten nicht etwa von jenen Rankanern verursacht wurden, die sie melden!«

Inzwischen rannten Tempus und Jihan bereits den Korridor entlang zu den Geheimgängen, die Tempus kannte wie den Rücken seiner Schwerthand oder Jihans weibliche Reize. Diese Gänge führten zu den nahe den Verliesen liegenden Geheimgemächern, in denen sich Niko und die Kinder befanden – von denen einige behaupteten, daß sie mehr als das wären.

Ischades Haus am Schimmelfohlenfluß war mehr ein Zuhause denn ein Schlupfwinkel, und weniger erschreckend als das Roxanes ein Stück südlicher, aber trotzdem alles andere denn einladend.

Außer für einige wie Straton, ihren Liebsten, dem sie zur Macht auf Freistatts in Faktionen aufgeteilten Straßen verholfen hatte; und für Untote wie Janni und Stilcho (die beide einst Stiefsöhne gewesen waren); sowie für den Zauberlehrling Haught, der von den Hexen lernte, was er nur konnte, und sich bemühte, die Kräfte in seinem Nisibisiblut zu wekken.

Strat war an diesem Abend noch nicht lange genug bei Ischade, daß eine Kerze hätte niederbrennen können, als Haught, den Straton haßte, durch die Tür geeilt kam.

Das Gemach war schummerig beleuchtet und farbenprächtig; Edelsteine, Seiden und kostbare Metalle lagen über den Boden verstreut.

Inzwischen war jedoch Straton das Kostbarste für Ischade – ein Sterblicher mit all seinen Kräften, kein belebter Leichnam oder kleiner Zauberer.

Ihn konnte Ischade lieben, mehr und mit zärtlicherer Leidenschaft lieben als irgendeinen anderen. Aber sie spürte einen inneren Kampf in ihm, der die Schultern mit Schweiß überzog und die Muskeln zum Zucken brachte. So sehr sie ihn zu halten versuchte, wußte sie doch, daß einmal der Tag käme, an dem es sehr schwer sein würde, Straton zu halten.

In letzter Zeit, wenn er zu ihr kam, wirkten seine schmalen rankanischen Augen gehetzt, und aus seinem vorgeschobenen Kinn sprach Unentschlossenheit. Und jetzt, da er von ihr hinunterrollte beim Anblick Haughts, des verhaßten, möglichen Nebenbuhlers, langte er nach dem Morgenrock, den sie ihm besorgt hatte, schlüpfte rasch hinein, schnallte sich den Waffengürtel um und stapfte hinaus.

»Bis du mit ihm fertig bist, kümmere ich mich um mein Pferd.«

Strat trauerte immer noch um seinen Braunen; den Tod dieses Streitrosses konnte und wollte sie rückgängig machen, wenn sie nur sicher sein könnte, daß Straton die Erkenntnis verkraftete, daß der Tod kein Hindernis für sie war.

Oh, er hatte Janni gesehen, hatte gesehen, wie Niko einen untoten Partner umarmte. Und Strat hatte nicht gut darauf reagiert.

»Was ist los, Haught?« erkundigte sie sich ungeduldig. Ihr gefiel der Hochmut nicht, der in diesem Nisikind wuchs. Haught wurde schwierig, stärker, kühner. Und sie wollte zu Straton zurück, den sie für ihre Zwecke brauchte, der ihre Wünsche erfüllte, Nachsicht mit ihren Schlichen hatte und half, ihre Interessen in der Stadt zu wahren. Ischades Interessen waren sehr wichtig. Und sie waren zu sehr mit Strat verknüpft, als daß sie Haught dazwischenkommen lassen durfte.

Also hatte sie vor, mit dem ehemaligen Sklaven zu spielen, dem sie die Freiheit geschenkt hatte, der jedoch nicht frei von ihr war. Sie hatte gerade erst mit ihrem Bann begonnen, als sich feste Finger um ihr Handgelenk legten.

Unverschämtheit! Sie mußte ihm eine Lektion erteilen. Sie verschlang seinen Willen mit einem Blick und zeigte ihm, daß er ohne ihre Erlaubnis nicht einmal blinzeln konnte. Dann flüsterte sie: »Ja? Was hast du zu sagen?«

Und Haught, der gutaussehende Haught, antwortete: »Ich dachte, Ihr möchtet gewarnt werden. Sein Freund kommt ...« Haughts Kinn deutete in Richtung Labyrinth. »Vielleicht taugt er nicht mehr für Euch, wenn Crit hierherkommt. Wenn Ihr möchtet, könnte ich ...«

Mord leuchtete in den Augen des ehemaligen Sklaven, Mord als verlockendes Angebot, als Liebesdienst.

Sie ging nicht darauf ein, sagte Haught auch nicht, daß Strat nun so sehr ihr gehörte, daß Crit gar nicht zwischen sie treten könnte ... sagte es nicht, weil sie nicht sicher war. Aber sie war sicher, daß Stratons Führer, Critias, nicht durch einen der ihren gemordet werden konnte. Niemals! Nicht, wenn Ischade behalten wollte, was sie jetzt hatte – unauffällige Macht über mehr Faktionen als sonst jemand, sogar als jene, die im Winterpalast wohnten und Hilfe bei den Göttern suchten.

Der dunkle Geist, der Ischade war, sagte zum zweiten Mal: »Ich *möchte* nicht, Haught. Ich möchte *niemals*! *Du* möchtest. Ich *habe!* Und ich brauche beide Stiefsöhne – Straton und seinen – Freund. Kehr in die Oberstadt zurück, sprich mit Moria und Vis. Wir werden morgen eine Gesellschaft für heimkehrende Helden geben – im Haus in der Oberstadt. Wo immer Crit ist, befindet sich auch Tempus. Suche die Besten der Heiligen Trupps und lade sie alle ein. Wir spielen jetzt ein anderes Spiel; und du benimmst dich, hörst du?«

Haught, der reglos gestanden und nicht einmal mit einer Wimper hatte zucken können, bis sie ihn nun befreite, eilte mit einer knappen Verbeugung zur Tür.

Er wurde immer schwieriger!

Doch jetzt war anderes wesentlicher. Falls sie um

Straton kämpfen müßte, würde sie es? Sie wußte es nicht. Als erstes würde sie nun ein Pferd wiederauferstehen lassen, um sich zu vergewissern, was geschähe. Strat würde heute nacht mehr als nur eine Entscheidung treffen müssen!

Niko hielt ein Kind in jedem Arm, als Tempus und Jihan die Kinderstube betraten.

Ein Baby lutschte am Daumen; das andere, Gyskouras, schrie beim Anblick der Eindringlinge kurz auf.

Dann streckte Gyskouras – das Gottkind, dessen war Niko sicher – die Händchen aus, und Jihan vergaß allen Zorn. Sie stieg über eine geköpfte Schlange, aus der noch der Lebenssaft sickerte, streckte ebenfalls die Arme aus, und die roten Feuer der Leidenschaftlichkeit Sturmbringers brannten in ihren Augen.

»Gib ihn mir, Katzenpfote«, rief Jihan Niko beim Kriegsnamen. »Er will zu mir!«

Niko blickte Tempus fragend an, der das Gesicht verzog und die Achseln zuckte, ehe er sein Schwert einsteckte und sich bückte, um die Schlange zu untersuchen.

Niko reichte Jihan das Kind und nahm Arton fester auf den Arm, doch sogleich begann Arton zu wimmern: »Ich auch! Ich auch! Nimm Arton, sonst weinen! Nimm Arton!«

Augenblicke später hielt Jihan beide Kinder auf den Armen, den dunkelhaarigen und den blonden Jungen, und Niko kniete Tempus gegenüber auf der anderen Seite der toten Schlange.

»Leben, Befehlshaber!« grüßte Niko.

»Dir ebenfalls, Stiefsohn. Und Ruhm!« Die Worte kamen geistesabwesend. Tempus hatte seinen Dolch gezogen und drehte damit den Schlangenkopf um.

»Wie hast du dieses Reptil getötet, Katzenpfote?« fragte der Geheimnisvolle.

»Wie? Mit meinem Schwert ...« Niko runzelte die Stirn. Sein listiges Lächeln kam und schwand, und seine haselnußbraunen Augen blickten düster auf seine Klinge, als er sie aus ihrer Scheide zog. »Mit diesem Schwert, das mir der Traumgott gegeben hat. Meinst du, daß es keine gewöhnliche Schlange ist?«

»Richtig. Jedenfalls ist es keine beysibische. Schau her!« Er drehte den Schlangenkörper um, und Niko sah nun winzige Hände und Füße, als wäre die Schlange dabei gewesen, sich in einen Menschen zu verwandeln, als Nikos tödlicher Streich sie getroffen hatte.

Und ihr ausgeflossener Lebenssaft begann zu dampfen und sich wie Säure in den Steinboden zu fressen.

»Warum hast du sie getötet?« fragte der Geheimnisvolle sanft. »Wieso hast du gedacht, sie würde dich angreifen? Hat sie dich bedroht? Sich aufgerichtet? Was?«

»Weil ...« Niko seufzte und warf das aschblonde Haar zurück, das inzwischen so lang war, daß es ihm über die Augen hing. Seinen Bart hatte er sich barbiert, und er sah zu jung aus für alles, was er mitgemacht hatte; seine Narben waren bleich, und unwillkürlich wandte Tempus die Augen von seinem gequälten Blick ab. Für beide war die Gegenwart des anderen schmerzlich: Niko liebte den Geheimnisvollen und fürchtete die Folgen; während Tempus in dem jungenhaften Kämpfer den Fluch eines Mannes sah, den die Götter begehren.

»Weil«, begann Niko noch einmal – und seine Stimme war leise und schwer von Worten, die er nicht aussprechen wollte –, »weil Arton mich dazu aufgefordert hat. Arton kann in die Zukunft sehen. Er beschützt das Gottkind. Ich bin froh, daß du hier bist, Befehlshaber. Es ist schwer, zu ...«

Aber Tempus stand rasch auf. »Sag es nicht. Du kannst es nicht wissen, nicht mit Sicherheit.«

»Ich weiß es sehr wohl. Mein bandaranischer ... Mein *Maat* – mein Gleichgewicht, meine innere Wahrnehmung – zeigt mir zu viel, Befehlshaber. Es gibt allerhand zu besprechen, Entscheidungen müssen getroffen werden. Diese Kinder müssen zu den westlichen Inseln gebracht werden, wenn wir absolutes Chaos vermeiden wollen. Ich möchte nicht dafür verantwortlich gemacht werden. Gyskouras ist dein Sohn – oder der Sohn deines Gottes. Ich betete ... Haben die Götter es dir mitgeteilt?«

Tempus wandte dem jungen Kämpfer den Rücken zu, und die über die Schulter gesprochenen Worte trafen Niko so hart wie ein Schlag ins Gesicht. »Abarsis. Er kam und sagte es mir. Jetzt sind wir alle hier unten. Warum, in irgendeines Gottes Namen, hast du sie nicht einfach weggebracht, wenn das die Lösung ist? Theron wird in Kürze hier sein.« Er drehte sich auf dem Absatz und blickte Nikodemus an. »Du hast dich hierher verkrochen wie eine Amme, während Freistatt von den Wölfen des Bürgerkriegs zerrissen wird! Gehörst du nicht mehr den Heiligen Trupps an? Befiehlst du ein Regiment oder einen eigenen Stab? Oder gab Strat dir die Erlaubnis ...«

»Es geschah auf *meinen* Befehl, Schlafloser«, erklang eine salbungsvolle Stimme an der Tür: Molin

Fackelhalters. Der Priester wurde von Kadakithis und der Beysa begleitet. Tränen strömten über ihr Gesicht und auf die tote, zweifellos beysibische Schlange, die sie auf dem Arm hielt und über die sie weinte wie über ein dahingeschiedenes Kind.

»*Euer* Befehl, Molin?« Tempus schüttelte den Kopf. »Ich muß zugeben, das hatte ich Euch nicht zugetraut.«

»Er versucht zu helfen, Tempus«, versicherte ihm Kadakithis. Er sah besorgt und abgespannt aus, während er gleichermaßen versuchte, die weinende Beysa zu beruhigen und hier für Frieden zu sorgen. »Ihr wart zu lange fort, dies richtig beurteilen zu können. Nikodemus war dem Reich eine außerordentliche Hilfe, und wir danken Euch dafür.« Die Augen des Prinzen verirrten sich zu Jihan, die ein Kind auf jede Hüfte gestützt hatte, und aus deren nichtmenschlichen Augen Seligkeit strahlte. »Gehen wir in die große Halle und besprechen alles beim Essen und Trinken. Ihr seid gewiß müde von der langen Reise. Wir müssen viele Entscheidungen treffen und haben nur wenig Zeit. Habe ich richtig gehört, kommt Theron tatsächlich hierher?« Kadakithis' prinzliches Lächeln verriet seine Besorgnis. »Ich hoffe, Ihr habt ihm Gutes von mir erzählt – tatsächlich hoffe ich, daß Ihr Euch an euren Treueid erinnert. Ich möchte nicht gern enden wie meine Sippe in Ranke – auf dem Stadtplatz gepfählt und ausgeblutet wie Säue.«

Wenn der Fluch – oder seine Nachwehen – noch wirksam waren, bedeutete es, daß alle, die der Geheimnisvolle liebte, ihn ablehnen würden, und daß jene, die ihn liebten, zum Untergang verdammt waren.

Das war es, was ihn quälte, als er eine Hand auf Kadakithis' Schulter legte und dem Prinzen versicherte, daß Theron des Prinzen besondere Probleme in Freistatt voll Güte und Verständnis sehen würde; daß er »hierherkommt, weil der Schlächterpriester im rankanischen Schloß erschien und dem alten Recken riet, sich um die Seelen seiner Soldaten zu kümmern. Deshalb sind wir alle hier.«

Er sagte nicht, daß sie nichts zu befürchten hatten. Das hätte ihm weder der Prinz noch die Beysa geglaubt, die nur allzugut mit der Staatskunst vertraut waren.

Erst nach dem Abendessen wurde allen bewußt, daß es zu viele tote, beysibische Schlangen im Palast gab, als daß Niko – oder die Schlange, die er getötet hatte – dafür verantwortlich sein könnte. Und bis dahin war es schon fast zu spät.

Strats Pferd war vor dem Gartentor – der Braune, den er so geliebt und der ihn durch so viele Feldzüge getragen hatte. Und Ischade stand an der Tür, wo Nachtschatten blühten, und beobachtete Strat mit dem Blick, der durch die Vermummung ihrer Kapuze drang.

Sie hatte das Pferd offensichtlich geheilt. Ja, Ischade hatte die Gabe zu heilen, wenn sie es wollte. Er war so glücklich, den Braunen zu sehen, der die Nase in seine Taschen stupste, um eine Karotte zu finden oder ein Stück Zuckerwerk, daß Strat eine Weile brauchte, sich zu vergewissern, daß seine Augen trocken waren, ehe er sich zu Ischade umdrehte, um ihr zu danken: »Es ist wundervoll, ihn zurückzuhaben. Es gibt keinen zweiten wie ihn –

keinen von seiner Größe, seiner Ausdauer, seinem Körperbau. Aber warum hast du es mir nicht gesagt? Ich hätte nicht gedacht, daß er ...« Er stockte. Dann blickte er sie durchdringend an. »Daß er geheilt werden könnte. Das war es doch, was du getan hast, nicht wahr. Du hast ihn fortgeschafft, als ich ihn für tot hielt, und gesund gepflegt, nicht wahr?« Die Zähne des Tieres fühlten sich fest an, wie sie an seinem Arm knabberten, damit er ihm Aufmerksamkeit schenke. »Ischade, sag mir, daß es so war.«

Ihre Worte waren wie das Säuseln des Windes. »Ich habe ihn für dich gerettet, Straton. Ein Abschiedsgeschenk, falls dein Besucher ...« Sie deutete die Straße hinauf, wo eine Gestalt zu erkennen war, wenn man angestrengt durch das Mondlicht blickte – ein Reiter, noch so weit entfernt, daß das Trappen seiner Hufe vom Atem des Braunes übertönt wurde. »Falls dieser Besucher das Ende für alles bedeutet, was zwischen uns ist – war. Es liegt ganz bei dir!«

Sie drehte sich um, kehrte ins Haus zurück, und die Tür schloß sich wie von selbst mit einem allzu unwiderruflichen Knall.

Er untersuchte den Braunen von Kopf bis Schwanz, vom Hals zu den Fesseln, ohne auch nur die kleinste Narbe zu entdecken, während er auf den Besucher wartete, den Ischade angekündigt hatte. Es beunruhigte ihn immer mehr. Er hatte Janni gesehen, der einst ein Stiefsohn gewesen, doch jetzt ein verwesendes Ding war, den die Rache an seinen Nisibisi Mördern keine Ruhe ließ. Er hatte Stilcho gesehen, der zwar ein bißchen besser aussah, aber doch nicht mit einem Lebenden verwechselt werden konnte. Der Braune aber war genau wie früher, er konnte kein untotes Pferd sein. Zumindest glaubte er es nicht.

Er dachte gerade daran aufzusitzen, um festzustellen, als der erwartete Reiter nahe genug war und rief: »Ho! Strat, bist du es?«

Diese Stimme ließ Straton wie ein Hexenbann erstarren. Es war Critias! Critias, sein Führer; Critias, dem er den Eid des Heiligen Trupps geschworen hatte. »Crit! Crit, weshalb hast du mich nicht benachrichtigt, daß du kommen würdest?«

Crit kam wortlos, unerbittlich auf seinem gewaltigen Fuchs näher. Crit suchte ihn hier. Das bedeutete, daß Crit Bescheid wußte oder glaubte, Bescheid von etwas zu wissen, das Straton selbst kaum verstand.

Sie waren das erste Mal gemeinsam zu Ischades Haus gekommen, hatten sie gemeinsam kennengelernt.* Dann hatte Crit versucht, Straton vor der Nekromantin zu ›schützen‹.

Crit sagte: »Komme ich zu spät?« Er schwang ein Bein über den Sattel und kramte in seinem Beutel nach etwas zu rauchen. In Ischades Garten herrschte immer trügerisches Licht, so daß Strat Crits Gesicht nicht entnehmen konnte, was er dachte.

Etwas in ihm krampfte sich zusammen. Weil es keinen Stiefsohngruß zwischen ihnen gegeben hatte, sagte er: »Hör zu, Crit, ich weiß nicht, was man dir gesagt hat oder was du denkst, aber sie ist nicht so ...«

»Nein? Hast du noch deine Seele, As? Oder kannst du das gar nicht wissen?« Crits Augen waren verkniffen, und seine Finger spielten mit der Armbrust, die von seinem Sattelknauf hing.

Strat entging nicht, daß ein Bolzen eingelegt war

* *Hochmond* von Janet Morris in Geschichten aus der Diebeswelt: *Der Krieg der Diebe*, Bastei-Lübbe 20107

und Crit nur den Finger krumm zu machen brauchte, ohne die Armbrust zu bewegen, um ihn zu treffen. Er versuchte das Mißtrauen abzuschütteln, doch es gelang ihm nicht. »Du bist gekommen, um mich vor mir selbst zu retten? Nur ihr verdanken wir es, daß wir – die Trupps, die echten Stiefsöhne – hier überlebten, während ihr, du und der Geheimnisvolle, oben in Ranke eure Palastpolitik betrieben habt. Ich frage nicht, wo du gewesen bist. Frag du mich nicht, wie ich meine Zeit verbrachte. Außer natürlich, du bist bereit, vernünftig zu sein.«

»Geht nicht. Ich habe keine Zeit. Der Geheimnisvolle will, daß wir uns Roxane vornehmen, ihre Machtkugel finden und vor Sonnenaufgang zerstören. Vielleicht hat deine seelenverschlingende Freundin ein paar Ratschläge, die uns helfen könnten, wenn sie dich so liebt. Wenn ja, lasse ich sie vielleicht am Leben, bis du mir alles erklären kannst. Wenn nicht ...« Crit zündete sich den Tabakstengel an, den er sich gedreht hatte, und sein Glimmen beleuchtete ein Gesicht voll Entschlossenheit, gegen die alle Einwände sinnlos wären, wie Straton wußte. »Wenn nicht, werde ich ihren Hintern rösten, und dann versuchen, Verstand in dich zurückzuprügeln – Partner. Ehe es zu spät ist. Also, willst du sie herausrufen? Oder so mit mir kommen, damit wir fallen, wie wir es sollen, Seite an Seite, im Kampf gegen die Nisibisihexe.«

Strat brauchte Ischade nicht zu rufen, sie war neben ihm, obwohl er weder das Öffnen der Tür gehört noch Licht hatte herausdringen sehen.

Sie war so zerbrechlich in ihrem langen schwarzen Kapuzenumhang. Er wollte einen Arm um ihre Schulter legen, wagte es nicht, tat es dann aber doch. »Sie ist auf unserer Seite, Crit. Du mußt ...«

»Ich muß überhaupt nichts!« knurrte Crit und wandte sich ihr zu. »Ich wette, ich brauche Euch gar nichts zu erklären, Süße. Ich hoffe nur, Euer Hunger ist nicht so groß, daß Ihr wenigstens noch eine Weile warten könnt. Wir haben etwas vor, das Euch sehr gelegen kommen dürfte.«

»Critias«, sagte Ischade mit mehr Würde, als Strat je haben würde, »wir sollten miteinander reden. Niemand hat Schaden genommen, und so kann es bleiben. Ihr seid hier ...«

»Um meinen Partner zu holen. Dabei können wir es belassen.«

»Und wenn er nicht bereit ist wegzugehen?«

»Das spielt nicht die geringste Rolle. Ich habe Pflichten, er ebenfalls, selbst wenn er das vergessen hat. Ich bin hier, um ihn daran zu erinnern. Was Euch betrifft, wir können Euch brauchen. Helft mit, dann könnt Ihr sagen, was Euch auf dem Herzen liegt – später. Jetzt muß ich meinen Auftrag ausführen. Er ebenfalls.« Critias deutete auf Strat, der Ischade anblickte und sie vor Critias nicht um Geduld, um Hilfe bitten konnte, ja nicht einmal um das Leben seines Partners.

Aber Ischade tötete Crit nicht, sie ließ ihn nicht einmal erstarren. Sie nickte nur knapp und sagte: »Wie Ihr meint. Straton, nimm deinen Braunen. Er wird dir in dieser Sache gute Dienste leisten. Ich werde auf deinem Falben reiten. Und wir werden Critias geben, was er möchte – oder was er glaubt, daß er möchte.« Dann wandte sie sich Critias zu.

»Und Ihr werdet mich danach freundlicherweise anhören.«

»Lady, wenn irgendeiner von uns nach Sonnenaufgang noch etwas hören kann, bin ich mehr denn bereit, Euch anzuhören«, versicherte ihr Crit, als Ischade eine Hand hob, und Strats Falbe auf sie zutrottete.

Roxane wurde jäh aus dem Schlaf der Erschöpfung gerissen, als Niko ihren fähigsten Diener köpfte. Die Leibwächterschlange würde ihr fehlen. Und Katzenpfote würde bereuen, was er getan hatte.

Sie hatte an diesem Abend einen schmerzhaften Preis bezahlt. Ihre Schenkel waren wund, ihr Gesäß tat weh, als sie sich aus dem Bett plagte und durch die Dunkelheit tastete. Ihr Zuhause am Schimmelfohlenfluß war manchmal klein, manchmal groß. Durch die Kräfte, die sie aufgewühlt hatte, war es heute riesig.

Sie fand ihr Zaubergemach und wusch sich den Schweiß vom Körper, ehe sie ihre Wahrsageschale selbst füllte.

Vor Schmerz und Wut zitternd sprach sie den Zauber, der ihr Zugang zu ihrer Machtkugel gewährte, und einen zweiten, der ihren Dämon herbeirief – den Sklaven namens Schnapper Jo, der ihr Spitzel als Schankbursche im Wilden Einhorn war.

Ehe der Dämon eintraf, sprach sie ihren Zauber äußerster Macht und sah in ihrer Schale ein Schicksal, das sie nicht verstand.

Männer zeigte es und die verfluchte Beysa, außerdem eine Göttin, die Mutter Bey, die in Liebe oder Haß mit Jihans schrecklichem Vater, Sturmbringer, verbunden war. Und diese beiden Gottheiten wachten über den Winterpalast, während in ihm Niko mit den Kindern spielte und Tempus mit dem Schicksal von Sterblichen.

Sie zitterte, als sie Tempus und Niko an einem Ort sah – eben dem, wo ihre überlebende Schlange als beysibische Schlange getarnt durch die Korridore glitt und biß und tötete, wo sie konnte.

Gut! Gut, dachte sie und holte Nikos Gesicht an die Oberfläche der Schale. Doch diesmal war er nicht allein. Über eine Schulter blickte der Geheimnisvolle – oder der rankanische Sturmgott, der genauso aussah; über die andere das Gesicht einer Frau, und dieses Gesicht war auf schreckliche Weise schön – es war ihr eigenes.

Obwohl ihr die Bedeutung verborgen blieb, erschreckte sie Roxane.

Sie konnte nicht mehr tun, als in ihren Kräften stand, und mußte bestimmte Wörter sagen.

Sie rief sie, und Feuerzungen beleuchteten das dunkle Zaubergemach. Das Licht berührte die Machtkugel in ihrem Versteck aus Nichts, und sie begann sich zu drehen.

Wenn es einen verbindenden Schicksalsfaden zwischen ihr und dem ungeheuerlichen Tempus gab, dann mußte dieser Faden durchschnitten werden. Selbst wenn es um Nikos Leben ging, mußte sie es tun. Und auf keinen Fall durfte das Gottbaby am Leben bleiben. Leben und Seelen beider Kinder hatte sie einem gewissen Dämon versprochen, dessen intime Bekanntschaft sie an diesem Abend gemacht hatte.

Die Kälte, die sie spürte, die ihre dunkle, samtweiche Nisibisihaut mit Gänsehaut überzog, die ihre Lippen, die wohl schönsten, die je Menschen verdammten, erzittern ließ – diese Kälte hatte etwas mit Verlieren oder Siegen zu tun, mit Vergehen oder Überleben.

Als die Haustür unter einem Kratzen von außen erzitterte, traf sie ihre Entschscheidung.

Sie drehte die Kugel schneller und badete ihr Gesicht in dem Licht der farbigen Steine.

Rauschender Wind füllte das Zaubergemach, in dessen Mitte sich nun eine Frau verwandelte.

Schwarzer Dunst wallte um die anziehendste Frauengestalt, die man sich vorstellen konnte. Schwarzes Haar wuchs und bedeckte formvollendete Gliedmaßen, die jeden Mann zu betören vermochten.

Und bis Schnapper Jo, der sich die Klauen an seiner Schankschürze abwischte, es für angebracht hielt, sich die Tür selbst aufzumachen, stand im Gemach statt Roxane ein Adler mit einer Flügelbreite von zehn Fuß.

Und Schnapper, ihr Spitzel unter den Bürgern Freistatts, der im Wilden Einhorn den Schankburschen machte, ließ seine vorstehenden Kiefer vernehmlich zusammenschnappen und rang die warzigen Klauenhände.

»Gebieterin«, gurgelte er mit seiner knirschenden Dämonenstimme, »seid Ihr das?« Seine Augen, die überallhin schauten, betrachteten in dem dämmrigen Licht blinzelnd den Adler. Er kauerte sich nieder, verschränkte die schlaksigen grauen Beine unterwürfig. »Roxane?« versuchte er es aufs neue. »Habt Schnapper gerufen, nicht wahr? Hier bin ich, wofür? Für Mord? Soll morden heut nacht?«

Der Adler legte den Kopf schief, blickte ihn an und stieß einen Schrei aus, den kein Dämon mißverstehen könnte, dann flatterte er an Schnapper Jo vorbei durch die Tür und ließ ihn mit einer Fleischwunde zurück, die viel schärfere Krallen als seine eigenen verursacht hatten.

»Verdammt und verdammt und mordverdammt«, murmelnd folgte ihr der Dämon. Er blickte von der Seite auf ihren schwarzen Schatten, der sich vom mondlosen Himmel abhob, und kaute frustriert an einer langen orangefarbenen Strähne seines Haares. Ein Mensch zu sein war sein Wunsch; von Roxane frei zu sein, sein heimlicher Traum. Doch manchmal befürchtete er, daß er nie von ihr freikommen würde.

Und das Problem war, daß es ihn in Augenblicken wie diesem auch gar nicht scherte. Er war so durstig nach Blut, daß allein der Gedanke an Gemetzel ihn schwindelig machte.

Also eilte er dahin, folgte dem Adler durch die Nacht und kicherte vor sich hin, als ihn Roxane zum Winterpalast führte. Im Schlachthausviertel hielt er jedoch an, als er über eine noch frische, blutige Leiche stolperte – ein Leckerbissen, den er sich nicht entgehen lassen konnte.

Jihan hatte ihre Schuppenrüstung abgelegt und lag auf Nikos Bett in der Kinderstube, allein mit den zwei Kindern, die sie an ihre Brust drückte, als die mannsgroße Schlange lautlos hereinglitt.

Die Frosttochter war nicht menschlich, aber einsam. Tempus war kein Mann, der sich für Nachkommenschaft interessiert hätte – er dachte nur an sich selbst.

Jihan hatte eigene Kinder haben wollen, doch dazu war er nicht bereit gewesen. Nun, dank ihres Vaters, des Schicksals und Nikos hatte sie gleich zwei nette Knaben, für die sie sorgen durfte – und einer war noch dazu Tempus' Sohn.

Sie würde sie nie wieder hergeben. Ihre Freude machte sie schwärmerisch – und schläfrig.

Deshalb sah sie die Schlange erst, als sie sich mit blitzenden Giftzähnen aufrichtete, den Kopf vorschnellte und Arton in den Arm biß.

Plötzlich war sie hellwach, mit zwei zu Tode erschrockenen Babys in den Armen, von denen eines verletzt war und schrie und das andere ebenso laut mitschrie.

Um nach ihrem Schwert zu greifen oder die Schlange zu packen, die sich hoch über das Bett bäumte und mit feurigen Augen auf sie hinabstarrte, hätte sie zumindest eines der Kinder weglegen müssen.

Aber das brachte die Mutter in ihr nicht übers Herz. Sie versuchte, Gyskouras mit ihrem Körper zu schützen, schob den Arm zwischen Kinder und Schlange, ja stieß ihn ihr sogar wie einen Knebel in das klaffende Maul.

Doch die Schlange war weise und flink. Sie hängte die Kiefer aus, biß durch Jihans Arm hindurch, daß ihre Fänge noch in das Gottkind darunter drangen, und schüttelte Frosttochter und Kind.

Jihan heulte vor Wut und Schmerz – ein Laut, wie er in Freistatt nicht mehr gehört worden war, seit Vashanka am Tag des Balles der Magiergilde am Himmel gegen Sturmbringer gekämpft hatte.

Das brachte Hilfe herbei, doch sie bemerkte es kaum, während ihr Körper gegen das Gift ankämpfte, und ihre Arme um den Hals der Schlange, mit der sie rang, schwächer wurden. Sogar Tempus und Niko hielten erschrocken im Schritt inne, als sie sahen, wie Jihan gegen die Viper kämpfte, während das Gottkind zwischen ihnen fast zerdrückt wurde.

Niko holte tief Luft, dann streckte er Tempus

hastig einen Dolch entgegen. »Schnell, Geheimnisvoller!« rief er. »Nimm ihn!«

Der Dolch war genau wie Nikos Schwert traumgeschmiedet und fühlte sich in der Hand des Geheimnisvollen heiß an.

Er sprang mit dem Stiefsohn zu seiner Rechten zur Schlange, und beide hackten auf sie ein.

Bei jedem Hieb spritzte ihr Lebenssaft, und Tempus' Haut begann Blasen zu werfen und sich abzuschälen, wo Spritzer ihn trafen.

Es war keine Zeit, sich um Niko Sorgen zu machen, der neben ihm kämpfte, als wären sie wieder ein verschworenes Paar.

Die Schlange hatte sich um Jihan gewunden, die ein Kind schützte, das völlig still war. Das andere, Arton, lag zusammengekauert und stöhnend auf dem Boden. Als es ein ätzender Tropfen traf, wimmerte es vor Schmerz.

Die Schlange zuckte vor Nikos Schwert nicht zurück, hielt jedoch manchmal bei den tieferen Wunden, die ihr Tempus' Dolchklinge zufügte, kurz inne.

Der Geheimnisvolle erkannte plötzlich, was nicht mit rechten Dingen zuging – und zwar in dem Augenblick, als die Schlange sich anspannte und Jihan und die Viper Niko mit einem Blick fixierte, daß Katzenpfote zurückwich und sein Schwert fallen ließ.

Keine Schlange, nicht einmal eine Nisibisischlange, konnte, während sie kämpfte und blutete immer größer und kühner werden.

Tempus blickte hoch und schaute sich um und sah die Quelle der unnatürlichen Schlangenkraft: ein Adler saß flatternd in einer Schießscharte der Palastmauer.

Niko wankte neben ihm, Blasen bedeckten sein

Gesicht und seine Beine waren in der Umwicklung des ständig wachsenden Schlangenleibs gefangen.

Tempus wußte, daß er Nikos Leben gefährdete, als er außer Stoßweite trat und die Dolchhand hob.

Seine Augen begegneten dem Blick des Adlers, der einen Laut ausstieß wie das Wimmern eines Babys, dann den Kopf hob und mit dem Schnabel klickte. Dann flog der Dolch, den ihm Katzenpfote geliehen hatte, durch die Luft und drang in die gefiederte Brust.

Ein Gellen wie aus dem Mund einer Hexe auf dem Scheiterhaufen erschreckte Niko so sehr, daß er die Hände an die Ohren preßte, dabei das Gleichgewicht verlor und zwischen die tödlichen Schlingen der Viper stürzte.

Doch dieses Risiko hatte Tempus eingehen müssen.

Und als er sich vorwärts bewegte, schneller als sonst irgend etwas in der Stube, und spürte, daß sein Zorn endlich die Götter geweckt hatte, brach der Adler in Flammen aus.

Die Flammen begannen um den Dolch in seiner Brust und leckten höher, als der Adler davonflatterte.

Tempus hörte den Dolch aus der Höhe der Schießscharte fallen, während er durch die Schlangenwindungen watete – zuerst zu Katzenpfote, der noch tapfer kämpfte, obwohl der ätzende Lebenssaft ihm ein Auge geschlossen hatte und seine Gliedmaßen durch die sich windende Schlange gebunden waren.

Der Geheimnisvolle setzte seine ganze Kraft gegen die schwächer werdende Schlange ein, die zu schrumpfen begann, aber möglicherweise nicht schnell genug.

Vage hörte er Stimmen hinter sich, als sich die Palastwächter an der Tür sammelten.

»Draußen bleiben!« brüllte er, ohne sich umzudrehen.

Er sah, wie Jihans Augen völlig herauszuquellen drohten, wie ihre nicht ganz menschlichen Hände an der Schlangenschlinge um ihren Hals zerrten.

Die verfluchte Viper starb, doch dabei peitschte sie hin und her, warf Niko wie einen Fisch am Haken herum und zerquetschte Jihan. Und irgendwo in diesem bewegten Durcheinander aus grünem Schuppenleib und menschlichen Gliedern befand sich ein Kind.

Sein Kind, hatte Niko gesagt. Doch nicht deshalb schlug der Geheimnisvolle zu, als hacke er Brennholz mit Nikos traumgeschmiedetem Schwert. Nie hatte er härter gekämpft als jetzt, um Katzenpfote zu befreien – wenn es verwandtschaftliche Bindungen zwischen ihm und jemanden hier gab, dann war die stärkste die zu seinem Partner.

Das wurde ihm bewußt, während Schlangenstücke um ihn flogen wie Steaks vom Hackklotz eines Schlächters und Rauch aufstieg, als der Schlangenschleim Stein zerfraß. In seiner Wut fand Tempus neue Kraftreserven.

Dieser Jüngling, dieser törichte Katzenpfote durfte nicht seinetwegen sterben und ihn mit einer Schuld belasten, an der er ewig tragen würde. Jihan und das Gottkind, das bei einer zeremoniellen Vergewaltigung gezeugt worden war, waren beide so gut wie unsterblich. Niko dagegen war ein sterblicher Tor, und menschliche Torheiten – Ehre, Mut, Opferbereitschaft und Liebe – waren etwas, das Tempus nie für sich beanspruchen durfte.

Er bemerkte es nicht, als Beysiber und Menschen zu Hilfe kamen – seine gottgegebene Schnelligkeit ließ sie viel zu langsam wirken, und die Aufgabe war zu groß, als daß sie seiner Meinung nach Wesentliches hätten leisten können.

Doch Jihan, nachdem er die dickste Schlangenschlinge um ihren Hals durchtrennt hatte, war eine wünschenswerte Hilfe.

Und kaum war sie frei und jedermann wußte, daß sie das Kind vor dem sicheren Tod gerettet hatte, drängten sich die Beysiber, der rankanische Priester und Kadakithis um die Frosttochter und das Kind.

Das war Tempus sehr recht. Er hatte nur Augen für die noch zuckenden Schlangenwindungen um den Stiefsohn, der an seiner Seite gekämpft hatte. Er durchtrennte sie, dann half er ihm auf die Füße.

Erst als der Jüngling ihn mit seinem heilen Auge ansah, ihm eine Hand auf die Schulter legte und sagte: »Leben, Befehlshaber – und danke!« ehe er in Tempus' Armen zusammensackte, fand Nikos Führer Zeit für die von der Schlange gebissenen Kinder und Jihan.

Denn hier, zwischen den abgesäbelten Schlangenstücken und den verwirrten Palastwächtern, war ihm klar geworden, daß das Band zwischen Niko und ihm nun stärker denn je war.

Jihan humpelte zu ihm, als er Katzenpfote auf das Bett legte. Stirnrunzelnd begutachtete sie Nikos verbranntes Gesicht und das verätzte Auge. »Die Plazenta einer schwarzen Katze, um Mitternacht zerrieben, wird sein Auge retten, Geheimnisvoller. Um alles andere kümmere ich mich.«

Die Frosttochter legte ihre Hand sanft auf Tempus' Gesicht und drehte es von dem jungen Mann fort. »Die Kinder befinden sich in schlimmerem Zustand«, sagte Jihan. »Das Schlangengift ist sehr stark.« Sie atmete schwer, Muskeln waren zerrissen, Hautfetzen hingen lose von ihren Oberschenkeln, als hätte ein mannsdickes Tau sie verbrannt.

Um die Kinder – Arton und Gyskouras, die vielleicht seine waren, möglicherweise auch nur die Sprößlinge des Gottes – kümmerten sich wahre Heerscharen, und die gesamte Priesterschaft Freistatts würde um sie beten; Katzenpfote hatte jedoch nur, was ein Stiefsohn erwarten konnte.

Tempus setzte sich auf den Boden, verschränkte die Beine unter sich, ohne auf den ätzenden Schleim der Schlange zu achten, bei dessen Berührung seine Haut zischte und sich kräuselte. »Besorg mir an Heilmitteln, was du kannst, Jihan. Wir müssen diesen Jungen heilen, du und ich. Es würde ihm nicht gefallen, wenn er sein Leben durch Magie zurückbekäme.«

Sie wechselten Blicke – die eine war unsterblich, aber todmüde, der andere heftig und voll des Feuers wilder und vergessener Götter.

Dann nickte Jihan, stand auf und sagte: »Dein Dolch durchbohrte die Adlerhexe. Ich habe es gesehen. Sie ist verwundet, vielleicht ganz erledigt.«

Doch es freute ihn nicht, nicht um den Preis, den Niko offenbar immer für die Dummheit anderer bezahlen mußte.

Irgendwann, während Niko bei Bewußtsein war und hören konnte, bestätigte und erneuerte Tempus ihren Paarschwur, damit er wieder einen rechten Partner hatte. Und damit Niko wußte, falls es ihm etwas bedeutete, daß er nicht allein war.

Unten an der Schimmelfohlenbrücke warteten die gesammelten Stiefsöhne: Kama war mit einem Dutzend sorgfältig ausgewählter Krieger von Syncs 3. Kommando gekommen.

Crit fühlte sich unbehaglich bei dem Gedanken, die Einheit der Tochter des Geheimnisvollen zu befehligen, deshalb überließ er ihr die Peripherie, übertrug ihr die Wache und hielt den größtmöglichen Abstand zu ihr.

Strat andererseits fühlte sich wohl mit allem, was an diesem Abend aus der Finsternis kam: mit seinem Braunen, mit den Stiefsohnpaaren, die mit brennenden Fackeln herbeigeritten kamen, mit Ischades geflüstertem Rat, mit Männern, die einst Stiefsöhne gewesen, doch jetzt keine wirklichen Menschen mehr waren – Männer, die sich im Dunkeln hielten, wenn Crit in ihre Richtung blickte.

Strat hatte Ischades Gabe erklärt, ruhelose Tote wiederzubeleben, und welche Bewandtnis es mit Stilcho und Janni hatte. Strat sagte zu Crit, daß sie ihnen damit einen Gefallen tat, daß es eine Chance für jene war, die unehrenhaft gestorben waren.

Crit hatte nicht widersprochen – dafür war keine Zeit. Strat war wirr im Kopf, verhext, und wenn sie diese Nacht überstanden, würde er so schnell wie möglich ein wenig Verstand in den großen Narren prügeln, würde etwas Endgültiges mit Ischade tun oder sie dazu zwingen, Strat freizugeben.

Wenn.

Etwas schnaufte, und Crits Pferd zitterte. Crit blickte nach rechts und sah Randal, den Kriegerzauberer der Stiefsöhne in Nikos Rüstung.

»Hallo, Crit. Ich hörte, Ihr braucht Hilfe.« Der Magier mit dem Spitznamen Zuckohr sah älter aus und furchterregender in der traumgeschmiedeten Rüstung. Er bemerkte, daß Crit seinen Harnisch anstarrte, und tupfte auf seine Brust. »Es ist immer noch Nikos Rüstung, er hat sie mir nur geliehen. Wir haben – eine Abmachung, keine Paarbande.« Das sommersprossige Gesicht verzog sich zu einem Lächeln, das im Fackellicht verlegen wirkte, als sein Pferd sich aufbäumte, und Crit wurde bewußt, daß es gar nicht wirklich ein Pferd war – es war durchsichtig, allerdings in jeder anderen Beziehung pferdeähnlich.

»Hilfe, richtig. Nun, Randal, Ihr kennt die Befehle des Geheimnisvollen, wenn Ihr hier seid. Irgendeinen Rat? Oder sollten wir einfach hineinreiten, das Haus stürmen und niederbrennen?«

Etwas berührte sein Knie so sanft wie ein Schmetterling, wenn er sich niederläßt. »Ich sagte Euch doch, Critias, geht einfach hinein und nehmt die Kugel – am besten, Ihr geht an meiner Seite ... Sie ist nicht zu Hause, und wenn ich mich nicht irre, ist ihr Befinden nicht das beste.«

Crit blickte von Ischade Bestätigung heischend zu Randal. Der Magier nickte. »Ich bin völlig ihrer Meinung.« Er kratzte sich am Ohr. »Nur werde ich mit Ischade hineingehen. Roxane ist meine Feindin, nicht Eure – zumindest nicht in dem Maß. Und Ihr traut Ischade nicht ... Das sollte keine Beleidigung sein, teure Dame.«

»Ich sehe es auch nicht als Beleidigung an. Noch nicht«, entgegnete die Frau, deren Kopf nur bis zu Crits Knie reichte, die jedoch trotzdem scheinbar größer als sonst irgend jemand an diesem Ort war.

Strat ritt herbei, er wirkte besorgt und blickte Crit an, als wolle er sagen: »Mach jetzt keine Schwierigkeiten, Partner oder nicht. Fordere dein Glück nicht heraus!«

»Ich gehe hinein!« sagte Crit. »Ich habe meine Befehle.«

»Ins Haus einer Hexe?« Strat schüttelte den Kopf. »Du magst zwar mein Partner sein, aber dies sind meine Männer, bis alles geklärt ist. Wir brauchen weder sie noch dich in Gefahr zu bringen. Wir haben Freunde, die ständig mit Magie zu tun haben und damit umgehen können. Ischade. Randal. Helft uns.« Während er sprach, verbeugte sich Strat im Sattel und bedeutete dem Magier und der Nekromantin mit einer weit ausholenden Geste, den Kriegern voraus den Karrenpfad zu Roxanes Haus hochzugehen. Als sich seine deutende Hand Crits Pferd näherte, schnappte sie sich den Zügel und hielt ihn fest.

»Strat«, warnte Crit, »du treibst es auf die Spitze!«

»Ich? Du tust es, indem du dich in etwas einmischst, von dem du nichts verstehst!«

»Laß mein Pferd los!«

»Sobald du deinen Ärger überwunden hast!«

»Gut.« Crit seufzte, hielt die leeren Hände hoch und täuschte ein Lächeln vor. »Schon getan.«

Strat starrte ihn einen Augenblick an, dann gab er den Zügel frei. »Wollen wir es angehen – Partner?«

»Nach dir, Strat. Wie du sagtest, du hast den Befehl – zumindest bis zum Morgen.«

In Roxanes Haus am Schimmelfohlenfluß stank es nach verbrannten Federn, und es glühte, als schwele es überall.

Ischade befürchtete, daß jeden Moment ein Brand ausbrechen würde. Sie machte Randal darauf aufmerksam.

Noch nie zuvor hatten sie so eng zusammengearbeitet, der tysianische Hasard und die Nekromantin.

Es war ein unheimliches Gefühl, vor allem, als Randal seinen Kris zog, einen Dolch mit zweischneidiger, gewellter Klinge, und mit seiner Tenorstimme sagte: »Er lenkt Feuer. Keine Sorge, Ischade. Ich habe nicht umsonst in den Hexenkriegen gekämpft.«

Sie schritten über knarrende Bodenbretter, als wäre das Haus für die Ewigkeit aufgegeben worden, und Ischades rann es kalt über den Rücken.

Randal wurde unter den Augen einer Frau mehr zum Krieger, mehr zum erfahrenen Ersten Hasard der Magiergilde durch eine berühmte Hexe an seiner Seite. »Ich öffne den Spalt, in dem sie sie aufbewahrt, und hole sie für Euch heraus. Doch zerstören müßt Ihr sie. Das kann ich nicht.«

»Ihr könnt es nicht?« fragte sie ungläubig.

»Genauer gesagt, ich sollte es nicht. Ihr müßt wissen, daß ich selbst eine habe. Ich möchte nicht, daß sie denkt, ich wäre zum Feind geworden. Ihr müßtet das doch verstehen.«

Ischade verstand es.

Es war ein seltsames Gefühl, so eng mit einem konkurrierenden Magier einer rivalisierenden Macht zusammenzuarbeiten. Sie fragte sich, ob ein Preis dafür bezahlt werden müßte.

Als Randal die erforderlichen Gebärden gemacht, sich die Tür ins Nichts geöffnet hatte, und die Kugel vor ihnen lag, zog sich Ischades Herz zusammen: sie liebte schöne Dinge, ob nun Kleinodien oder Tand, und die Machtkugel war das schönste und mächtigste Stück, das sie je gesehen hatte. Wenn nicht Randal hiergewesen wäre, hätte sie sich die Kugel angeeignet, selbst wenn sie damit Strat verloren hätte.

Als Randal sie heraushoIte, knarrten die Bodenbretter und das Dach fing zu rauchen an.

Ischade sah, daß sie ihn versengte, und daß er das erwartet hatte, nun da das Holz der Decke über ihnen wie Fackeln flackerte.

In diesem rötlichen Licht kniete sich Randal nieder, und sie tat es ihm gleich. Dann sagte er ihr, welche Worte sie sprechen müsse, und fügte hinzu: »Streckt die Hand aus und dreht die Kugel – ein kleiner Stoß mit dem Handteller genügt.«

Als Ischade die Kugel berührte, spürte sie einen Schock, der stärker war als jeder seit langer Zeit. Hier ging es nicht darum, Tote wiederzubeleben oder über das Leben geringerer Sterblicher zu bestimmen. Diese Macht hier war stark genug, den Göttern zu trotzen.

Und aller Nisibisimagie haftete eine Schärfe an, die so anders war als ihre. Sie schaukelte auf ihren Fersen und hätte sich fast selbst in Bann geschlagen, was niemand sonst fertigbrächte.

Randal zog unsanft an ihrem Ellbogen. »Steht auf, mutige Dame! Wir müssen weg, ehe die Balken auf uns stürzen und uns rösten, oder *sie* noch – irgendwie – zurückkehrt.«

Da wurde Ischade bewußt, daß sie Roxanes Anwesenheit fühlte, und daß es mehr sein mochte als nur die Ausstrahlung der Kugel.

Rasch war sie auf den Füßen und rannte an Randals Seite zu einem offenen Fenster.

Kaum waren sie hinausgeklettert, erklang ein tiefes Brüllen gleich dem eines Drachens, und das ganze Haus ging in Flammen auf.

Inmitten der Feuersbrunst konnte Ischade die Kugel sehen, die sich immer noch drehte, eigenes, farbiges Feuer spie und Zungen reineren Feuers himmelwärts schickte.

Donnernde Hufe näherten sich.

Strat war da, hob sie auf den Braunen, als wäre sie ein Kind, und Crit machte das gleiche mit Randal.

Keiner erkundigte sich, ob die Aufgabe erfüllt war. Alle konnten die Kugel sehen, die sich in noch strahlenderen Farben drehte, im Wirbeln wuchs, die unbedeutenderen Flammen brennenden Holzes, Steines und des Reetdachs verschlang und wie ein Stern leuchtete.

Die Pferde ließen sich nur zu gern zügeln, denn die Hitze war versengend. Das Prasseln schluckte jedes Wort, ja selbst das Wiehern der Pferde, die sich in ihrer panischen Angst vor dem Feuer aufbäumten und sich auf den Hinterbeinen rückwärts bewegten.

Denn als das Haus zusammenfiel, sah es aus, als hätte sogar der Himmel Feuer gefangen. Dämonen farbigen Lichtes glitten durch dieses gewaltige Feuermeer und verschwanden.

Blitze zuckten wie Flammenflügel am Firmament, und die aufgehende Sonne verblaßte in ihrem grellen Licht.

Und aus Blitzen und Wolken formte sich eine gewaltige Raubkatze mit höllenroten Augen, die mit der Pranke nach einem Adler schlug.

Ein flammender Adler war es, der vom Himmel hinabstieß, verfolgt von einer riesigen Katze aus wallenden Wolken von solcher Schwärze, daß sie die ganze Hitze aufsog. Man konnte meinen, eine gewöhnliche Katze jagte einen Spatzen im Reich der Götter.

Mit angezogenen Flügeln stürzte der Vogel in die Tiefe. Eine Katzenpfote traf ihn, wirbelte ihn herum, traf ihn aufs neue.

Ein Schrei, als zerreiße der Himmel, kam aus einer Kehle, ein Knurren wie aus dem Höllenschlund aus der anderen.

Der Vogel taumelte, gewann sein Gleichgewicht zurück, wurde dunkler und schoß schrumpfend in das nachlassende Feuer, wo das Haus der Hexe gewesen war.

Ischade sah den Vogel durch verkohltes Holz tauchen, wo die Kugel zu Resten von weißglühendem Ton und heißen Edelsteinen geschmolzen war, mit dem Schnabel ein Bruchstück ergreifen und damit davonfliegen.

Als sie den Blick abwandte, bemerkte sie, daß auch Randal, dem dicker Schweiß auf dem Gesicht perlte, von dem sich die Sommersprossen nun rußig abhoben, es gesehen hatte.

Der Magier zuckte verunsichert die Schultern und lächelte düster. »Sagen wir es ihnen lieber nicht«, flüsterte er, nachdem er sich nähergelehnt hatte. »Vielleicht war es nicht – sie.«

»Vielleicht nicht«, murmelte Ischade und blickte zu dem schwelenden Himmel empor.

Am Morgen nach dem Himmelsbrand saß Tempus bei Niko, als Randal kam, um seine Hilfe anzubieten.

»Ich kümmere mich um ihn, Befehlshaber«, sagte der Magier. Er tupfte auf seinen Kris, aus dem sich heilendes Wasser wringen ließ.

Jihan hatte Niko einen Umschlag aus dem zerriebenen Mutterkuchen einer bedauernswerten Katze auf das Auge gelegt, das nun bereits heilte.

Doch selbst mit magischer Hilfe würde es eine Weile dauern, bis Niko ganz genesen war.

Und in der Kinderstube, die zum Krankengemach geworden war, lagen die beiden Kinder in einem Schlaf, aus dem noch niemand sie hatte wecken können.

Tempus fand, daß sich Randal hauptsächlich darum kümmern sollte, aber er mußte sagen: »Katzenpfote und ich haben unser Paarband neu geschlossen. Könnt Ihr ihm guten Gewissens mit möglichst wenig Magie helfen?«

Randal war einst selbst, auf Befehl des Geheimnisvollen, einen Paarbund mit Niko eingegangen und liebte den Krieger aus dem Westen immer noch.

Der Magier blickte auf Niko hinab, dann wieder hoch und straffte die Schultern. »Selbstverständlich. Und den Kindern ebenfalls – wenn ich die Erlaubnis ihres Vaters bekomme?«

»Fragt das den Gott, es ist seine Sache!« knurrte Tempus und stürmte aus der Stube.

Er mußte einer Frau Gewalt antun, um den Gott in ihm zu besänftigen; mußte einer Nekromantin persönlich danken; mußte den Empfang für Theron, den Kaiser von Ranke, vorbereiten.

Aber Jihan fand ihn, ehe er ein passendes Mädchen in der Straße der Roten Laternen gefunden hatte. Ihre Augen glühten, sie drückte seinen Arm und fragte: »Was sind das für Häuser hier?«

Er hatte große Lust, es ihr zu zeigen, aber nicht die Zeit dazu. Sie war gekommen, damit er als Mittler zwischen Crit und Strat eingreife, und um ihn zu fragen, ob er seine Erlaubnis gebe für ihrer aller Teilnahme an einem »Fest für heimkehrende Helden«, das Freunde von Ischade in der Oberstadt veranstalteten, und ob ihm etwas an Strats Braunem aufgefallen sei.

Tempus begleitete Jihan, erlaubte auch, daß die Stiefsöhne das Fest besuchten, und log, was das Pferd betraf, indem er behauptete, er fände gar nichts merkwürdig an ihm.

Originaltitel: Power Play

Personenregister

Am Ende jedes Eintrags wird auf den Band verwiesen, in dem die jeweilige Figur zum ersten Mal vorgestellt wurde. Die Abkürzungen bedeuten im einzelnen:

DF = Die Diebe von Freistatt (Band 20089)
BS = Der Blaue Stern (Band 20091)
WE = Zum Wilden Einhorn (Band 20093)
RW = Die Rache der Wache (Band 20096)
GF = Die Götter von Freistatt (Band 20098)
VF = Verrat in Freistatt (Band 20101)
KD = Der Krieg der Diebe (Band 20107)
HN = Hexennacht (Band 20113)
SF = Sturm über Freistatt (Band 20122)
AN = Armeen der Nacht (Band 20140)
FZ = Die Farbe des Zaubers (Band 20149)

Abarsis – früher Hohepriester Vashankas, nun ein Gottwesen. (GF)
Arton – Sohn Illyras und Dubros, jetzt Spielgefährte des Sturmkindes Gyskouras. (VF)
Chenaya – Kusine des Prinzen Kadakithis und erklärte Gegnerin der Beysa. Gilt als beste Gladiatorenkämpferin im ganzen rankanischen Reich. (HN)
Chritias – gehört zu den Stiefsöhnen, früher der Partner Stratons, ging mit seinem Befehlshaber Tempus zum Hexenwall, um dort zu kämpfen. (KD)
Daphne – Prinzessin von Ranke und Gemahlin des Prinzen Kadakithis. Ihre Karawane wurde überfallen und sie verschleppt, gilt seither als tot. (FZ)

Dubro – der große, ruhige Schmied des Basars und Beschützer Illyras. (DF)
Eindaumen – der Wirt der Kneipe ›Zum Wilden Einhorn‹ im Herzen des Labyrinths, ein großer kräftiger Mann, dem der Daumen an der rechten Hand fehlt. Er kontrolliert den Krrf-Drogenhandel. (BS)
Enas Yorl – einer der mächtigsten Magier des rankanischen Reiches. Erkennbar nur an seinen rot leuchtenden Augen, da er durch den Fluch, der auf ihm lastet, in unregelmäßigen Abständen seine Gestalt wechselt. Er lebt in einer palastartigen Residenz im Juweliersviertel, die, wie es heißt, von Basilisken bewacht wird. (DF)
Gilla – Lalos Frau, dick und häßlich wie ein Rhinozeros, geht für ihren Mann durch dick und dünn, wie selbst die Hexe Roxanne erfahren muß. (GF)
Gyskouras – eines der Sturmkinder, durch ihn kündet sich die Rache des Gottes Vashankas, vermag selbst als Kleinkind schon viel Wind zu machen. (SF)
Hakiem – der ehemalige Geschichtenerzähler Freistatts, danach Berater der Beysa Shupansea. (DF)
Hanse Nachtschatten – ein junger, dunkelhaariger und außergewöhnlich geschickter Dieb. (DF)
Harran – Barbier bei den Stiefsöhnen, früher Priester der Göttin Siveni, die er mit Hilfe von Mriga, seiner schwachsinnigen Magd, wieder zum Leben erweckt. (SF)
Haught – ehemaliger Sklave, Gehilfe der Magierin Ischade. (VF)
Illyra – eine Seherin, die die Vergangenheit und Zukunft aus den Karten liest. Lebt mit dem Schmied Dubro zusammen. (DF)
Ischade – Magierin, Schrecken von Freistatt und Gegenspielerin der Hexe Roxanne, hat den Stiefsohn Straton zu ihrem Geliebten gemacht. (RW)

Jubal – ein riesiger Neger. Ungekrönter König der Unterwelt Freistatts, bis er von Tempus besiegt wurde, schaffte es aber, seine Schergen, die Falkenmasken, wieder an sich zu binden. (BS)
Kadakithis, Prinz – Statthalter von Freistatt. Er wurde nach Freistatt gesandt, weil sein Onkel, der mittlerweile gestürzte Kaiser von Ranke, ihn aus dem Weg haben wollte. Die Beysiber haben ihn entmachtet, doch unterhält er mit deren Herrscherin, der Beysa, ein inniges Liebesverhältnis. (DF)
Kama – eine Kriegerin des 3. Rankanischen Kommandos und Tochter von Tempus. (HN)
Lalo – ein Porträtmaler, der über erstaunliche Fähigkeiten verfügt. Ein Zauber Enas Yorls befähigte ihn dazu, nicht das Äußere der Menschen, sondern ihr wahres Selbst abzubilden. Doch nachdem er unter Göttern geweilt hat, vermag seine Malerei sogar, den Dingen Leben einzuhauchen. (GF)
Lowan Vigiles – der Vater Chenayas und Bruder Molin Fackelhalters, gehört der kaiserlichen Familie an und floh aus Ranke. (HN)
Molin Fackelhalter – Hohepriester des Gottes Savankala. Er wurde mit Kadakithis nach Freistatt entsandt, um den rankanischen Göttern Tempel zu errichten. Seit der Invasion vermittelt er zwischen den Beysibern und den Freistättern. (DF)
Mriga – schwachsinnige Magd des Barbiers Harran, wurde durch Magie zur Zwillingsschwester der wiedererweckten Göttin Siveni. (AN)
Nikodemus, genannt Niko – gehörte zu den Stiefsöhnen, bandarischer Adept, verlor seinen Partner Janni durch Roxane. (KD)
Randal – rankanischer Magier, der vor keinen Nachstellungen Roxanes sicher ist. (HN)

Razkuli – gehörte zu den Höllenhunden, jetzt ein Geistwesen, das nicht in das Reich der Toten einziehen kann. (DF)
Roxane – eine Nisibisihexe, der es gelang, Tempus in den Norden zu locken. Sie will den Untergang Freistatts, doch hat sie sich in Nikodemus verliebt, was die Kraft ihrer Magie gefährdet. (KD)
Schnapper Jo – ein Dämonenwesen, einer der letzten Gehilfen der Todesgöttin Roxane. (FZ)
Shulpansea – genannt die Beysa, die Herrscherin der Beysiber, von diesen als Göttin verehrt, Geliebte des Prinzen Kadaktithis. (HN)
Tempus – eine rätselhafte Gestalt, die ihr Leben ganz in den Dienst Vashankas, des rankanischen Kriegsgottes, gestellt hat. Er ist mehr als drei Jahrhunderte als und besitzt die Fähigkeit, seine Wunden zu heilen und seine Gestalt zu tarnen. Kämpfte mit seinen Stiefsöhnen am Hexenwall, bevor er von Abarsis nach Freistatt zurückgerufen wurde. (WE)
Zalbar – ehemals Hauptmann der Höllenhunde, nun zum Säufer heruntergekommen. (DF)
Zip – einer der Führer der Volksfront zur Befreiung Freistatt von den fischäugigen Beysibern, arbeitet mit der Todeskönigin Roxane zusammen. (HN)

EIN MAGIER LÄDT EIN:

BASTEI LÜBBE Taschenbücher

WOLFGANG HOHLBEIN
ist ein Meister der modernen Phantastik.
Seine Romane führen in die seltsamen,
unergründlichen Gefilde zwischen Traum und Wirklichkeit –
und immer versteht er es,
seine Leser auf ganz eigene Art zu fesseln.

Band 20 149

Robert Asprin/ Lynn Abbey (Hg.)

Die Farbe des Zaubers

Deutsche Erstveröffentlichung

Die Todesfee Roxanne webt ihren dunkelsten Zauber, um Freistatt endlich in den Untergang zu treiben: Ein teuflischer Orkan verheert die Stadt, ein Wolkenbruch verwandelt die Straßen in tödliche Sümpfe. Die fischäugigen Besatzer fliehen auf ihre Boote, und selbst die Rebellen der Volksfront ziehen sich in ihre Verstecke zurück. Niemand gibt mehr einen Silberling für die Stadt. Doch da werden Roxannes finstere Pläne durchkreuzt . . . Ein Mann taucht auf, den die meisten in Freitstatt schon längst abgeschrieben hatten: Tempus, die lebende Legende, kehrt zurück!

Neue Abenteuer aus der Stadt der Diebe, wo die Farben des Zaubers so unheimlich schillern, daß Ihnen Hören und Sehen vergeht.

BASTEI LÜBBE

Sie erhalten diesen Band im Buchhandel, bei Ihrem Zeitschriftenhändler sowie im Bahnhofsbuchhandel.